KB117611

이상한 나라의 스물셋

이상한 나라의 스물셋

지은이 김청귤, 서이제, 이서수, 황모과,
　　　신종원, 윤치규, 이상욱, 임국영
펴낸이 임상진
펴낸곳 (주)넥서스

초판1쇄 발행 2023년 4월 5일
초판2쇄 발행 2023년 4월 10일

출판신고 1992년 4월 3일 제311-2002-2호
10880 경기도 파주시 지목로 5
Tel (02)330-5500 Fax (02)330-5555

ISBN 979-11-6683-504-9 03810

www.nexusbook.com
&(앤드)는 (주)넥서스의 문학 브랜드입니다.

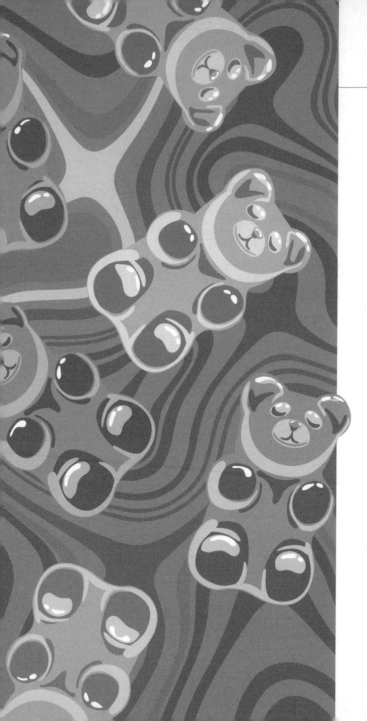

앤드
앤솔러지

이상한 나라의 스물셋

김청귤

서이제

이서수

황모과

신종원

윤치규

이상욱

임국영

&

차
례

마법소녀, 투쟁!

김청귤

"우리는 단물이 빠지면 뱉는 씹던 껌이 아니다!"

"아니다!"

"정부는 마법소녀들에게 제대로 된 보상을 지급하라!"

"지급하라!"

"마법소녀들이 새로운 직업을 가질 수 있도록 지원하라!"

"지원하라!"

십 대부터 사십 대까지 다양한 연령대의 여자들이 모여 함께 목소리를 내고 있었다. 주변에는 우리와 뜻을 같이하는 가족도 함께였다. 나는 제일 앞에 서서 마법소녀 관리청 건물을 노려보았다. 창문 사이로 머리카락이 하얗게 센 남자, 머리카락을 검게 염색한 나이 든 남자, 젊은 남자들이 이쪽을 보고 있는 게 보였다. 정문에는 단단히 무장한 경찰들이 서 있었다. 우리가 공격할까 겁이 나는지 잔뜩 겁에 질린 표정이었다. 우리는 경찰들을 신경 쓰지도 않았다. 어차피 마법 한 방이면 해결될 일이었다. 그러나 우리는 지성인이었기 때문에 아주 얌전히, 가만히 서서 한목소리로 외칠 뿐이었다.

"마법소녀, 투쟁!"

"마법소녀, 투쟁!"

어느 순간부터 지구에는 괴물이 나타났다. 다른 차원에서 온 것들인지, 우주에서 날아온 것들인지는 알 수 없었다. 괴물들은 그림자처럼 어둡고 흐릿한 형상이었다. 깜깜한 밤이나 그림자에 숨으면 아무도 찾지 못했다. 어둠 속에서 갑자기 튀어나오는 괴물은 재앙이었다. 사람들이 몇 십 명, 몇 천 명…… 셀 수도 없이 죽어 갔다.

그림자 괴물이니까 그림자를 없애면 되지 않을까? 누군가 낸 의견에 24시간 내내 빛을 밝혀 두었으나, 사람이 움직이는 한 그림자는 사라지지 않았다. 그림자에서 그림자로 이동하는 괴물이라, 사람 아래 생겨난 그림자에서 튀어나와 공격하니 죽을 확률만 올라갈 뿐이었다. 아이러니하게도 어둠 속에 숨어야 도망갈 수 있었다. 그렇게 인류는 점점 빛을, 희

김청귤

망을 잃어 갔다. 우리는 결국 다 죽을 거야. 절망이 사람들을 천천히 죽음으로 내몰 때였다.

괴물이 나타났을 때처럼 갑자기 마법소녀가 등장했다. 작고 가녀린 체구, 호수처럼 맑고 커다란 눈망울, 늘 웃고 있는 것처럼 입꼬리가 살짝 올라간 붉은 입술, 잡티 하나 없이 맑고 투명한 피부, 허벅지까지 내려오지만 엉킴 하나 없이 찰랑거리는 머리카락. 걷다가 걸리는 것도 없는데 발을 헛디딜 것처럼 연약하게 생긴 소녀가 그림자 괴물 앞에 망설임 없이 나섰을 때, 사람들은 놀랄 수밖에 없었다. 구해야 하지 않냐고 발을 동동 구르는 사람도 있을 정도였다.

그러나 마법소녀는 아기별이 태어나는 생명의 기운을 담은 마법봉을 휘둘러 그림자 속에 빛을 만들어 내고, 치열한 전투 끝에 괴물을 물리쳤다. 그림자는 빛을 이길 수 없어서 괴물은 형체 하나 남기지 않고 사라졌다. 마법소녀의 마법봉에서 흘러나오는 다정한 빛이 겁에 질린 사람들을 다독였다.

사람들은 마법소녀에 열광했다. 툭 치면 부러질 것 같은 팔다리로 뛰어다니고, 유치한 장식이 달린 마법봉을 휘두르는 모습에 반하고야 말았다. 가까이 다가가고 싶었으나 신비로운 분위기에 취해 두 손을 모아 마법소녀에게 기원했다.

"앞으로도 저희를 지켜 주세요!"

"다른 곳에도 그림자 괴물이 나타났어요. 전 그곳에 가야 해요."

"여기 또 나타나면요? 제발 가지 마세요!"

"저 혼자 모든 사람을 구할 수 없어요. 그러니까 앞으로 새로운 마법소녀가 나타날 거예요."

마법소녀가 빛 속으로 사라지고 사람들이 절망과 분노에 휩싸이려고 할 때, 교복을 입은 소녀가 허공으로 천천히 떠올랐다. 갑자기 빛나는 나비들이 나타나 소녀 주변을 빙글빙글 돌았다. 사람들은 신비로운 광경에 소녀가 변신하는 과정을 지켜보았다. 어떤 사람들은 나비들 사이로 무언가 보이지 않을까 미간을 찌푸렸지만, 다행히 빛무리들은 소녀를 안전하게 지켜 주었다. 곧이어 나비들이 사라지고 활동하기 좋은 전투복을 입은 소녀가 나타났다. 손에는 붉은 보석이 박힌 샤프를 들고 있었다.

바야흐로 마법소녀의 탄생이었다.

사람들에게 선망의 대상이 되었던 마법소녀는 시간이 지나자 정부의 관리 대상이 되었다. 누가 마법소녀로 각성할지도 모르고, 어떤 능력을 가지고 있을지도 모르지만, 예비 마법소녀라는 이름 아래 어릴 때부터 각종 체력 단련부터 유연

김청귤

성이나 체술, 무기술을 가르쳤다. 국어, 영어, 수학 같은 학교에서 배울 수 있는 건 배우지 못했다. 마법소녀가 잘 싸울수록 사람들의 생존율이 올라갔기 때문이다. 각성한 마법소녀의 수는 한정되어 있고, 마법소녀의 체력이 좋을수록 더 많은 전투에 파견 나갈 수 있었기 때문에 육체 능력을 단련시키기 바빴다.

TV에서는 마법소녀가 그림자 괴물과 싸우는 영상이 나왔다. 가녀린 몸으로 통통 튀어 가볍게 공격을 회피하거나 몸을 부드럽게 돌리는 게 마치 춤을 추는 것처럼 보였다. 마법 아이템이 된 블루투스 마이크로 노래를 부르자 빛의 음표들이 그림자 괴물을 휘감고, 쌍절곤을 휘두르자 초승달 같은 빛의 칼날이 괴물을 공격했다. 이 밖에도 마법소녀들이 각자의 마법 아이템을 이용하면 나비, 딸기, 진저맨 쿠키 등 귀엽거나 사랑스러운 모양의 빛이 흩날리며 그림자 괴물을 무찔렀다. 그림자 괴물을 피해 도망치던 사람들은 마법소녀에게 살려 줘서 고맙다고, 역시 마법소녀라고 환호하고 열광했다.

소녀들은 그 영상을 보며 마법소녀를 동경하고, 마법소녀가 되는 걸 꿈꿨다. 활, 검, 마법봉, 바이올린, 만년필, 부채, 립스틱, 목걸이, 빨간 구두, 머리핀 등. 모든 것이 마법도구가 될 수 있었다. 소녀들은 마법도구가 되길 바라는 물건을 옆에 낀 채 힘든 훈련을 계속했다.

마법소녀가 되는 걸 바라지 않는 소녀들도 훈련을 할 수밖에 없었다. 마법소녀는 원한다고 될 수 있는 게 아니고, 싫다고 피할 수 있는 것도 아니었다. 그저 운명처럼 한순간에 마법소녀로 각성한다면, 싸워야만 했다.

내 나이 스물두 살, 조금 있으면 마법소녀에서 은퇴해야 하는 스물세 살이었다. 마법소녀가 아니라 빵집 사장님이 되고 싶었다. 따뜻하고 맛있는 빵을 만들고, 내가 만든 빵을 먹고 감탄하는 사람들을 보며 행복해지고 싶었다. 그러나 이건 정말 헛된 꿈이었다. 은퇴한 마법소녀는 원하지 않더라도 남자와 결혼해 아이를 낳고, 아이와 가정에 헌신해야만 했다. 그런 건 없다고 공표했지만, 정부에서 제시한 레일을 벗어나면 가족에게 불이익이 있을 게 뻔했다.

엄마는 그림자 괴물과 전투를 하다 크게 다치고 열아홉 살이라는, 지금의 나보다 어린 나이에 은퇴를 했다. 그리고 바로 정부에서 내민 목록 중에 한 사람을 선택해 결혼하고 나를 낳았다. 디자이너가 되고 싶었던 엄마는 마법소녀로 각성하고 절망했다. 마법소녀는 원하는 직업을 가질 수 없었다. 특히 딸을 낳은 마법소녀는 아예 직업 자체를 가질 수 없었다. 바깥일을 하다가 예비 마법소녀에게 소홀해져 삐뚤게 자라면 안 된다는 압박에 아이만 돌봐야 했다.

그래서 엄마는 집에서 내 옷을 만들고 또 만들었다. 자식에 대한 헌신이라는 미명하에 엄마의 열망을 풀어내려 했지만, 허전함은 채워지지 않았다. 태어난 게 딸이 아니라 아들이었으면, 하고 나를 원망하다가, 너는 엄마처럼 되면 안 되는데, 마법소녀가 되면 안 되는데, 하고 나를 붙잡고 울다가, 마법소녀로 각성해서 엄마를 이해해 줘야 한다고 다정하게 웃다가…… 결국 마법 아이템인 바늘만 남기고 빛이 되어 사라졌다.

그리고 나는 엄마가 빛이 되어 사라진 순간, 각성했다. 엄마가 마법소녀로 각성한 나를 보면 울었을까, 웃었을까. 아직도 알지 못한다.

예전에는 성별과 관계없이 학교를 다녔다는데 지금은 남자아이만 학교를 다닐 수 있었다. 여자아이들은 학교라는 이름의 훈련소를 다녔다. 초등학교는 성별에 상관없이 다니고, 열네 살부터 성별에 따라 교육을 다르게 받던 시절, 열일곱 어린 나이에 각성하는 마법소녀가 늘어나면서 겨우 3년밖에 훈련받지 않은 마법소녀에게 자신들의 목숨을 맡기기 불안하다는 사람들의 반발이 심해졌다. 그래서 여자아이들은 어릴 때부터 몸을 찢고 무거운 걸 들고 뛰어야 했다. 그러면 서도 근육이 올록볼록하게 있는 몸이 아니라 매끄럽고 가녀 린 선을 유지해야 했기 때문에 먹는 것도 조절해야 했다. 근 육질의 마법소녀는 있을 수 없는 일이었으므로.

힘들어서 픽픽 쓰러지는 아이들도 있었지만, 일어나서 다 시 훈련해야 했다. 마법소녀는 무적이 아니었다. 싸우다가 죽는 경우도 많았기 때문에 부모들은 자식을 살리기 위해서 라도 힘들어 죽을 것 같다는 아이들의 등을 떠밀어야 했다.

소녀들이 사람들을 지키기 위해서 훈련을 할 때 소년들은 공부를 했다. 누군가는 배우고 익혀 나라를 지탱해야 했으니 당연한 일이었다. 시간이 지나자 관리자는 남자뿐이었다. 오 로지 전투 훈련만 한 여자아이들은 마법소녀에서 은퇴하는 스물세 살이 되면 정부의 주선으로 높은 관리자에게 팔려 가 듯이 결혼을 했다.

열아홉 살까지 마법소녀로 각성하지 못한 소녀들은 스무 살이 되면 예비 마법소녀를 낳기 위해 결혼을 했다. 스무 살 이후에 각성을 해도 소용없었다. 결혼을 하고 아이를 낳은 여성은 마법소녀일 수 없었다. 결혼을 거부한 사람들은 정부 에서 지원을 하지 않았기 때문에 전투로 무너진 건물 잔해

김청귤

청소, 그림자 괴물 대비 순찰, 예비 마법소녀의 스파링 상대 등 힘든 단순노동을 할 수밖에 없었다.

세계가 여자들의 돌봄과 노동으로 돌아가고 있었다. 남자들은 자신들이 기본 시스템을 갖췄기 때문이라며 콧대를 세우겠지만.

어느 구역에서 그림자 괴물이 많이 나오는지, 그림자 괴물을 생포할 수는 없는지, 마법소녀의 힘을 에너지화 혹은 물질화할 수는 없는지, 출동 방식은 어떻게 해야 하는지, 마법소녀의 힘을 측정해 레벨을 나눌 수 있는지, 마법의 힘을 강화할 수는 없는지 등. 머리를 맞대고 회의하고 연구하고 있으니 마법소녀는 괴물이나 상대하라며 멸시하는 눈을 하고 부탁의 말을 했다.

순진하고 순결할수록 마법소녀로 각성할 가능성이 높다고 믿는 사람들 속에서 자란 소녀들은 구해 달라 부탁하는 말을 듣고 고개를 끄덕이며, 그림자 괴물과 싸우고 사람들을 구하고 나라에서 소개해 준 사람과 결혼하고 낳은 자식의 성별이 딸이면 훈련을 시켰다. 이 과정에서 죽는 소녀들은 숭고한 희생을 했다며 국립마법소녀묘지에 안치되었다.

과도한 훈련으로 에너지를 소모한 건지 여성들의 수명은 짧았다. 오래 살아도 오십 살을 넘기지 못하고 죽었다. 스물세 살에 마법소녀에서 은퇴하자마자 바로 결혼을 하고 스물네 살에 아이를 낳아 아이가 다 자라기도 전에 죽는 경우가 많았다. 사람들은 마법소녀들이 위험한 전투를 하는데다가 수명마저 짧으니까 결혼을 해 안정감을 가지고 자신의 피를 이은 아이를 낳고 싶어할 거라 생각했다.

그건 아빠도 마찬가지였다. 엄마를 사랑했고, 지금도 사랑하는 우리 아빠는 은퇴를 앞둔 나를 위해 아빠가 생각하는 좋은 남자를 소개하려 했다.

"유리야, 이놈은 어떠니. 마법소녀연구소에서 일하니까 월급이 많아. 부모가 모두 돌아가셔서 아내의 부모를 모시며 살 의향도 있다는구나. 2층을 네 신혼집으로 해서 한집에서 같이 살면 좋지 않겠어?"

"별로야."

"아, 아빠랑 같이 살기 싫은 건 아니지? 이놈이 별로인 거지? 그러면 이놈은 어때? 얘는 좀 믿음직스럽게 생긴 건 아니지만…… 원래 마법소녀를 좋아해서 마법소녀 관련 물품을 수집한다고 했어. 너에게 아주 다정할 거야. 살다 보면 정이 들지 않겠어?"

"별로."

"역시 귀엽게 생긴 것보다는 아빠처럼 키 크고 잘생긴 게

김청귤

좋지? 이놈은 마법소녀관리청에서 일하는 놈인데, 사진보다 실물이 나. 성격은 조금 무뚝뚝한데, 자기 일 잘하고 성실해. 담배도 안 피우고 회식 때 보면 술도 잘 안 마시더라고. 여기 사진."

아빠가 내민 사진 속의 남자는 확실히 잘생겼다. 남편이 이렇게 잘생긴 사람이면 어떨까 생각한 적도 있었다. 엄마는 때때로 불행해 보였고 대체로 현실에 사는 사람 같지 않았지만, 아빠랑 있을 때면 땅에 발이 닿아 있는 사람 같았다. 어쩌면 살면서 엄마와 아빠처럼 서로를 의지하고 사랑하며 살 수도 있겠지. 그러나 나는 내 삶을 살고 싶었다. 이게 내 의지인지, 엄마의 의지인지는 모르겠지만 말이다.

"아빠, 전에는 이런 남자가 얼굴값 해서 안 된다며."

"아니야. 내가 지켜봤는데 얘는 달라. 아주 듬직해. 진상들 오면 아주 딱 부러지게 처리하는데, 캬! 자기 사람한테 아주 잘할 놈이야."

"그렇게 좋으면 아빠가 데리고 살아."

"유리야! 조금 있으면 너도 스물셋이야. 결혼하지 않으면 사망 위험이 높은 일을 해야 하잖니."

아빠는 정말 좋은 아빠였다. 결혼하지 않으면 아빠의 자리가 불안하다고 말한 적은 단 한 번도 없었다. 오로지 내 안

전만 생각했을 뿐. 마법소녀를 은퇴해야 하는 스물셋이 얼마 남지 않았기 때문에 망설이다가 오랫동안 간직해 온 바람을 털어놓았다.

"아빠……. 나는 결혼하는 것도 싫고, 내가 원하지 않는 일을 하는 것도 싫어. 폭신폭신하고 따뜻한 빵을 만들고 싶어. 싸우고 부수는 게 아니라, 사람을 행복하게 만드는 맛있는 빵을 만들어 팔고 싶어. 내가 돈을 벌어서 나를 위해 쓰고 싶어."

아빠는 내 말을 듣고 눈을 크게 떴다. 한 번도 생각한 적 없던 걸 들은 표정이었다. 어디서도 듣지 못한 말이긴 할 터였다. 하긴, 여자아이들은 이제 꿈을 꾸지도 않는 시대였으니까.

마법소녀로 각성하거나 각성하지 않거나, 여자의 결말은 대부분 주부였다. 집안일을 하고 아이를 돌보고 남편을 내조하는 삶. 그렇지 않으면 거리를 순찰하며 언제 그림자 괴물에게 공격당할지 모르는 일을 해야 했다.

아들을 낳으면 잘 키우다가 '엄마는 이것도 몰라?'라는 말을 들으며 학교를 보내야 했고, 딸을 낳으면 아기 때부터 튼튼하도록 온갖 정성을 다했다. 여자아이들이 마법소녀를 선망하는 건 어떤 것에도 얽매이지 않은 채, 오로지 그림자 괴물만을 상대하며 집 밖을 활보하고 뛰고 구를 수 있기 때문

김청귤

인지도 몰랐다.

남자는 그림자 괴물을 상대하는 일 외의 모든 것을 했다. 사람을 치료하고 가르치는 일부터 머리카락을 자르거나 따뜻한 빵을 굽는 일까지 모두. 여자는, 마법소녀는 그림자 괴물을 상대하는 것만으로도 아주 큰일을 하는 것이기 때문이었다. 숭고하고 거대한 희생 앞에서 남자들은 여자들이 다른 생각을 하지 않도록 부지런히 일하는 것이라고 했다. 열심히 배우고 갈고닦아서, 여자들이 마법소녀에서 은퇴했을 때 먹여 살릴 수 있도록.

왜 여자가 일을 해서 돈을 벌면 안 되는 거지? 소방관도, 경찰관도 다 돈을 버는 직업인데 어째서 마법소녀는 하늘이 내려 준 사명이라고만 하는 거지?

"그건……. 그래, 그러네. 그럴 수 있지. 할아버지한테 들은 적 있어. 예전에는 여자도 직업이 있었다고……. 하지만 유리야, 마법소녀로 힘들게 살았는데 꼭 일을 해야 하는 거니? 집에서 편하게 쉬면서 사랑받고 살면 안 되겠어? 남편의 월급과 상관없이 너만 쓰라고 아빠가 용돈도 챙겨 줄 거야."

아빠는 바깥일을 하느라 몰랐겠지만, 엄마는 집에서 편히 쉰 적이 별로 없었다.

청소기를 돌리고 걸레질을 하고 반찬을 만들고 빨래를 돌리고 널고 개고 욕실을 청소하고 쓰레기통을 비우고 음식물 쓰레기를 버리고 와이셔츠를 다림질하고 장을 보고 재료를 다듬고 냉장고 정리를 하고 식사를 차리고 설거지를 했다. 그러면서도 내 옷을 디자인하고 천을 자르고 바느질을 했다.

아빠는 푹 자고 일어나 엄마가 차려 준 아침밥을 먹고 엄마가 다린 와이셔츠를 입고 엄마의 배웅을 받으며 출근한 뒤 집으로 돌아와 엄마가 차려 준 저녁밥을 먹고 엄마가 빨아서 말린 잠옷을 입고 엄마가 사 온 맥주를 마시며 엄마와 대화를 하다가 엄마와 같이 잠을 잤다.

바깥일도 바쁘고 힘들다고 하면 글쎄. 어떤 게 더 어렵다고 우열을 가리고 싶지는 않지만, 생사를 넘나들며 싸우는 게 더 힘들지 않을까?

아빠에게 말을 하려는데 출동 신호가 왔다. 신호를 받자마자 위치를 확인하고 자리에서 일어났는데 아빠가 내 손을 꼭 붙잡았다. 나는 잡히지 않은 손으로 아빠의 손을 붙잡았다.

"걱정하지 마. 별일 없을 거야."

"위험하면 꼭 마법소녀를 추가로 불러. 혼자서 다 해결하려 하지 말고. 알았지? 누가 뭐래도 아빠는 네가 제일 소중하단다."

"응······. 다녀올게요!"

내 마법도구는 하얀색 스케이트보드였다. 집을 나서자마자 목걸이처럼 만들어 목에 걸고 있던 핑거보드를 들어 앞으로 쭉 뻗은 왼팔 위에 올려놨다. 오른손 검지와 중지를 핑거보드 위에 올리고 왼팔을 쓸어내렸다. 손등뼈에 도달했을 때 핑거보드를 띄워 공중에서 돌리자 핑거보드가 빙글빙글 돌아가더니 롱보드가 되어 바닥에 부드럽게 떨어졌다.

롱보드 위에 오른발을 올리고 왼발로 바닥을 차자 순식간에 속도가 붙으며 빛나는 바람이 나를 감싸 안았다. 훈련을 하고 온 뒤라 후줄근한 체육복 차림이었는데 순식간에 무릎 위에서 찰랑거리는 하얀색 원피스로 변했다. 허리에서 양쪽으로 꼬리처럼 나풀거리는 레이스가 오금을 간지럽혔다. 내가 마법소녀가 된다면, 이런 옷이면 좋겠다고 해서 예전에 엄마가 그렸던 옷이었다. 직접 디자인한 옷이 TV에 나오는 걸 알면 기뻐하셨을 것이다.

헬멧이나 팔꿈치, 무릎 보호대는 당연히 없다. 롱보드를 타는 마법소녀는 바람을 가르며 머리카락과 원피스 자락을 아름답게 휘날려야만 했다. 그래서일까. 변신을 하면 며칠을 감지 않은 머리도 막 감고 말린 것처럼 부드럽게 찰랑거리고 꽃향기까지 났다. 단점은 내가 아무리 안전을 생각해 변신 전에 보호대를 다 착용해도 소용없다는 거지. 그래서 출동하지 않을 때면 죽어라 보드 타는 걸 연습해야 했다. 그나마 신발은 구두가 아닌 하얀색 운동화라 다행이었다.

"롱보드의 여신이다!"

"마법소녀 화이팅!"

거리에 있던 사람들이 재빨리 가장자리로 물러나서 속도를 줄이지 않아도 괜찮았다.

"이동 거울 열렸습니다! 무사히 다녀오세요!"

순간이동 하는 거울 안으로 들어가자 바로 그림자 괴물이 있는 장소에 도착했다. 이미 도착한 마법소녀가 있는지 먼저 싸우고 있는 게 보였다. 그 주위에는 카메라를 든 사람들이 모여 있었다. 몇몇 사람들의 카메라는 각도가 불순했다. 마법소녀 복장을 보니 허벅지를 겨우 덮는 반바지였다. 그나마 치마가 아니라 바지라 다행이라고 생각해야 하는 건지.

그림자 괴물을 향해 달리면서 소리쳤다.

"치이기 싫으면 비키세요~"

"야, 야 속도광이야!"

"시발 내 카메라! 안 돼!"

일부러 카메라 각도를 아래에서 위로 향하고 있는 사람을 향해 달려갔고, 모여 있던 사람들은 재빨리 피하느라 뒤로 자빠지고 말았다. 카메라도 당연히 바닥에 떨어지며 박살이

김청귤

났다. 뒤에서 욕하거나 말거나 쌤통이라 생각하며 사람들을 지나쳤다.

가까이서 보니 홀로 싸우고 있던 마법소녀는 얼마 전에 각성한 막내, 수민이었다. 내가 운동장을 돌면 따라 돌고, 스트레칭을 하면 힐끗힐끗 쳐다보면서 엉거주춤 따라 했었다. 나보다 키도 크면서 엄청 마른 모습이 어찌나 가슴 아프던지. 훈련하는 것조차 버거워 보여서 조만간 따로 불러서 삼겹살을 맛깔나게 구워 주겠다고 다짐을 하게 한 아이였다.

"막내! 괜찮니!"

훈련하면 더워질 게 분명한데도 수민은 늘 어두운 색의 긴 소매 상의과 긴 바지만 입었다. 그 탓에 마법도구인 알록달록 꽃이 그려진 머리띠만 유난히 눈에 띄었다. 수민의 마법소녀 복장은 머리띠에 걸맞게 화려하고 기장이 짧았다. 어깨끈이 없는 검은색 탑에 그물 형식의 형광 연두색 긴소매 크롭티, 검은색 핫팬츠였다. 수민이 뛸 때마다 양 갈래로 높게 묶은 머리카락이 나풀거렸다. 그래서 수민의 별명은 여름소녀였다.

키 크고 날씬하고 예쁘고 옷도 짧은 수민이 출동할 때마다 그곳에 있던 사람들은 도망도 가지 않고 수민의 모습을 넋 놓고 쳐다보았다. 카메라를 들고 있는 사람을 보니 TV에 방영되리라는 생각이 들었다.

수민이는 옷차림이 불편한 건지, 민망한 건지 모르겠지만 움직이면서 상의를 끌어내려 드러난 배를 덮으려고 애썼다. 그러나 호랑이 형태를 한 그림자 괴물을 상대하면서 팔을 휘두르고 뛰고 구르는 건 어쩔 수 없는 일이었다. 저쪽에 모여 있던 사람들의 카메라는 막내에게서 떨어지질 않았다. 나는 싸우면서도 사람들을 향해 소리치거나 카메라를 부순 적이 많아 나에게 향하는 카메라는 없었지만, 수민이는 소심해서 뭐라고 하지 못했다. 그걸 아니까 수민이만 집요하게 찍는 거겠지.

수민이도 카메라 렌즈가 어딜 향하고 있는지 알아서 움직임이 점점 소극적으로 변하고 있었다. 그러나 그림자 괴물을 앞에 두고 그러면 안 됐다. 싸우고 난 다음에 사람들을 향해 사진을 지워 달라고 부탁을 하든, 아니면 나에게 일러 깨판쳐 달라고 해야 했는데.

빛의 마법을 쓰려면 시간을 들여 빛의 힘을 모으거나 마법진을 그려야 했다. 수민이 빛의 마법을 쓸 수 있도록 그림자 괴물의 주변을 맴돌며 관심을 뺏으려고 했는데, 그림자 괴물은 누가 더 약한지 알고 수민을 집요하게 공격했다. 사람들은 그림자 괴물이 훌쩍 점프라도 하면 바로 잡아먹힐 수

김청귤

있다는 걸 잊고 있는 건지 계속 카메라로 찍기 바빴다.

수민이는 그림자 괴물이 사람들에게 접근하지 못하도록 관심을 끌기 위해 폴짝폴짝 뛰고 구르고 소리를 질렀다. 그러면 그림자 괴물은 수민이를 공격했고, 수민이는 더 열심히 뛰어다녔다. 사람들은 그런 수민을 구경했다. 찰칵찰칵찰칵. 요란한 셔터음과 번쩍거리는 플래시 세례를 받으며, 수민이는 필사적으로 움직였다.

"땀에 젖으니까 건강미에 섹시미까지 있는데? 팔을 더 쭉 뻗어 보라고!"

수민이가 그 말을 듣고 오히려 몸이 굳었는지, 팔을 뻗어 제대로 착지해야 하는데 넘어지고 말았다. 그림자 괴물은 수민이 넘어진 걸 놓치지 않았다.

조금만 여유가 있었더라면, 지켜야 할 사람들이 없었더라면, 그림자 괴물의 공격 속도가 느려서 수민이가 집중할 수 있었더라면. 그러면 수민이는 무사했을까?

"수민아! 집중해야 마법의 힘을 쓸 수 있어! 다른 건 무시해! 내가 있잖아!"

그러나 내가 있다는 말이 어떤 자극이 됐던 걸까. 수민이 무리하게 마법의 힘을 쓰려고 했다.

"여름날 햇빛— 아악!"

그 순간 그림자 괴물의 앞발이 수민의 머리를 후려쳤다. 마법의 힘을 쓰려던 수민이 정신을 못 차리고 그 자리에 엎어졌다. 그 모습을 보고 구경하던 사람들이 뒤도 돌아보지 않고 도망가기 시작했다. 왼발을 거세게 굴러 속도를 내자 롱보드 뒤쪽으로 빛무리들이 모여들기 시작했다. 그러나 이미 늦어 버렸다. 그림자 괴물은 형체를 풀고 너울거리는 어둠으로 수민을 휘감았다. 수민이 계속 싸우고 있는 건지, 어둠 속에서 연약하지만 반짝반짝한 빛이 새어 나왔다. 수민이 어둠에 완전히 물들기 전에 빨리 괴물을 잡는다면 구할 수 있었다.

침착하고 싶었지만 그게 되지 않았다. 발로 바닥을 제대로 차야 하는데 잘못 차서 몸의 중심이 흐트러지기까지 했다. 발목을 삐끗한 것 같았으나 안간힘을 써서 바닥을 찼다.

어느 정도 속도가 붙자 그림자 괴물을 중심으로 빙글빙글 돌기 시작했다. 그렇게 바람을 가르며 아름답게 보드 위에서 춤을 춰야지만 그림자 괴물을 가두고 없애는 빛의 마법진이 나타났다. 보드 위에서 춤을 출 때마다 발목이 욱신거렸다.

지금이라도 당장 그림자 괴물의 관심을 분산시켜 수민이를 구하고 싶었다. 그러나 도망가는 사람들이 있었다. 마법 소녀가 구해야 할 사람들. 그림자 괴물은 빨랐고, 사람들이

김청귤

아무리 빨리 뛰어도 몇 발자국만 움직이면 잡힐 거리에 있었다. 멈출 수도 없었고 멈춰서도 안 됐다.

손가락 끝까지 우아하게, 치맛자락이 부드럽게 흩날리고, 레이스 꼬리가 아름답게 물결치도록 가볍게 움직인 끝에 드디어 바닥에 빛의 선이 생겨났다. 그림자 괴물이 선 밖으로 도망가려 했지만, 이미 원형으로 커다란 빛의 고리가 생겨 도망갈 수 없었다.

마지막으로 보드 위에서 한 바퀴 돌자 마법진이 완성되며 환한 빛이 그림자 괴물을 감쌌다. 그림자 괴물은 소리 없는 비명을 지르더니 이내 흔적도 없이 사라졌다. 남은 건 수민의 머리띠뿐이었다.

마법소녀는 죽어도 시체를 남기지 않는다. 그림자 괴물에게 먹혀 사라지거나, 빛으로 변해 마법도구만 남기고 사라질 뿐이었다. 마법도구라도 남겨서 다행이라고 생각해야 하는 걸까.

수민의 죽음은 슬픈 일이었지만, 마법소녀의 죽음은 익숙한 일이었다. 세상은 마법소녀들의 개성 넘치는 변신 장면, 아름답거나 귀엽게 마법을 쓰는 모습을 찬양하지만, 마법소녀의 본질은 괴물을 상대하는 일이었다. 마법소녀가 죽거나, 괴물이 죽거나. 마법소녀의 죽음은 다른 마법소녀의 활약으로 덮인다. 어쩌면 내 활약이 수민의 죽음을 덮을지도 몰랐다.

나는 머리띠를 챙겨 돌아올 수밖에 없었다.

다음 날, 수민의 가족에게 수민의 머리띠를 전해 주기 위해 마법소녀관리청을 찾아갔다. 마법소녀의 사망을 관리하는 부서에 찾아갔는데 안에서 큰소리가 들리고 있었다.

"아니, 마법소녀관리청에서 마법소녀 관련 자료를 구입하지 않는다는 게 말이 됩니까? 국가가 마법소녀를 이렇게 헌신짝 취급해도 되는 겁니까?"

"선생님, 마법소녀 관련 물품은 사고파는 게 아닙니다. 오히려 선생님이 마법소녀를 위해 사진을 기증하는 건 어떠신가요. 저희가 가족들에게 잘 전달해 드리겠습니다."

"아니, 내가 어떤 위험을 무릅쓰고 찍은 사진인데 공짜로 달라 그래? 나라가 날강도구만!"

남자가 테이블을 내려치며 큰 소리가 났지만, 직원은 무표정을 유지한 채 남자 앞에 앉아 있을 뿐이었다. 이를 악물어 턱에 힘이 들어간 걸 보니 화를 참고 있는 것처럼 보이기도 했다.

"이렇게 소란을 피우시면 경비원을 부르겠습니다."

"경비원? 지금 날 진상 취급하는 거야? 너보다 높은 직급

김청귤

불러 와!"

도대체 무슨 일이길래 저러나 싶어 테이블 위를 봤는데, 거기에는 수민의 사진이 있었다. 수민이 높게 뛰어올랐을 때 찍었는지 엉덩이를 중심으로 아래에서 위로 올려다보는 구도였다. 땅에 손을 짚고 두 발을 허공에 차며 부드럽게 피할 때, 두 다리가 벌어질 때 찍은 사진도 있었다. 그것만 봐도 사진을 찍는 목적이 어떤 것이었는지 노골적으로 알 수 있었다.

"카메라를 완전히 박살 냈어야 했는데."

남자의 머리 위에서 사진을 내려다보며 중얼거리자 남자가 퍼뜩 고개를 돌려 나를 바라봤다. 신기하게 사람들은 마법소녀의 변신 전과 변신 후 모습을 매치하지 못했다. 그래서 남자는 나를 알아보지 못하다가 카메라 이야기를 곱씹고 나서야 내 정체를 알아차린 것 같았다.

"롱보드 여신!"

밝은 곳에서 가까이 남자를 보니 나도 남자가 누군지 깨달았다. 이 새끼는 내가 어렸을 때부터 나를 쫓아다니며 사진을 찍던 놈이었다. 원피스 아래 속바지가 있는 걸 보고 어찌나 아쉬워하던지. 우연인 척 카메라를 떨어뜨린 게 몇 번인지 모른다. 관리청에서도 초반에는 남자의 카메라를 변상해 주더니 이제 꾼인 걸 알고 대피하지 않았다는 이유를 대며 변상해 주지 않은 지 오래였다. 그래도 마법소녀 사진을 팔아서 많은 돈을 버니 죽어라 쫓아다니는 거겠지만. 지금은 마법소녀가 죽었기 때문에 인터넷으로 판매를 하는 게 아니라 관리청에 온 것 같았다. 이걸 양심이 있다고 해야 하는 건지 모르겠다.

"너 잘 만났다. 내 카메라 물어내!"

"내가 왜?"

"왜라니, 너 때문에 내 카메라가 박살 났잖아! 메모리는 건져서 다행이지, 아니었으면 민원 넣었어!"

그 말을 듣자 화가 머리끝까지 차올랐다. 카메라가 망가진 건 중요하고, 마법소녀가 죽은 건 안 중요해? 카메라는 돈을 주고 사는 재화지만, 마법소녀는 명예직이라서?

테이블 위에 있는 사진의 분위기가 어쨌건, 수민의 마지막 모습이라 차마 찢지 못했다. 어쩌면 저 사진들 중에 수민의 모습이 제대로 나온 사진이 있을 수도 있고. 대신 앉아 있는 남자의 멱살을 잡고 일으켜 세웠다. 주위에 있던 직원들도 벌떡 일어났다. 바로 앞에 있던 무표정한 직원은 눈을 동그랗게 뜨고 나를 보고 있었다.

"넣어, 이 새끼야."

"컥, 컥! 뭐, 뭐야? 마법소녀가 사람을 치려고 하네? 이거

김청귤

안 놔? 내가 아니라 괴물을 없애야 할 거 아니야! 어제 네가 더 잘 싸웠으면 여름 소녀가 당할 일도, 으아악!"

남자가 원하는 대로 먹살을 놔 주자 의자에 뒤엉켜 우당탕 넘어졌다. 어딘가 잘못 박았는지 끙끙거리는 소리를 냈다.

"마, 마법소녀가 사람 팬다! 경비원! 경찰!"

"어제 우리가 아저씨 구해 준 건 생각 안 나고? 아저씨만 아니었다면, 수민이는 죽지 않았을 거야. 왜 댁 같은 사람을 구하려고 마법소녀가 목숨을 바쳐야 하는 걸까."

"내가 너 고소할 거야. 콩밥 먹일 거라고!"

남자는 고래고래 소리를 지르며 사람들의 시선을 끌었다. 이제는 사무실 내부뿐만 아니라 다른 사무실에서도 사람들이 와서 지켜보고 있었다.

마법소녀는 오로지 그림자 괴물을 상대하기 위해 훈련을 한다. 그래서 사람을 때린다는 말은 들어 본 적이 없었다. 때리는 게 뭐야, 어제 같은 상황에서도 수민이를 구하지도 못하고 사람들을 지켰는데. 마법소녀가 사람을 때린 게 내가 최초인 것 같지만 뭐 어떤가. 참고, 당하고 살던 마법소녀들이 화를 내고 감정을 터트리면 좋겠다.

"수민이한테 미안하긴 해? 아니, 미안함이라는 감정을 알기나 해? 알았으면 이따위 사진을 찍겠다고 목숨 걸고 싸우는 마법소녀 근처를 얼쩡거리진 않았겠지. 어떻게 너 때문에 죽은 마법소녀의 사진을 팔려고 뻔뻔스럽게 찾아올 수 있지? 네가 사람이야?"

"이년이 싸가지 없게 누구한테 너, 너 거리는 거야? 네 부모가 그렇게 가르쳤어?"

"그래, 말 잘했다. 나도, 마법소녀도 부모가 있어. 마법소녀는 도구가 아니야. 사람이라고!"

"너희는 은퇴하면 결혼해서 편하게 살면 되지만 난 아니야! 나도 먹고살아야 할 거 아니야!"

마법소녀는 마법소녀에서 은퇴해 또 다른 마법소녀가 되어야 했지만, 사람들 눈에는 편하게 사는 걸로 보이나 보다. 우리는 우리들의 생을 태워 사람을 구했다. 싸우다가도 죽었고, 은퇴해서도 이른 나이에 죽었다. 스물셋. 받침에 'ㅅ'이 들어갈 때부터 중반이 되는 거라며, 마법소녀는 어리고 젊어야 한다는 이유로 은퇴당하는 나이였다. 마법소녀는 언제나 어리고, 젊고, 싱그러워야 했으니까.

누군가의 아내, 누군가의 엄마가 되기보다 그림자 괴물과 싸우고 사람을 지키고 싶어 하는 마법소녀들도 있었지만, 마법도구가 없으니 변신을 할 수 없어 싸울 능력이 되어도 싸울 수 없었다. 결혼하면 상대방에게 마법도구를 줘야만 했기 때문이다. '선녀와 나무꾼'이라는 동화에서 나무꾼이 선녀 옷을 인질로 삼고 있는 것처럼.

"그게 어떻게 편하게 사는 것처럼 보이는 거지? 그리고 죽을 만큼 훈련하고 죽음 앞에서 싸우는데 은퇴 후에 편히 살면 안 되나?"

"아, 그래. 롱보드를 타는 마법소녀는 올해까지만 활동하고 내년에 은퇴한다지? 이야, 인기 많고 잘 싸웠으니까 부자 남편 만나겠다! 이미 남편도 정해졌지? 은퇴하자마자 성대하게 결혼식 올릴 거지? 더 때려, 더. 팔자 고치게 때리라고!"

진짜로 후려치려고 했는데 나보다 더 빨리 남자를 때린 사람이 있었다. 남자를 상대하던 직원이었다. 나는 눈이 동그래져서 직원을 바라봤는데, 직원은 아무렇지 않게 손을 털고 있었다.

"마법소녀관리청 직원은 난동을 부리는 시민을 그 자리에서 처벌하고 체포할 수 있는 권리가 있습니다. 김한수 님께서는 타인에게 불안함과 불쾌함을 조성하였기 때문에 즉시 체포하겠습니다. 경비원, 데려가 주세요."

사람들 틈에 서 있던 경비원이 남자를 데려갔다. 제대로 맞았는지 말도 못 하고 경비원이 이끄는 대로 엉거주춤 걸어서 사라졌다. 남자가 사람들에게 눈짓을 하자 뿔뿔이 자기

자리로 돌아갔다. 직원은 나를 도운 거지만, 오히려 더 화가 났다. 내가 때리면 마법소녀가 사람을 패는 것이고, 직원이 때리면 정당한 행위였다.

주위를 둘러보니 다 남자뿐이었다. 하긴, 원래 마법도구를 반납하는 것도 구역 담당 관리한테 맡기지 본청까지 오는 일은 드물다. 나도 아빠가 놓고 간 서류가 있다고 해서 온 거지, 아니었으면 담당자한테 맡겼을 것이다.

"수민이의 머리띠예요. 가족한테 돌려주세요."

"네. 저…… 괜찮으십니까? 유자차 한 잔 드릴까요?"

"괜찮아요."

"그러면 율무차, 매실차도 있습니다. 아니면 카페에서 사 오겠습니다. 어떤 걸 드시겠습니까?"

"제가 할 일이 있어서 가 볼게요. 안녕히 계세요."

직원이 나를 불렀지만 뒤도 돌아보지 않고 다친 다리를 절뚝거리면서 마법소녀관리청 건물을 나왔다. 이곳에는 많은 사람이 오가고 있었다. 마법소녀훈련소 관련, 전투 후 피해보상, 다친 마법소녀 관리, 새로 각성한 마법소녀 등록, 사망한 마법소녀 장례, 마법소녀의 신랑 후보 등록 등 각자 해야 할 일을 가지고 들어오고 나가는 거겠지.

그러니까 이제부터 내가 해야 할 일은,

김청귤

"마법소녀, 투쟁!"

내가 배에 잔뜩 힘을 주고 크게 소리를 지르자 주변에 있던 사람들이 웅성거렸다. 힐끗 쳐다보고 그냥 지나가는 사람도, 관심도 주지 않고 가는 사람도 있었지만 다시 한번 소리 질렀다.

"롱보드 마법소녀인 나는 지금부터 마법소녀 활동을 하지 않는다! 파업이다!"

"뭐? 파업? 저게 무슨 소리야?"

"마법소녀에 파업이 어디 있어? 외상 후 스트레스 장애 아니야?"

"안에 들어가서 사람 좀 불러와."

누군가 안으로 급하게 뛰어 들어가기도 전에 아까 그 직원이 뛰어나왔다. 소란을 느꼈는지 나오는 사람이 한두 명이 아니었다. 그 속에는 아빠도 있었다. 아빠 미안. 그래도 지금까지 돈 많이 모았으니까 아끼면서 살 수 있을 거야.

"마법소녀는 도구가 아니다! 마법소녀는 사람이다! 국가는 마법소녀에게 제대로 된 보상을 지급하라!"

내가 소리치자 정문 앞을 지키고 있던 경비원들이 우물쭈물하며 내 곁으로 다가왔다. 경비원 또한 은퇴한 마법소녀였다. 그렇지만 일자리를 지키기 위해서는 마법소녀의 권리를 주장하는 나를 막아야만 했다.

"마법소녀도 일하고 싶다! 농사를 하거나 빵을 만들거나 회사를 다니고 싶다! 먹고 싶은 걸 마음껏 먹고 싶다! 잠을 실컷 자고 싶다! 연애를 하고 싶다! 계속 괴물과 싸우고 싶다! 마법소녀도 사람이다! 자유를 달라!"

이렇게 외치는 마법소녀를 어떻게 막을 수 있겠는가. 내 선배들은 나와 눈이 마주치자 바로 몸을 돌려 접근하려는 사람들을 막았다.

"지금 뭐 하는 거야? 저것들 안 말려?"

"알겠습니다!"

상사의 지시를 받은 젊은 직원이 나를 향해 뛰어오려고 할 때, 말 없이 서 있던 사람이 아무렇지 않게 제지했다.

"1인 시위는 합법인데 뭘 말려?"

"누가 그런…… 앗, 청장님. 안녕하십니까! 얼른 조용히 시키겠습니다!"

"사람한테 이거저거 할 때부터 알아봤네. 1인 시위는 합법일세!"

그러더니 성큼성큼 내게 다가왔다. 선배들도 청장님을 차마 막을 수는 없었는지 가만히 서 있기만 했다. 모른 척하며 다른 곳을 바라보고 있었는데, 청장님은 내 앞으로 다가와

김청귤

나를 꼭 끌어안았다. 청장님이 1인 시위를 하는 사람을 안자 주위에서 술렁거렸다. 나는 떨어지지 않는 입술을 겨우 달싹여 말했다.

"아빠 미안해……."

"네가 뭐가 미안해. 그저 좋은 사람하고 결혼시킬 생각만 했지, 네게 하고 싶은 게 있을 거라고 생각도 못 했다는 걸 알고 반성하고 있었어. 아빠는 너를 지지한단다. 집회신고 해놓을 테니 걱정 말아라."

1인 시위는 합법이지만 2인 이상은 미리 집회신고를 해야 하기 때문에 그 말만 하고 돌아갔다. 사람들은 투쟁과 파업을 외치는 마법소녀의 아빠가 마법소녀관리청장이라는 사실에 놀라 어쩔 줄 몰라 했다.

그렇게 볼일을 보기 위해 관리청으로 오는 사람들 속에서 죽어라 외치고 있었다.

"이거 드세요."

목소리가 갈라지려고 할 때, 진상을 상대했던 직원이 텀블러를 내밀었다.

"저기에 있는 카페에서 사 온 밀크티입니다. 제일 잘나가는 메뉴라 사 왔는데 혹시 카페인 자체를 안 드십니까? 유자

차로 사 올까요?"

"괜찮아요. 잘 마실게요. 감사합니다."

받지 않을 생각이었는데 너무나도 정중하고 다정하게 물으니까 나도 모르게 손을 내밀어 받았다. 안 그래도 목이 아픈 상태였다.

"제 이름은 한현민입니다. 그러니까…… 한수민…… 수민이의 오빠입니다. 수민이의 유품을 챙겨 주셔서 정말 감사합니다……."

남자, 한현민의 말을 듣고서야 한현민의 얼굴에서 수민이의 흔적을 찾을 수 있었다. 이제는 볼 수 없는, 수민의 나이든 모습이었다. 한현민은 허리를 깊이 숙여 인사했다. 그런데 내게 이 인사를 받을 자격이 있나?

"수민이를 구하지 못해서 죄송합니다……."

눈물이 뚝뚝 떨어졌다. 싸우다가 죽어 빛으로 사라진 마법소녀들이 떠올랐다. 더는 이렇게 헛되이 보내고 싶지 않았다.

"아닙니다. 롱보드 마법소녀로 활동하면서 다친 걸 한 번도 본 적 없었는데…… 포기하지 않아 주신 거겠죠. 그것만으로도 감사합니다. 수민이는…… 수민이는 롱보드 마법소녀의…… 유리 언니의 빵집에서 같이 일하고 싶다고 했었어요. 자기는 커피를 만들고 싶다고요."

김청귤

전혀 몰랐다. 수민이가 마법소녀인 나를 존경하고 동경한다고 생각했지, 빵을 만들고 싶다는 꿈을 꾸는 나를 좋아한다고는 생각 못 했다. 수민이에게 꿈이 뭐냐고 물어볼걸, 더 많이 대화할걸…… 목이 메어서 어떤 말도 할 수 없었다. 그런 나에게 한현민은 정중히 고개를 숙이며 감사 인사를 했다.

"수민이가 꿈을 꿀 수 있게 해 줘서 고맙습니다. 그러니까…… 지지합니다. 마법소녀, 투쟁."

"그래요. 우리도 힘을 보탤게요."

갑자기 들린 소리에 고개를 돌리자 마법소녀들이 보였다. 청소년인 마법소녀부터 아기를 안고 나타난 은퇴 마법소녀까지 다양했다. 우리는 죽음을 각오하고 싸우는 동료이자 또 다른 가족이면서도, 많은 걸 포기하고 체념하고 길들여진 마법소녀이기도 했다. 그래서 이렇게 많은 사람이 와 줄 줄은 상상도 못 했다. 파르르 떨리는 입술을 깨물고 주위를 살펴보고 있을 때 한현민이 말했다.

"1인 시위만 합법이라 이렇게 모여 있으면 안 됩니다."

한현민은 관리청 직원답게 딱딱하게 대응했다. 그러자 제일 나이가 많아 보이는 마법소녀가 코웃음을 치고 말했다.

"우리가 뭐 시위하러 왔나? 그냥 구경 온 거야~ 유리라고 했지? 힘들면 말해. 내가 교대해 줄게. 그러면 1인 시위잖아?"

"그렇지만 앞으로 15분 뒤에는 합법 시위입니다. 청장님이 신고해 두셨거든요."

한현민은 그 말을 끝으로 관리청으로 돌아갔다. 마법소녀들은 한현민을 보다가 서로를 보고 싱긋 웃고 말았다. 나는 따뜻한 밀크티를 마시고 다시 투쟁을 외쳤다. 마법소녀들은 드문드문 모여 수다를 떨다가 15분이 지나자 내 주위로 모여 투쟁과 파업을 외쳤다.

우리는 꿈을 꾸었다. 의사가 되어 사람들을 치료하는 꿈을, 학교에서 책상 앞에 앉아 공부하는 꿈을, 노래를 불러 사람들에게 감동을 주는 꿈을, 혼자 사는 집에서 반려동물을 키우며 늙어 가는 꿈을.

우리는 마법소녀의 아이를 돌보고, 카페에서 음료를 사 와 나눠 마시고, 아빠가 주문해 준 따뜻한 도시락을 먹고, 마법소녀의 유가족이 보내 준 간식거리를 먹으며 웃고 떠들었다.

투쟁을 외치다 보면 새로운 시대가 올 것이다.

해가 바뀌고 스물셋이 되었지만, 나는 마법소녀다.

마법소녀, 투쟁!

김청귤

안녕하세요, 김청귤입니다. 쓸 때는 힘들면서도 즐겁고, 세상에 선보일 때는 조마조마합니다. 재미있게 보셨을까요? 우리는 빵을 만들 수도 있고, 노래를 부를 수도 있으며, 침대에 가만히 누워 있을 수도 있습니다. 마법소녀가 될 수도 있겠죠. 저는 소설 쓰는 걸 포기했었어요. 그러나 지금은 소설을 쓰고 있습니다. 열심히, 재미있게 앞으로도 계속 쓰고 싶어요. 노력한다고 해서 모든 게 이루어지는 게 아니라는 걸 알지만, 그래도 꿈을 향해 노력하고 싶습니다. 아무것도 하지 않으면 가능성은 0이니까요. 우리 모두 투쟁!

창문을 통과하는 빛과 같이

서이제

한때 나는 세연이었다. 한동안 나는 세연으로 살았지만, 내가 그를 진정으로 이해했다고는 할 수 없을 것이다. 나는 오랫동안 그를 이해하기 위해 애썼지만 언제나 실패하고야 말았다. 아직도 나는 그때 내가, 그러니까 내가 세연으로 살면서 느꼈던 감정에 대해 명확히 설명해 낼 수 없었다. 그저 찰나의 감정이었다고, 한순간의 충동이었다고. 마치 영화를 보며 울고 웃는 관객처럼, 나 또한 어떤 이야기에 몰입하게 되었을 뿐이라고. 이따금 어떤 배우들은 역할에 과도하게 몰입한 나머지, 촬영이 끝난 후에도 그 감정으로부터 쉽게 빠져나오지 못하기도 하니까. 나 또한 그런 경험을 한 것이라고 생각했다.

그러나 이제는 아무래도 상관없을 것이다. 그 감정이 무엇이었는지, 진실이 무엇이든. 나는 더 이상 그 문제에 대해 생각하지 않기로 했다. 내가 그를 이해했건 이해하지 못했건, 이제와 달라지는 건 아무것도 없었기 때문이다. 이제 나는 더 이상 세연이 아니었고, 세연으로 살아갈 일도 없을 테니까. 그런 일은 내게 두 번 벌어지지 않을 테지만.

시사회에 갈 생각을 하니, 이런저런 미련한 생각에 마음이 복잡해지는 건 어쩔 수가 없었다. 너를 다시 만나게 되면 나는 어떤 표정을 지어야 할까. 어떤 말로 대화를 시작하는 게 좋을까. 고민했지만, 모두 부질없는 생각이란 것 또한 잘 알고 있었다. 너는 관객들에게 짧게 인사를 하고 극장을 나갈 것이고, 나는 그저 멀리서 그 모습을 지켜볼 수밖에 없을 것이다. 그 사실을 알면서도 자꾸만 떠오르는 것. 네가 객석에 앉아 있는 나를 발견하고 내게 다시 연락을 하는, 그리하여 결국 우리가 다시 마주하게 되는 그런 이야기. 그런 허황된 이야기 속에 자꾸만 나를 몰아넣게 되었다. 그러다가도 덜컥 겁이 났는데, 나는 도대체 무엇이 겁났던 것인지. 지금이라도 윤 감독에게 전화를 걸어, 급한 일이 생겼다고 거짓말이라도 해야 하나 고민이 되었다.

윤 감독님

최근 통화 목록에 찍힌 이름을 보았다. 연기를 그만두었기 때문에 이제 그와 다시 작업을 하게 될 일은 없겠지만, 그럼에도 나는 여전히 그를 그렇게 부르고 싶었다. 그는 내가 연기를 그만둔 이후에도 매년 안부를 전해 주었다. 그는 나를 한 인간으로서 아껴 주었다. 그건 나 또한 마찬가지였다.

재작년 봄이었나. 그는 데뷔작을 준비하고 있다고 했다. 좋은 조건으로 계약을 하고, 장편 시나리오를 쓰는 중이라고. 그러나 이후로는 별다른 소식이 없는 것을 보아, 아무래도 작업이 지연되었거나 무산된 듯했다. 나는 이에 대해 자세히 묻지 않았다.

어쨌든 며칠 전 그는 오랜만에 연락을 해, 내게 시사회에 갈 거냐고 물었다. 그는 너로부터 시사회 티켓 두 장을 받았다고 했다. 그는 너와 내가 멀어졌다는 사실을 아예 모르고 있는 듯했다. 나는 시사회 티켓을 받지 못했다고, 사실은 너와 연락을 하지 않은지 꽤 되었다고 알려 주었다. 그는 둘 사이에 무슨 일이 있었던 거냐고 묻지 않았다. 그 대신, 그래도 시사회에 갈 마음이 생기면 알려 달라고 했다. 그 말을 듣자마자 나는 가겠다고 답했다. 어디서 그런 용기가 나왔던 것인지는 알 수 없었다.

*

십 년 전, 윤 감독은 독일 유학을 마치고 한국에 돌아온 지 얼마 되지 않은 젊은 감독이었다. 그는 한국을 배경으로 새로운 영화를 찍고자 했고, 너는 그의 영화에 출연이 확정된 상태였다. 정말 똑똑하고 재미있는 여자야. 너는 윤 감독에 대해 자주 이야기하곤 했다. 영화를 찍는 게 이렇게 자유롭게 느껴졌던 적은 처음이라니까. 내가 이 작품에 진정으로 참여하고 있다는 생각이 들어. 나는 너에게 어떤 이야기냐고 물었고, 너는 졸업을 앞둔 열아홉 살 아이의 이야기라고 설명했다. 아니, 네가 맡은 캐릭터가 아니라 줄거리 말이야. 내가 다시 묻자, 너는 묘한 표정을 지으며 답했다. 아직 줄거리가 없어. 촬영을 하며 하루하루 조금씩 만들어 갈 예정이야. 너는 매주 감독과 만나 고등학교 시절 이야기를 나눈다고 했다. 나는 꺼림칙한 느낌을 지울 수 없었다. 아무래도 네가 사기꾼에게 잘못 걸린 것 같다고 생각했다. 뭐 하는 사람인데? 영화를 제대로 찍어 본 적 있는 사람이야? 너는 그가 지금껏 작업한 영화들에 대해 자세히 설명해 주었다. 마치 자랑이

서이제

라도 하듯. 나는 그런 네가 걱정이 되었다. 네 얘기도 많이 했어. 같이 연기를 공부하는 친구가 있다고. 고등학교 이야기를 하는데 네 이야기를 안 할 수 없지.

*

우리가 다녔던 고등학교에는 영화 동아리가 없었다. 그래서 영화를 찍고 싶어 하는 친구들은 방송반으로, 연기를 하고 싶어 하는 친구들은 연극 동아리에 모일 수밖에 없었다. 재학 당시, 연극 동아리에서 영화배우를 꿈꾸는 학생은 우리 둘뿐이었다. 우리는 빠르게 가까워질 수 있었다. 우리는 함께 영화를 보러 다니기 시작했고, 연극영화과에 대한 정보를 공유하기도 했다. 연기 연습을 하면서 상대 배역이 되어 주기도 했다.

공교롭게도 둘 다 연극영화과 진학에 실패했기 때문에 우리는 서로를 더욱더 의지하게 되었다. 졸업 이후 우리는 서울로 상경하여, 함께 살기 시작했다. 스무 살 때부터 스물세 살이 될 때까지. 서로 다른 대학 연극영화과에 진학해, 각자의 시간을 보내게 되면서 우리는 따로 살게 되었지만. 그럼에도 불구하고 우리는 함께 살았던 시절을 늘 그리워했다.

나중에 다시 합치자고, 배우로 성공하면 아주 큰 집을 사서 함께 살자고, 결혼하지 말고 그렇게 살자고. 우리는 만날 때마다 자주 이야기하곤 했다. 그때까지만 해도, 나는 우리가 서로 다른 삶을 살게 될 것이라고 생각하지 못했다. 내 상상 속에서 우리는 늘 함께였다.

*

이른 새벽, 가게로 향할 때마다 지나치는 골목이 있었다. 그 골목에는 윤 감독이 예전에 사용했던 작업실이 있었다. 당시에는 작고 허름한 작업실이었는데. 그마저도 개인 작업실이 아니었고, 좁은 공간에 구획을 나눠서 여러 명이 사용했던 작업실이었는데. 지금은 누가 무슨 용도로 사용하고 있는지 모르겠지만, 이따금 새벽까지 불이 켜져 있는 게 보였다. 그 불빛을 보면, 그곳에 오디션을 보러 갔던 게 생각났다. 아니, 오디션이라기보다는 미팅에 가까웠다. 그는 첫 만남에서 직접 내린 커피를 내게 건네주었다.

*

서이제

한 인물에 대한 사랑으로 영화를 만들려고 해요. 인물에게 마음껏 움직일 수 있는 세상을 주고, 그가 자연스럽게 변할 수 있는 시간을 충분히 주고 싶어요. 이건 불확실한 미래와 열린 가능성을 보여 주는 영화가 될 거예요. 그는 내게 설명했지만, 사실 내가 알고 싶었던 건 그런 게 아니었다. 그래서 무슨 이야기예요? 내가 묻자 그가 웃으며 답했다. 그건 아직 모르죠. 그건 촬영을 하면서 매일 조금씩 알게 되겠죠. 나는 그의 말과 표정, 모든 게 의아했다. 그럼 시나리오는요? 시나리오는 정말 없는 거예요? 그는 자신이 하려는 작업에 대해 다시 차근차근 설명해 주었다. 나는 그로부터 꽤 많은 이야기를 들을 수 있었지만, 그럼에도 그의 작업 의도나 방향성을 이해하기는 쉽지 않았다. 시나리오 없이도 영화를 찍을 수 있어요. 아니, 시나리오가 없어야만 찍을 수 있는 영화가 있어요. 이건 현실과 허구의 경계를 탐구하는 작업이에요. 그 말을 듣고 나는 고개를 끄덕였다. 그 말의 의미를 이해했기 때문이 아니었다. 너무도 배가 고프고 지쳤기 때문이었다. 네, 이제 알 것 같아요. 자세히 설명해 주셔서 감사합니다. 커피도 정말 맛있었어요. 커피를 다 마실 때까지도, 사실나는 그가 하는 말을 이해할 수 없었다.

　미팅을 마치고 돌아오며, 나는 그가 내게 마구 던져 놓은 단어들을 곱씹어 보았다. 사랑, 자유, 미래, 가능성, 현실, 허구, 경계. 내게는 모두 막연하고도 거창한 언어들이었다. 내가 보기에 그의 영화는 여느 하이틴 영화와 다를 바 없었다. 그럼에도 불구하고 내가 이 영화에 출연하기로 결심했던 건, 내게 별다른 선택지가 없었기 때문이었다. 이것저것 가릴 형편이 아니었다.

*

그렇게 너와 나는 스물세 살에 다시 교복을 입어 보았다. 우리가 다녔던 고등학교 교복과는 전혀 다른 디자인이었지만, 다시 교복을 입으니 왠지 모르게 지난 시절을 한 번 더 사는 느낌이 들었다. 우리는 고등학교 친구였고, 영화 속에서도 고등학교 친구가 되었다.

세연아.
수민아.

이름을 부르자 바로 웃음이 터져 나왔다. 나는 세연, 너는 수민. 그게 한동안 우리에게 주어진 이름이었다. 세연과 수

서이제

민은 열아홉 살이었고, 같은 학교에 다니고 있었다. 그게 우리가 알고 있는 전부였다, 촬영이 시작되기 전까지.

첫 촬영은 동작구 어느 거리에서 이뤄졌다. 윤 감독이 고등학교 시절에 자주 걸었던 거리라고 했다. 아파트 단지를 사이에 두고 나무가 무성하게 자라 있었다. 나는 그 거리를 걸으면 되었다. 그냥 걷기만 하면 돼요? 네, 편하게 걸으면 돼요. 윤 감독의 요구는 그게 전부였다. 촬영이 시작되고, 나는 그의 말에 따라 천천히 걸었다. 그런데 도대체 어떻게 걸어야 하는 걸까. 무슨 생각을 하면서 걸어야 하는 걸까. 걷는 연기를 하고 있다고 생각하니 내가 걷고 있다는 사실이 어색하게 느껴졌지만. 금방 익숙해졌다. 한참을 걷다 보니 어느새 별다른 생각 없이도 걸을 수 있게 되었다.

잎이 무성한 나무를 올려다보거나 주변을 둘러보면서.

산책을 나온 개나 아이들 쪽을 물끄러미 바라보기도 하면서.

횡단보도를 건너거나 빨간불 신호에 멈춰 서면서.

그러다가 이어폰을 꽂고 음악을 듣기도 하면서.

카메라가 있다는 사실조차 잊었을 때, 자전거 한 대가 내 앞을 빠르게 지나쳤다. 그리고 곧 내 앞에 멈춰 섰다. 너였다. 갑작스러운 등장에 나는 놀라, 걸음을 멈췄다. 우리는 잠시 서로를 물끄러미 바라보았다. 너는 내게 이어폰을 빼라는 듯, 자신의 귀를 손가락으로 툭툭 치면서 웃어 보였다. 나는 이어폰을 뺐다. 그러자 너는 환하게 웃으며 내게 물었다. 우리 한강 갈래? 나는 얼떨결에 고개를 끄덕였다. 끄덕이게 되었다.

그렇게 영화는 시작되었다.
너의 말에 따라, 나의 반응에 따라,
다음 신이 결정되었다.

우리는 한강으로 이동하며 몇 컷을 더 찍었다. 내가 너의 자전거 뒷자리에 올라타는 장면과 자전거를 타고 달리는 장면. 이어지는 풍경들 같은 것들. 윤 감독은 너에게 지시를 내린 모양이었다. 자전거를 타고 가다가 나를 만나면 말을 건네라고. 무슨 말이든 좋으니, 자유롭게 한번 해 보라고. 너의 말에 따르면 윤 감독의 요구는 그게 전부였다고 했다.

한강에 도착해, 우리는 김밥과 컵라면으로 배를 채웠다. 그런데 왜 하필 한강에 가자고 했어? 잘 모르겠어. 갑자기 말이 그렇게 나왔어. 너는 그렇게 말하고는 라면 국물을 들이켰다. 그냥 말이 그렇게 나왔다고? 나는 이 영화가 어떻게 흘러가게 될지 짐작조차 할 수 없었다. 아니, 사실은 여름방학인 것 같아서 그랬어. 너는 나무젓가락을 내려놓으며 말했다. 날이 너무도 화창하더라고. 온 세상이 푸르니까, 아마 여름방학이겠지? 보충 수업을 받으러 학교로 가는 길인 것 같은데. 음, 거리에 다른 학생들이 없는 것을 보아 아무래도 지각을 한 것 같았어. 아마 둘 다 지각을 한 모양인데. 세연이, 그러니까 네가 너무 느긋하게 걷더라고. 학교를 갈 마음이 없어 보였어. 수민이는 아마 그걸 알아봤을 거야. 지각생은 지각생 마음을 이해하니까. 불현듯 이대로 학교를 빠지고, 실컷 놀고 싶다는 생각이 들었는데. 그렇게 생각하니까 갑자기 말이 그렇게 나왔어. 지금은 방학이잖아. 네 말을 듣고 주변을 둘러보았다. 말 그대로였다. 정말 온 세상이 푸르렀다.

*

주로 손님이 몰리는 시간은 출근 시간과 점심시간이었다. 빵을 만드는 일부터 판매까지, 혼자서 모든 일을 해야 했기 때문에 더욱더 정신이 없었다. 그러나 그 시간만 지나면 언제 그랬냐는 듯 한적해졌다. 특히 늦은 오후에는 손님이 거의 없었다. 따분했다. 나는 지루한 시간을 견디기 위해, 되도록 책을 읽으려고 했다. 노력했다. 글자가 눈에 들어오든 그렇지 않든. 그러다가 그것도 지겨워지면 멍하니 창밖을 바라보았다. 이차선 도로에 자동차가 지나가고, 이따금 사람들이 지나가는 게 전부인 풍경이었다.

처음에는 이 여유가 좋았지만, 점점 시간이 지날수록 꼭 그렇지만은 않다는 걸 알게 되었다. 아니, 정확히 말해 이제는 이 여유가 싫었다. 가게에 발이 묶인 느낌이었다. 가게를 운영한다는 건, 자유롭게 돌아다닐 수 없다는 것을 의미했다. 가게를 운영하기 전까지는 몰랐다. 내 시간을 다 쏟아야 하는 일이라는 것을 말이다. 가게를 유지하는 데는 돈과 노동력뿐만 아니라, 한 개인의 시간이 필요했다. 무엇보다도 시간이 중요했다. 가게가 바쁘든 그렇지 않든, 손님이 있든 없든, 나는 언제나 이 자리를 지켜야만 했으니까.

서이제

*

　여기서 이렇게 행동하는 게 맞나요? 이해가 되나요? 나는 내 연기에 확신이 들지 않을 때마다 그에게 물었다. 그로부터 정확한 피드백을 받고 싶었으나 그는 언제나 똑같이 대답했다. 네, 그럴 수도 있죠. 세상 어딘가에는 그런 사람이 있을 수도 있잖아요. 그 말은 내게 별다른 도움이 되지 않았다. 그런 무책임한 말이 어디 있냐고 되묻고 싶을 때도 있었다.

　그는 이 세상에 존재하는 모든 인간을 긍정하려는 듯 보였다. 그는 자신이 이해한 것뿐만 아니라, 이해할 수 없는 것들까지 카메라에 담고자 했다. 최대한 있는 그대로, 되도록 있는 그대로. 좋아요, 괜찮아요, 그럴 수도 있어요, 늘 그렇게 말하면서. 그저 눈앞에 벌어진 상황을 받아들이고, 그 속에서 영화적인 어떤 것을 발견해 나가는 것. 그에게는 그게 중요했다. 적어도 내가 보기에는 그랬다.

　그의 그런 연출 방식은 너와 잘 맞았다. 너는 수민을 연기하면서 점점 그가 되어 가고 있었다. 다시 말해, 너는 진심으로 수민을 살고 있었다. 그건 이해와는 별개의 문제였다. 왜 태어났는지도 모르면서 지금껏 잘 살아온 것처럼, 자기 자신이 누군지도 모르면서도 잘 지내 온 것처럼. 도대체 마음이 왜 이럴까, 이해되지 않는 싱숭생숭한 기분으로도 하루를 보낼 수 있는 것처럼. 너는 이해하지 못한 채로도 살 수 있었다, 영화 속에서. 그러나 나는 그럴 수 없었다. 견딜 수 없었다. 아무리 생각해도 사는 것과 연기하는 것은 다르다는 생각을 지워 버릴 수 없었다. 무언가 이해하지 못한 채로는 살 수 있어도, 인물을 이해하지 못한 채 그를 연기할 수는 없다고 생각했다.

그럴 수 있죠.
세연이라면 얼마든지 그럴 수 있지요.

내가 연기를 그만두겠다고 했을 때도 그는 그렇게 말했다. 그건 촬영 때와는 전혀 다른 의미였다. 마치 세연을 잘 알고 있다는 듯, 비로소 이해했다는 듯. 나는 왜 그렇게 생각하는지 그에게 묻고 싶었지만 그러지 않았다. 베이커리를 하려고 해요. 나중에 가게를 오픈하면 한번 놀러 오세요. 나는 그저 그렇게 말했다.

*

서이제

가게 문을 열면, 입구 쪽에 놓아둔 화분들이 가장 먼저 눈에 들어왔다. 그 중에는 윤 감독이 오픈을 축하하며 선물해 준 것도 있었다. 그것들은 밤사이 시들시들해졌다가, 정오가 되면 다시 빛을 머금고 고개를 바짝 들었다. 그 미세한 변화를 지켜보는 게 좋았다. 오늘은 화분들을 볕이 가장 잘 드는 쪽으로 옮겨 두었다. 조금 더 신경 써서 물도 주었다. 오후 중에 윤 감독이 가게에 방문한다고 했고, 나는 그에게 화분이 잘 자라고 있다는 걸 보여 주고 싶었다.

오후가 되어 그가 가게에 왔을 때, 나는 가장 먼저 화분을 가리키며 말했다. 감독님, 저기 화분 좀 보세요. 감독님이 선물해 주신 거. 잘 자라고 있죠? 오랜만에 만난 윤 감독은 많이 야위어 있었다. 점점 나이 들어 간다는 것을 실감할 수 있었는데, 그렇다고 그가 안쓰러워 보였던 건 아니었다. 오히려 세월의 흐름에 따라, 그가 조금씩 변해 가는 모습을 볼 수 있어서 좋았다. 드문드문 보이는 새치와 얼굴 구석구석 깊어진 잔주름. 어느새 눈두덩이 살도 사라져, 옅은 쌍꺼풀도 생겼다. 예전에는 없었던 것들이었다. 그의 젊었던 모습을 생생히 기억하고 있었다. 부드러운 성격과 달리, 그때는 다소 날카로운 인상을 가지고 있었는데. 시간이 흐른다는 것. 가만히 있어도, 애쓰지 않아도, 매일 무언가 조금씩 변한다는 사실이 신기하게 느껴졌다. 오, 정말 예쁘게 잘 가꿔 주셨네요. 그가 말했고 나는 고개를 저었다. 저는 물 주는 것밖에 한 게 없어요. 가끔 들여다보고 관심 주는 정도? 이에 그는 장난스럽게 대꾸했다. 그럼 정말 한 것도 없네요.

오래 전에도 이와 비슷한 말을 들은 적이 있었다. 그러니까 우리 영화가 영화제에서 상을 받았던 날, 술에 취한 촬영감독이 윤 감독에게 했던 말이었다. 솔직히 감독님이 한 게 뭐예요. 시나리오도 안 쓰고, 편집도 손도 대지 않은 거나 마찬가지지. 자칫 기분을 상하게 할 수도 있는 말이었지만, 그때 윤 감독은 호탕하게 웃으며 말했다. 맞아요, 내가 한 게 없지. 컷도 촬영감독이 REC 버튼 눌러서 잘라 주었잖아요. 도대체 뭐가 그렇게 웃겼는지는 모르겠으나, 스태프들은 이에 박장대소했다. 그런데 원래 감독은 하는 게 없어요. 그게 바로 감독 나부랭이지. 감독은 그저 어떤 순간을 포착하고 포착한 것을 정리할 뿐이에요. 가만히 있어도 일이 벌어지고, 일이 벌어지면 무언가 변하니까. 이어서 그는 이름도 외우기 어려운 어느 외국 감독에 대해, 세상을 떠난 어느 철학자에 대해, 아직 번역서가 나오지 않은 책에 대해 이야기하기 시작했다. 자신의 말을 근거를 들기 위해서였다.

그때 나는 그가 허세를 부리고 있다고 생각했다. 다들 말은 하지 않았지만, 다른 스태프들도 아마 나와 똑같은 생각했을 것이다. 오직 너만이 그의 말을 경청하며 고개를 끄덕이고 있었다. 그러나 이제는 그때 그가 했던 말을 이해할 수도 있을 것 같았다. 그의 얼굴을 보면서, 그에게 벌어진 작은 변화들을 포착하면서.

*

그간 너에게는 큰 변화가 있었다. 너는 소속사에 들어가게 되었고, 점점 더 많은 작품에 출연하기 시작했다. 너는 가리지 않고 일했고, 점점 관객들에게 친숙한 얼굴이 되어 갔다. 독립영화계에서 이름을 알린 많은 배우들이 으레 그러하듯, 너는 상업영화에도 출연하게 되었다. 아이러니하게도, 이후 너의 이름에는 언제나 '독립영화계 스타'라는 수식어가 따라다녔다. 어느 날 갑자기 혜성처럼 등장한 스타가 아니라, 독립영화를 통해 차근차근 연기력을 쌓아 온 성실한 배우. 오랜 무명 생활 속에서도 신념을 잃지 않고 한 길을 걸어온 배우. 그게 너의 이야기, 즉 대중에 의해 소비되는 너의 이야기였다. 물론, 그 이야기는 어느 정도 사실이었다. 그러나 너의 모든 것을 알려 주는 이야기도 아니었다.

어찌 되었건, 나는 너와 연락을 하지 않는 동안에도 나는
네가 어떻게 살아가고 있는지 알 수 있었다. 기사나 방송을
통해, 광고와 영화 예고편 통해. 나는 네가 점점 더 멀게 느껴
졌다. 특히 스크린을 통해 네 얼굴을 마주할 때. 네가 카메라
가까이 다가오더라도, 아무리 가까이 다가오더라도. 너는
이미 나와 멀어져 있었다. 되돌릴 수 없을 만큼. 꼭 그때 그
일이 아니었더라도, 언젠가는 우리는 멀어졌을 것이다.

*

고등학생 시절을 어떻게 보냈어요? 윤 감독은 촬영 전마
다 배우들과 대화를 나누는 시간을 가졌다. 대본 리딩을 대
신하는 시간이었다. 혹시 기억에 남는 일화들이 있는지요.
아니면, 고등학생 때 싫어하는 거나 좋아했던 거. 나는 머리
를 굴려, 최대한 자세히 설명해 보려고 노력했다. 음, 드라마
보려고 야간자율학습 도망치다가 걸린 적도 있었고요. 집에
서 반찬 가져와서 학교에서 비빔밥 비벼 먹었던 게 기억에
남아요. 아, 그리고 수업 시간에 몰래 〈컬투쇼〉 듣던 거. 그게
두 시에 하거든요. 점심 먹고 딱 졸릴 시간이라서, 수업 듣기
싫을 때 몰래 듣곤 했는데. 웃음이 나와서, 자칫 잘못하면 선

생님한테 걸린다고요. 웃음 참기 챌린지예요. 말을 하다 보니, 기억이 나는 일이 꽤 많았다. 아, 학교 앞에 놀이터가 있었는데 거기서 그네 타는 걸 좋아했어요. 저녁 먹고 잠깐 놀이터에 나가면, 그 시간에 항상 놀이터에 오는 애가 있었어요. 우리 학교 교복을 입은 애였는데, 오토바이를 타고 다녔죠. 그 애가 거기에 오토바이를 놓았거든요. 그때는 되게 멋있다고 생각했는데 지금 생각하면 그냥 양아치였던 것 같아요.

그때 윤 감독에게 말하진 못했지만, 돌이켜 보니 그 시절에는 매일 〈거침없이 하이킥〉를 보는 게 낙이었다. 그 시트콤에는 고등학생 아이들이 나왔고, 그 중에는 윤호라는 캐릭터가 있었다. 그는 늘 오토바이를 타고 다니는 학생이었다. 아마 그 시절 윤호에게 반하지 않은 고등학생은 없었을 것이다. 그 시트콤에서 윤호는 금기의 사랑을 하고 있었다. 윤호는 담임을 사랑하고 있었고, 담임은 윤호의 삼촌을 사랑하고 있었다. 자신을 가르치는 선생님을 사랑하다니, 그것도 자신보다 훨씬 나이도 많은데다가 자신의 삼촌을 사랑하고 있는 여자를 말이다. 그게 말이 되나 싶었지만, 그게 어떻게 말이 되냐고 따지는 사람은 없었다. 오히려 사람들은 그 말도 안 되는 이야기에 매료되어 있었다. 나는 친구를 보는 것처럼 텔레비전 속 윤호를 바라보았다. 그렇게 나는 '자신의 삼

촌을 사랑하는 담임을 사랑하는 윤호를 사랑하는 한 사람'이
되었다. 나는 이룰 수 없는 사랑을 하고 있는 그를 이룰 수 없
는 방식으로 사랑하고 있었다. 그렇게 사랑은 현실과 허구를
경유하면서 복잡하게 엉켜 있었다.

*

우리의 이야기가 이렇게 된 것은 내가 무심코 뱉은 말 한
마디 때문이었을지도 모른다. 아니, 그 말 한마디에 대한 너
의 반응 때문이었는지도 모른다.

그날 우리는 거리를 걸으며 대화를 나누는 장면을 촬영하
고 있었는데. 촬영 전 윤 감독과 나눴던 대화 때문이었는지
는 몰라도, 불현듯 오토바이를 탄 학생의 이미지가 떠올랐
다. 놀이터에서 보았던 그 남자애와 시트콤에서 보았던 윤
호. 그 순간 그 애가 윤호라는 생각이 들면서, 나도 모르게 말
이 흘러나왔다. 수민아, 나 사실 좋아하는 사람이 있어. 그러
자 너는 거리에 그대로 멈춰 버렸다. 나는 고개를 돌려 너를
보았다. 너는 나를 보고 있었다.

너의 얼굴

서이제

너의 표정

눈빛

오묘하네요. 그 장면을 본 윤 감독이 말했다. 그날 촬영이
끝난 후, 나는 네가 평소와 다르다는 것을 느낄 수 있었다. 특
히, 나를 대하는 태도가. 나는 무언가 잘못을 한 것만 같아,
집으로 오는 길 내내 발걸음이 무거웠다. 내가 골몰했던 것.
나는 네가 내게 그런 표정을 지어 보인 이유를 알고 싶었다.
너의 마음을 알고 싶었다. 너의 생각을 읽고 싶었다. 그리고
그런 생각하다 보면, 내가 너에 대해 생각하고 있는 것인지
수민에 대해 생각하고 있는 것인지 알 수 없게 되어 버렸다.

*

저녁에는 교복을 입은 학생 둘이 마카롱 한 박스를 주문
했다. 내가 그것을 포장하는 동안, 자기들끼리 어찌나 조잘
조잘 떠드는지. 별 이야기는 아니었고, 최근에 즐겨 보는 연
애 프로그램과 그 프로그램에 출연하는 최애 출연자에 대한
이야기였다. 나는 그들의 이야기를 듣다가, 포장한 마카롱
을 내놓으며 말했다. 별다른 의도는 없었다. 그거 재미있어

요? 네, 완전 재미있어요. 언니도 꼭 보세요. 그거 다 짜고 하는 거 아니에요? 아니요. 그거 다 진짜예요. 아, 리얼 버라이어티? 그 말을 내뱉고는 왠지 모르게 옛날 사람이 된 것 같은 기분이 들었다. 네, 완전 리얼이에요.

아마 나는 '리얼 버라이어티'라는 말을 〈무한도전〉을 통해 처음 알게 되었을 것이다. 그때는 누구나 〈무한도전〉을 보았다. 그리고 그 시절에 또 뭐가 있었더라. 내가 생각하는 찰나, 그들은 문을 열고 나갔다. 양손에 마카롱을 가득 들고서. 창문 밖으로. 그들은 해맑게 웃으며 어디론가 뛰어가고 있었다. 나는 고등학생 때 마카롱을 먹어 본 적이 있었나, 하는 생각이 스쳐 지나갔는데.

당시는 〈내 이름은 김삼순〉이라는 드라마가 인기를 끌었던 때였다. 서른 살 삼순이의 사랑 이야기, 어렸던 우리가 어째서 그런 이야기에 매료되어 울고 웃게 되었는지는 잘 모르겠다. 어쨌거나 야간자율학습 시간과 방영 시간이 겹쳤던 탓으로, 드라마를 보기 위해서는 어떻게 해서든 학교를 도망쳐 나와야 했다. 그리고 우리는 기꺼이 그 일을 감행했다.

드라마는 많은 것을 바꿔 놓았다. 누군가의 미래까지도. 주인공 삼순이의 직업이 파티셰였고, 그 영향으로 파티셰를 꿈꾸게 된 친구들도 있었다. 우스갯소리가 아니라 실제로 그러했다. 마카롱이나 다쿠아즈. 그리고 마들렌, 휘낭시에, 시폰케이크. 당시 내게는 모두 생소한 이름들이었다. 나 또한 그 드라마를 통해 디저트에 관심을 가지게 되었다. 배우를 꿈꾸면서도, 나이 들어서는 베이커리를 운영하고 싶다는 생각을 하게 되었다. 그리고 결국 이렇게 베이커리를 차리게 되었으니, 그 꿈은 어느 정도 이뤄진 셈이었다.

*

윤 감독은 내게 물었다. 그때가 몇 살이었죠? 스물세 살이요. 그때 내가 서른이었는데 언제 이렇게 시간이 흘렀는지. 영화를 준비하다 보면 몇 년은 그냥 훅 지나가 버린다니까. 준비하다가 엎어지고, 잘될 것 같다가도 엎어지고, 투자못 받아서 엎어지고, 싸워서 엎어지고. 그런 걸 생각하면 예전이 그립기도 해요. 투자받는 거 신경 안 쓰고 찍었을 때. 극영화가 아니더라도, 카메라 들고 나가서 뭐라도 찍으면 되니까. 그가 내게 그렇게 긴 푸념을 늘어놓은 건 처음이었다. 감독님은 스물세 살 때 어땠어요? 독일 가기 전이니까, 아마 유학 준비하고 있었겠죠. 독일에서는 어땠어요? 설레고, 처음에는 다 신기했지요. 식당에서 밥 먹는 것조차도. 그는 잠시 생각에 잠겨 있다가, 문득 무언가 생각난 듯 피식 웃었다. 아, 학교가 정말 재미있었어요. 연기도 배워야 했어요. 게르하르트라는 교수가 있었거든. 연기 수업인데, 거의 수업 절반은 역사 공부만 해. 히스토리, 그러니까 독일에서 지금껏 어떤 이야기가 있었는지. 학생들 머릿속에 어떤 이야기가 자리 잡으면, 그제야 연기를 시켰어요. 근데 웃긴 게 역할도 없어. 그냥 장소와 대략적인 상황만 정해 주고 스튜디오에서 무작정 연기를 시켰어요. 그럼 그 안에서 각자 역할을 만들어 가는, 뭐 그런 수업이었어요. 아우슈비츠 수용소도 있었고, 인종차별이 벌어지는 길거리도 있었고요. 팔멘가르덴이나 젠켄베르크 자연사박물관에서 벌어지는 일을 만들어 보기도 하고요. 그의 이야기를 듣자, 과거에 그가 왜 그런 영화를 만들고자 했는지 조금이나마 이해할 수 있을 것 같았다. 감독님, 그런 이야기를 왜 이제야 해 주시는 거예요. 진작 알았다면 촬영 내내 이해가 안 된다고 구시렁거리지 않았을 텐데. 그는 그저 내 말을 듣고 웃었다. 아, 맞다. 내가 독일에서 좋아했던 애가 있었어. 루카스라고. 마르고 좀 너드 같은 애였는데, 귀여워서 좋아했지. 근데 수업에서 한번은 내가 걔한테 사랑한다고 했다? 연기를 가장해서 한번 던져 본 거지. 무슨 생각으로 그랬는지 몰라요. 근데 걔가 자기도 사랑한다면서 나를 안아 주는 거야. 그때 진짜 기분이 묘하더라고요. 참 좋았는데. 결국에는 다 지나가. 좋은 것도 나쁜 것도. 어쨌든 그 때 그 수업을 들은 이후로, 영화를 대한 생각이나 태도가 많이 달라졌던 것 같아요. 감독이라고 해서, 작가라고 해서, 작품 속에 나오는 모든 인물을 이해하는 건 아니구나. 그 전까지 나는 감독이 모든 걸 알고 있어야 한다고 생각했어요. 그가 말하는 내내, 나는 그의 얼굴에서 눈을 떼지 않았다. 그런데 감독님, 말 끊어서 정말 죄송한데. 주름 말이에요. 정말 멋져요. 외적인 부분, 특히 다른 사람의 얼굴에 대해 말하는 것은 자칫 실례가 되는 일일 수도 있었지만, 이상하게도 그 순간 나는 그 말은 꼭 하고 싶었다. 저도 마흔쯤에는 그런 주름을 가지고 싶어요.

윤 감독은 오랫동안 가게에 머물렀다. 그가 떠날 때쯤에는 갑자기 폭우가 내리기 시작했고, 나는 그에게 가게에 남은 우산 하나를 챙겨 주었다. 그가 문을 열자 빗소리가 크게 들렸다. 그는 우산을 펼치고는 뒤를 돌아보았다. 그리고 나를 불렀다.

세연 씨.

빗소리에 때문에 잘 들리지 않았지만, 그건 분명 나를 부르는 소리였다. 그가 나를 그렇게 부른 건 오랜만이었다. 그럼 우리 조만간 또 봐요. 나는 고개를 끄덕였다. 창문 밖으로, 그가 폭우 속을 걸어가는 모습이 희미하게 보였다. 문득 내가 세연이 된 느낌이 들었는데. 그건 내가 세연을 비로소 이해했기 때문이 아니었다. 마치 내가 세연이라는 듯, 그 이름에 반응했기 때문이었다.

이제 나는 서른세 살이 되었다.
올해 세연은 스물아홉이 되었을 것이다.
아직 영화가 끝나지 않았다면.

*

영화는 너의 얼굴로 끝났다. 훗날, 윤 감독은 인터뷰에서 마지막 컷이 클로즈업이 될 것을 예감*했다고 말했다. 한편 나는 영화가 여기서 이대로 끝나도 되는 건가 싶었다. 그러니까 수민이 세연을 사랑하게 되었다는 걸 확신하게 된 순간 말이다. 이제 막 자리에서 일어나는 세연의 손목을 수민이 세게 잡는 것으로, 수민이 세연을 애틋하게 바라보는 것으

서이제

로, 영화가 끝나도 되는 건지. 나는 둘 사이에 이야기가 더 남아 있다고 생각했다. 수민이 세연을 사랑하게 되었다는 것. 몇 달간의 촬영을 통해 우리가 진전시킨 이야기는 그게 전부였다. 정말로 고작 그게 다였다. 세연은 이에 어떤 반응을 보였는지, 세연도 수민을 사랑하게 되었는지, 그런 건 영화에 담겨 있지 않았다.

스크린에는 오직 수민의 얼굴뿐이었다.

너의 얼굴뿐이었다.

*

끝내 내가 알게 되었던 건, 너의 마음이 아니라 내 마음이었다. 그건 어쩌면 세연의 마음이었을지도 모르겠지만. 내가 계속 너를 신경 쓰고 있었다는 것, 지나치도록 네 마음을 궁금해했다는 것만큼 명백한 사실이었다. 나는 그 사실을 통해 나는 알게 되었다. 네가 내 손목을 세게 잡았을 때, 네가 나를 애틋하게 바라보았을 때. 그러니까 마지막 촬영이 되어서야 어떤 이야기가 시작되었다는 것을 말이다.

*

영화제 술자리가 끝나고 숙소로 돌아가는 길이었다. 이제 촬영도 상영도 모두 끝났으니, 비로소 우리의 긴 여정이 끝 났다는 생각이 들었다. 오늘이 지나면 한동안 너를 볼 수 없 을 것이다. 그렇게 될 것이 분명했다. 나는 분명히 해 두고 싶 었다. 그래서 너를 불렀다. 손목을 잡았다. 누가 먼저라고 할 것도 없이 우리는 서로를 끌어안았다. 술 냄새가 많이 났고, 그건 나도 마찬가지였을 것이다. 나는 너에게 사랑한다고 말 했다. 너 또한 내게 그렇게 말해 줄 것이라고, 나는 확신하고 있었다. 나는 너에게 그 세 음절을 정확히 듣고 싶었다. 그러 나 너는 아무런 말도 하지 않았다. 잠시 후, 너는 나를 감싸고 있던 팔을 풀며 말했다. 이제 그만 가자고, 술을 너무 많이 마 셨다고. 그리고 먼저 발걸음을 옮기며 홀연히 내 시야를 떠 나 버렸다.

다음 날 너는 아무렇지 않게 나를 대했다. 우리가 원래 그랬던 것처럼, 편한 친구처럼. 마치 우리에게 아무런 일도 없었다는 듯. 너는 금세 영화를 잊었다. 수민을 잊었다. 적어도 내 눈에는 그래 보였다. 나만 바보가 되어 버린 것 같았다. 나는 내게 남은 이 감정을 어떻게 처리해야 하는지 알 수 없었다. 나는 내게 남은 이 이야기를 혼자서 끝낼 수 없었다. 그리고 이 이야기를 끝내기 위해서는 수많은 변명이 필요하다는 걸 알게 되었다.

*

너는 어느 잡지 인터뷰에서 이렇게 말한 적이 있었다. 감독의 생각과 의도를 정확히 파악하는 배우가 되려고 노력한다고. 그래서 작품 분석을 꼼꼼하게 할 수밖에 없다고. 너는 지적인 배우가 되는 것이 꿈이라고 했다. 그리고 어느 방송 프로그램에서는 무례한 질문을 받기도 했다. 지금껏 함께 호흡을 맞췄던 배우들이 다 잘생겼어요. 누가 제일 잘생겼나요? 찍으며 마음이 흔들렸던 적이 있나요? 너는 난처한 기색도 없이, 웃으며 답했다. 솔직히 아니라고 하면 거짓말이겠죠? 매번 마음이 흔들리죠. 촬영할 때만큼은 진심이 되어서요. 그렇다면 그 말은 진심이었을까.

한 평론가는 윤 감독의 영화를 두고 '사랑을 깨닫는 그 미묘한 순간을 예리하게 포착한 영화'라고 극찬했다. 나는 그가 이 영화를 완전히 오해한 것이라고 생각했다. 수민은 세연을 사랑하지 않았으니까, 너는 나를 사랑한 적이 없었으니까. 그러므로 사랑을 깨닫는 순간 같은 건, 카메라에 포착될 수 없었다. 나는 그 진실을 알고 있었다.

*

끝내 시사회에 가지 못했다. 차마 갈 수 없었다. 끝내 너를 직접 마주할 용기가 나지 않았기 때문이었다. 별다른 일이 벌어지지 않더라도, 너를 직접 마주하는 것 자체가 내게는 사건이었다. 나는 사건을 감당할 자신이 없었다. 윤 감독에게는 몸이 좋지 않아 시사회에 가기 힘들 것 같다고 거짓말을 했다.

개봉한 지 한참이 지나서야, 나는 극장으로 향할 수 있었다. 극장에서 막을 내릴 때쯤이었기에 상영관에는 사람이 거의 없었다. 몇 명의 사람들 사이에서 나는 영화를 봤다. 너를 보았다. 너는 영화 속에서 대학생이었다. 너는 이제 삼십 대가 되었지만, 그럼에도 불구하고 너는 대학생이었다. 스크린

서이제

속에서는 그럴 수 있었다. 너는 여전히 그 속에 있구나. 나는 어둠 속에서 빛나는 스크린을 바라보았다. 너를 보았다. 이제 나는 스크린 밖에 있는 사람이었다. 그러므로 이제 나는 더 이상 다른 누군가가 될 수 없었다. 다른 누군가로는 살 수 없었다. 이제 내게 남은 것은 오직 나로 사는 일뿐인 듯했다.

*

우리가 스크린 속에 있을 때, 우리는 얼마든지 다른 사람이 되어 볼 수 있었다. 다른 시간을 살 수 있었다. 나는 스물세 살에 열아홉 살이 되어 보았다. 세연을 살아 보았다. 그러므로 세연은 내게 열아홉 살을 두 번 살게 해 주었던 인물이었다. 나는 그를 통해, 내가 살아 보지 못한 삶을 살 수 있었다. 해 보지 못했던 것들을 할 수 있었다. 무단결석, 자퇴, 여행, 그리고 이룰 수 없는 사랑.

그렇게 나는 스물세 살에 세연이 되어 보았는데, 세연은 스물세 살에 무엇이 되었을까. 내가 베이커리를 차리겠다고 했을 때, 윤 감독은 세연이라면 얼마든지 그럴 수 있다고 말했다. 당시에는 왜 그렇게 생각하느냐고 묻진 않았지만. 훗날 가게를 방문했을 때, 그는 세연에 대해 이렇게 말했다. 세연은 오래 망설이지만 그래도 확신이 생기면 결국에는 실행하는 사람이잖아요. 그래서 자퇴도 하고 여행도 떠날 수 있었던 거예요. 상황이 벌어지면 피하지 않아요. 그런 점이 좋았어요. 그게 윤 감독이 영화를 찍는 동안 세연에 대해 알게 된 것이라고 했다. 지금껏 저도 몰랐던 사실이네요. 그의 말을 듣고 보니 정말로 세연은 그런 것 같았다. 그렇다면 내가 연기를 그만두었던 것처럼, 세연도 서른 살에 무언가를 그만두게 되었을까. 영화를 보고 집으로 돌아오는 길에 나는 영화 이후의 삶을 그려 보았다.

*

오늘도 나는 내 자리를 지켰다. 가게가 바쁘든 그렇지 않든, 손님이 있든 없든, 늘 그렇듯 지루한 오후를 견디면서. 여느 때와 마찬가지로, 창문 밖으로는 자동차가 지나가고 사람들이 지나갔다. 아무런 일도 벌어질 것 같지 않았지만, 나는 그 속에서 미세한 변화를 찾으려고 노력했다. 계절이나 날씨의 변화, 아는 이의 등장 같은 것. 그러다가 이따금 새로운 사실을 발견하기도 했다. 지난 번 마카롱을 사 갔던 학생들은 수요일과 목요일 저녁마다 이 앞을 지나쳐 간다는 것. 매일

서이제

아침에는 리어카를 끈 할머니가 지난다는 것. 가게 쇼윈도에 진열된 디저트를 바라보다가 매번 그냥 가 버리는 여자는 주말마다 이곳에 나타난다는 것. 매일 오후에는 주인과 산책을 나온 말티즈가 우리 가게에 관심을 가지고 있다는 것. 매번 가게 문 앞에서 코를 킁킁거린다는 것.

　나는 창밖을 바라보다가 자리에서 일어섰다. 화분에 물을 줄 때가 되었기 때문이었다. 나는 분무기를 들고 입구 쪽으로 다가갔다. 창문을 통해 가게 안으로 빛이 들어오고 있었고, 화분들은 빛이 오는 쪽으로 고개를 바짝 세우고 있었다. 나는 몸을 숙인 채, 화분에 물을 주었다. 듬뿍, 흙이 모두 젖을 때까지. 그리고 다시 고개를 들었을 때, 누군가 서 있었다.

　너의 얼굴이다.
　창밖에는 오직 너의 얼굴뿐이다.

눈부신 빛과 함께, 너는 안으로 들어온다. 너는 미소를 지어 보인다. 너를 다시 만나면 어떤 표정을 지어야 할지, 무슨 말로 대화를 시작하면 좋을지, 나는 미처 준비하지 못했지만. 그 순간 나도 모르게 입술이 떨어진다. 나는

그렇게 시작한다. 그렇게 다시 시작하면 되었다.

* FILO 14호, 미야케 쇼 감독의 〈너의 새는 노래할 수 있어〉에 대한 인터뷰를 참고함.

영화는 세상을 보는 창이라고 배웠다. 그러나 내게는 창을 열 수 있는 힘이 있었으므로 창을 넘어설 수 있었다. 사랑하는 사람의 얼굴을 보려다가 우연히 알게 된 사실이다.

청춘 미수

이서수

김아혜 선생님을 처음 만난 곳은 동네 천변이었다. 선생님은 내게 일자리를 주겠다고 제안했고, 그 말을 듣고서 나는 선생님이 사기꾼이라고 생각했다. 그러면서도 선생님 댁에 순순히 따라가서 내가 어떤 인생을 살아왔는지 자세히 말했다.

선생님은 찻잔을 만지작거리며 내 이야기를 경청했다. 23년을 살았기에 내가 말할 수 있는 대부분의 경험은 청소년기와 스무 살 이후의 성인기에 집중되어 있었다. 출가하고 싶은 마음이 가득했던 십 대 시절과 괴로웠던 학과 공부, 첫 직장을 퇴사한 이유와 아르바이트로 먹고사는 현실에 대해 말하는 동안 눈물샘이 멋대로 촉촉해져 난감했다. 마침내 내

가 입을 다물자 선생님은 고개를 천천히 끄덕이더니 이 집이
어떠하냐고 물었다.

  굉장히 큰데요.

  맞아요. 혼자 살기엔 크죠.

  너른 정원과 포치를 갖춘 단독 주택에 혼자 사는 김아혜
선생님. 나는 여사님이라고 불러야 할지, 선생님이라고 부르
는 게 나을지 묻던 중 이미 답을 깨달았다. 이런 집에 사는 사
람은 사모님이라 불러야 하지 않을까. 그러나 생각과 다른
말이 내 입에서 나왔다.

  선생님이라고 부르겠습니다.

  선생님은 대답 없이 고개를 끄덕였다. 선생님의 약지엔
결혼반지가 없었고, 손등은 검버섯 하나 없이 하얗고 매끈했
다. 나는 선생님의 나이가 궁금했으나 묻진 못하고 짐작만
했다. 예순을 넘긴 것처럼 보였지만 더 많을 수도 있었다. 나
는 위험을 무릅쓰고 낯선 사람의 집으로 따라 들어온 이유를
떠올리고 서둘러 말했다.

  말씀하셨던 일이라는 게…….

  오전엔 나에게 책을 읽어 주고, 오후엔 함께 산책하는 일
이에요. 평일 오전 아홉 시부터 오후 세 시까지. 월급은 300만
원. 어때요, 미수 씨?

이서수

그렇게 쉬운 일을 하고 월 300이라니. 나는 의구심 가득한 표정으로 선생님을 바라보다가 마침내 물었다.

언제부터 시작할까요?

*

사기야. 하지 마.

배키는 맥주 캔을 우그러뜨리며 말했다. 왜 낯선 사람 집에 따라간 거냐고 나를 타박하며.

우리는 같은 동네에 살았고, 자전거로 음식을 배달했다. 배키는 꿈이 없었다. 번듯한 직장에 들어가겠다는 포부를 품지 않았고 예술가가 되려고도 하지 않았다. 자주 평온하고 가끔 나약하게 하루하루를 잘 살았다. 계속 그렇게 살아도 되는지 물었더니 배키는 된다고 답했다. 원대한 야망을 품을수록 탄소 배출이 많아진다고 주장하며. 어쩐지 수긍되는 말이라 반박하지 않았다.

나는 첫 직장을 1년 만에 그만두었다. 고등학교를 졸업한 이듬해에 들어간 세무사 사무소였다. 직원 수가 네 명이었고 거의 매일 야근을 했다. 자리를 비울 수가 없어서 입사한 지 두 달 만에 만성방광염에 걸렸다. 반년을 그렇게 살았더니 어느 날부턴가 원인을 알 수 없는 병증이 시작되었다. 아랫배 안쪽이 불붙은 것처럼 화끈거렸다. 여성의학과에 가서 초음파 검진을 받았지만 특별한 이상이 없다는 말만 들었다. 별수 없이 소염진통제만 삼키며 일하던 어느 날 아침, 첫 소변을 보던 중 피가 왈칵 쏟아져 나왔다. 생리 기간이 아니었는데도 상당한 양이었다. 겁이 덜컥 났다. 상사에게 전화를 걸어 어지럼증이 심해 회사에 갈 수 없다고 둘러댔고, 곧이어 여성 혐오적인 욕설을 한 바가지 들었다. 손이 떨릴 정도로 참기 힘든 욕이었다. 이튿날 망설임 없이 사직서를 제출했다.

그 뒤로 나는 아르바이트만 했다. 다시 회사에 들어가면 피를 쏟으며 일해야 할지도 모른다는 두려움이 있었다. 아르바이트 역시 체력적으로 힘들긴 하지만 야근 없이 근무 시간을 칼같이 지키는 일만 골라서 할 수 있었다. 나는 밤 열 시에 침대 위에 누워 넷플릭스 드라마를 볼 수 있는 삶을 살고 싶었다.

돈을 많이 주면 그만큼 힘든 일이라는 거야. 너도 알잖아. 분명히 꿍꿍이가 있을 거야.

배키는 그렇게 말하며 엉덩이를 털고 일어났다. 우리는 홍제천 벤치에 앉아 캔 맥주를 마시던 중이었다. 배키는 천변에 설치된 운동 기구를 차례대로 이용했다. 허리 돌리기, 옆 파도타기, 철봉, 큰 활차, 공중 걷기. 생각에 잠긴 얼굴로 운동만 하던 배키가 나에게 물었다.

말려도 할 거지?

나는 고개를 끄덕였다. 배키는 그럴 줄 알았다는 표정을 지으며 운동 기구에서 내려오더니 둘둘 말린 장바구니를 꺼냈다.

재래시장 상점은 저녁마다 상품을 세일가로 팔았다. 그런 이유로 우리는 저녁에 장을 보았고, 할인가로 산 채소와 닭강정을 절반씩 나누었다. 집으로 걸어가는 길에 배키는 할 말이 있다며 한참 미적거리더니 누군가와 사귀고 있다고 고백했다.

배달 갔던 집이 중학교 동창이었어.

네가 알아본 거야?

개가. 배달한 음식이 피자였는데 자꾸 같이 먹자는 거야. 마지막 배달이었고 배도 고파서 같이 먹었어. 근데 개가 맥주를 가져오더라. 나중엔 포트와인도. 다 마시고 의자에서 일어났더니 핑 도는 거야. 개가 그러더라. 자고 갈래?

대박.

대박이라고 말하긴 했지만 내 표정은 그리 밝지 않았다. 나를 비롯해 친구들 모두가 배키라고 부르는 백희는 연애를 쉬지 않는 사랑꾼이지만 공교롭게도 늘 차이는 쪽이었다. 내가 아는 최근의 이별은 잠두봉선착장에서 비롯되었다. 그때 배키는 애인과 함께 한강변을 걷고 있었다. 어디선가 고소한 냄새가 나서 둘은 동시에 고개를 돌렸고, 선착장의 고깃집을 발견했다. 거기서 노을을 바라보며 고기 구워 먹는 사람들을 배키는 애인과 함께 구경했다. 일몰은 아름답고, 고기 굽는 냄새는 너무 고소해서 그들은 그곳을 떠나지 못했다. 배키는 그날 밤 나를 찾아와 말했다.

지순이 표정이 배고픈 듯도 하고, 황홀한 듯도 한 거야. 공복을 느끼는 건지 일몰이 아름답다고 생각하는 건지 모르겠더라. 그래도 지순이가 너무 예뻐 보여서 나는 일몰보다 지순이가 더 아름답다고 생각했어. 근데 지순이가 그러더라. 우리는 고기 사 먹을 돈도 없네. 어제도 제비다방에서 보고 싶은 공연이 있었는데 돈이 없어서 못 들어가고 밖에서 음악 소리가 들리나 귀 기울이며 서 있었거든. 그때도 나는 가로 등 불빛 아래서 본 지순이의 얼굴이 너무 예쁘다고 생각했는데, 지순이는 속으로 다른 생각을 했겠지? 거지를 만나 고생한다고.

이서수

지순이는 돈이 없어?

알잖아. 나는 가난한 애인한테 돈 쓰게 하는 사람 아니야.

지순의 돈을 한 푼도 쓰지 못하게 하려는 배키의 노력은 눈물 날 정도였으나 이벤트가 전무한 젊은 연인의 모습은 보기 썩 좋지 않았다. 둘은 지루한 표정으로 내가 자주 머무르는 도서관에 찾아왔다. 그때마다 나는 그들을 매점으로 데리고 가서 스낵이나 음료수를 사 주었다. 지순은 말없이 핸드폰만 만지작거렸고, 배키는 와그작 소리를 내며 스낵을 먹었다. 내 눈엔 둘의 관계가 위태롭고 권태롭게 보였다.

배키가 돈이 없는 건 아르바이트해서 번 돈을 옷값으로 많이 쓰기도 하지만, 부모와 동생에게 조금씩 보내 주기도 하고, 생활을 유지하고 학자금 대출도 갚고 나면 남는 것이 별로 없기 때문이었다. 결국 배키는 지순과 오이도에서 컵누들을 먹다가 대판 싸우고 헤어졌다. 지순은 배키에게 일을 더 많이 해서 적어도 조개구이는 사 먹을 수 있을 만큼 벌어야 한다고 주장했고, 배키는 그렇게 사느니 헤어질래, 라고 말해서 정말로 헤어졌다.

배키와 나는 십 대 시절부터 비슷한 생각을 갖고 있었다. 돈 버는 일에 인생의 대부분을 낭비하는 건 어리석은 짓이니 우리는 남들과 다르게 살자고 말했다. 그러나 어떻게 해야 그렇게 살 수 있는지 도통 몰랐다. 겉으론 태연해 보이는 배키도 취하면 신세 한탄을 하며 훌쩍였다. 우주의 기운이 자길 돕지 않는다고 징징거리면서.

청소년기를 지나 성인이 되었지만 우리는 여전히 혼란스러웠다. 술과 기능성 콘돔을 살 수 있다는 걸 제외하면 바뀐 게 아무것도 없는 것 같았다.

*

첫 출근 날, 나는 도보로 십 분 거리에 있는 김아혜 선생님 댁으로 갔다. 한동네 사는 이웃이라는 점이 애초에 경계심이 낮아진 요인이었다. 초인종을 꾹 누르자 어서 와요, 하고 말하는 선생님의 느긋한 목소리가 들렸고 뒤이어 문이 열렸다.

현관으로 들어서자 선생님이 나를 반겨 주었다. 선생님은 거실로 앞장서 걸어가더니 1인용 소파에 앉았다. 나는 맞은편 3인용 소파에 앉은 뒤 가방에서 두 권의 책을 꺼냈다. 『몸의 일기』와 『빨강의 자서전』.

어떤 책을 가져가야 하는지 미리 물었지만 선생님은 아무 책이나 괜찮다고 답했다. 그래서 두꺼운 책과 비교적 얇은 책을 골랐는데 두 권 모두 자서전 형식이었다. 간략한 책 설

이서수

명을 마치자 선생님은 두꺼운 책부터 읽어 달라고 요청했다. 그리고 주방으로 걸어가 티포트와 찻잔이 담긴 쟁반을 가져 왔고, 낮은 볼륨의 재즈 음악을 틀었다.

나는 엷은 차를 한 모금 마신 뒤 책을 펼쳤다. 어젯밤 책상 앞에 앉아 낭독 연습을 했지만 막상 낯선 사람 앞에서 책을 읽으려니 등이 경직되고 손이 약간 떨렸다.

선생님은 내 목소리에 귀 기울였다. 나는 소설 속 화자가 어린 시절부터 노년에 이르기까지 자신의 신체 변화에 관해 서술한 책을 읽으며 왜 이걸 택했을까 후회하기 시작했다. 선생님이 이런 내용에 관심 있을까. 어제까진 분명히 이것보 다 나은 선택은 없으리라 생각했지만 이제 와선 나의 오만이 었는지도 모른다는 생각이 들었다.

나는 선생님이 은퇴 후 소일거리를 찾는 여성일 것이라 짐작했다. 그리고 엄마를 떠올리며 짐작해 보건대, 선생님은 갱년기가 지난 뒤라서 갑자기 식은땀을 흘리거나 벌게진 얼 굴로 호흡 곤란을 호소하며 밖으로 나가지는 않을 거라고 생 각했다. 그런 시기는 이미 지났고, 자신의 신체 변화에 담담 해진 나이일 것이라고. 그리고 나는 선생님이 글쓰기에 대한 열망을 갖고 있을 거라고 짐작했는데, 그러지 않고서야 왜 책을 읽어 달라고 하는지 나로서는 이해할 수 없었다. 그런 이유로 한 인물이 전 생애에 걸친 자신의 신체 변화를 기록한 글은 선생님에게 영감을 줄 것이라고 내 멋대로 판단했던 것이다.

책장을 넘기며 힐끗 보니, 선생님은 꽤 집중하고 있는 표정이었다. 어쩌면 딴생각에 빠진 것일 수도 있지만 적어도 지루하거나 불쾌해 보이지는 않았다. 나는 안도하며 다시 책을 읽어 내려갔다. 낭독은 의외로 많은 에너지가 필요한 일이었고, 20분이 지나자 급격히 기운이 빠지며 목소리가 갈라지기 시작했다.

간식 좀 내올게요.

선생님은 주방으로 걸어가더니 잠시 후 삼색 경단을 내왔다. 나는 차를 마시며 경단을 먹었다. 20분 남짓 낭독했을 뿐인데 상당한 체력을 썼다고 생각하면서. 선생님은 차를 조금씩 마시다가 내게 물었다.

자신의 몸이 불편하다고 느낀 적 있어요?

회사에 다녔을 땐요.

선생님은 쓸쓸하게 웃더니 말했다.

내용을 들어 보니 두 권 다 자서전에 가깝네요. 내 나이 때문인가?

나는 속내를 들킨 것이 부끄럽고 실례한 것인가 염려되

어, 선생님의 눈길을 피하며 접시 위 경단만 포크로 요리조리 굴렸다.

미수 씨, 아르바이트 많이 해 봤다고 했죠?

네.

그런데 계약서도 안 쓰고 일을 시작하면 어떡해요.

선생님은 그렇게 말하며 테이블 아래쪽에서 종이 한 장을 꺼내더니 내게 주었다. 나는 눈이 조금 커졌는데, 출근하면서도 내심 이 일이 정말로 '일'이 될 수 있다고 생각하지 않았기 때문이다. 오전엔 책을 낭독하고 오후엔 선생님과 천변을 걷겠지만, 여전히 납득할 수 없는 업무이고 급여였다. 세무사 사무소에선 하루에 열두 시간 넘게 파김치가 되도록 일해도 한 달에 200만 원도 채 받지 못했다.

단톡방에서 오갔던 친구들과의 대화가 떠올랐다. 어젯밤 배키가 연 단톡방이었다. 내가 단톡방을 얼마나 싫어하는지 알면서도 배키는 집단 지성으로 상황을 한 번 더 검토해 봐야 한다며 단톡방을 열었다. 거기엔 오메가도 있었고, 배키가 서브웨이에서 아르바이트했을 때 만난 종로도 있었다. 오메가는 배우 지망생이었는데 안타깝게도 대사를 잘 외우지 못했고, 암기력이 좋아지는 영양제를 찾다 보니 오메가에 집착하게 되었다. 종로는 툭하면 종로에 있다고 해서 붙은 별

명이다. 그들은 번갈아 나의 이상한 일자리에 대한 의견을
말했다.

「사이비 종교 단체 같은데?」

「한국의 노동 시장을 모르는 외계인일 수도 있어.」

「책 읽어 주고 함께 산책하는 것으로 월 300이라니, 그 사람은 미수
에게 첫눈에 반한 거야.」

배키와 오메가는 그렇게 결론 내렸고, 종로는 그냥 종로
로 오라고 말했다. 종로로 와서 얘기하자고. 종로에서 뭘 하
는 건지 물어도 그냥 종로에서 놀고 있다는 답변만 돌아왔
다. 정말로 그랬다. 종로는 종로에서 열심히 놀았다. 혼자 밥
먹고, 걷고, 구경하고, 흥미를 느끼고, 호기심에 불타오르고,
생각하고, 수첩에 짧은 글을 쓰고, 반하고, 혐오하고, 인사하
고, 우산을 쓰고, 우산을 접고, 우산을 잃어버리고, 커피를 마
시고, 세운상가 계단에 앉아 졸고, 세운상가 화장실에서 휴
지를 훔치고, 집도 부자면서 휴지를 훔치고, 내게 연락해 자
꾸만 종로로 오라고 했다. 종로에 와서 자기랑 새로 생긴 바
에 가 달라고 말했다. 혼자 가라고 했더니 지나치게 힙한 곳
이라서 그러기가 어렵다고 했다. 입구에 인상 나쁜 DJ가 서
있고, 손님들은 화장이며 옷이 아주 대단하고, 조명이 정말
어둡고, 다들 취해 있고, 가게 앞에서 줄담배를 피워 댄다고.

이서수

나는 그냥 너 혼자 가라고 말했고, 종로는 내가 같이 가 줄 때까지 자기도 안 가겠다고 말했다. 내가 이렇게 종로에 대해 길게 말하는 건 실은 종로에게 마음이 있기 때문인데, 이건 아무도 모른다. 심지어 배키도.

　나는 선생님이 수기로 작성한 계약서를 찬찬히 읽었다. 표준근로계약서와 비슷했지만 연차와 보험 적용 여부는 표기되어 있지 않았다. 선생님은 이미 서명을 마쳐 놓았다. 멋들어지게 쓴 영문 사인. 그것은 어른의 사인 같았고, 고미수라는 이름을 반듯하게 적은 나의 사인은 아이의 것 같았다. 그때까지도 나는 선생님이 약속한 급여를 지급할지 의문이 들었지만 결국 선생님을 믿기로 했다. 배키와 오메가가 했던 말이 다시 떠올랐다. 그 사람, 미수한테 반한 거야.

　김아혜 선생님은 내게 반한 것이 아니라 그저 주체할 수 없는 외로움을 견디지 못하는 사람일 것이다. 아니면 내가 첫사랑과 닮았거나, 죽은 딸과 닮았거나, 이민 간 조카와 닮았거나 기타 여러 가지 이유로 나를 보면 그리운 사람이 떠오르고 그 순간이 좋은 건지도 모른다. 어쩌면 선생님을 만난 첫날, 내가 아르바이트를 하며 광어 초밥에 얼굴을 맞아 본 경험을 얘기했던 것이 나에 대한 깊은 연민을 불러일으켰을지도 모른다.

벚꽃이 지고, 고동색 가지마다 깨끗한 초록 잎이 풍성하게 돋아났다. 가느다란 담배가 선생님의 손가락 사이에서 천천히 타들어 가는 동안 나는 계속 책을 낭독했다. 『몸의 일기』를 다 읽은 뒤엔 날개를 가진 소년의 이야기인 『빨강의 자서전』을 읽었다. 우리는 가끔 함께 눈물을 흘렸다. 선생님은 티슈로 눈물을 찍어 내다가 담뱃불을 붙였고, 나는 콧물을 줄줄 흘리며 소리 없이 울었다. 혼자 읽을 땐 마음이 먹먹한 정도였는데 선생님과 함께 읽으니 눈물이 주룩주룩 흘렀다. 주인공이 화산을 보러 가는 페이지에선 잠시 낭독을 멈추고 화산에 대한 이야기를 나누었다.

뜨거운 용암이 닿으면 사람은 얼마나 빨리 녹아 사라질까요. 용암이 흐르는 광경을 멀리서 바라보면 어떤 기분이 들까요.

내 말에 선생님은 짧게 고민하던 끝에 그건 지구가 월경을 하는 것과 비슷하지 않을까요, 새로운 걸 탄생시킬 준비를 하는 거죠, 라고 답했다.

나는 월경이라는 단어를 너무 오랜만에 들어서 깜짝 놀랐다. 그리고 지구를 여성에 비유한 말에도 놀랐다. 그러지 말라고 배키가 말했는데…… 오메가도.

평일마다 나는 선생님 댁으로 가서 책을 낭독하고 점심을 함께 먹었다. 선생님은 버섯을 무척 좋아하는 채식주의자였고, 흰목이버섯, 노루궁뎅이버섯, 능이버섯, 고기느타리버섯 등등 온갖 버섯으로 전골을 끓이거나 덮밥 요리를 만들었다. 나는 늘 밥그릇을 싹싹 비웠다. 점심을 먹고 나선 선생님과 천변을 걸었다. 기이한 울음소리를 내며 허공을 가로지르는 왜가리를 함께 바라보고, 풀밭에 돗자리를 깔고 나란히 드러누워 얼굴 위에 책을 덮고 낮잠을 자기도 했다. 선생님은 나와 배키처럼 홍제천을 무척 좋아했지만 우리와는 퍽 다른 관점을 갖고 있었다.

자연이 가장 착해요. 우리에게 아낌없이 베풀고 따듯하게 감싸 주잖아. 마치 엄마처럼.

선생님의 모친이 몇 년 전 돌아가셨다는 걸 알았기에 나는 잠자코 있었지만, 배키와 오메가가 했던 말이 또다시 떠올랐다. 자연을 모성에 비유하지 말 것. 우리에게 무한히 베푸는 수동적인 존재로 여기지 말 것. 기후 위기는 그런 구닥다리 관점에서 비롯된 거야. 오메가는 오메가3를 많이 먹어서 그런지 똑똑한 말을 자주 했고, 배키는 오메가에게 물들어 툭하면 탄소 배출량을 들먹였다. 자신이 매일 배달하는 음식이 담겨 있는 플라스틱 용기는 모른 척하면서. 그러나 배달 가방에 플라스틱 프리 캠페인 스티커를 잔뜩 붙이고 다니는 걸 보면 아주 모른 척하는 건 또 아니었다. 배키는 고루한 생계와 진보한 생활 사이에서 줄타기하며 살아가고 있는 것이다.

낭독 일을 시작한 지 두 달 뒤, 나는 하루에 에쎄 두 개비를 맛있게 피우는 끽연가가 되어 있었다. 물론 선생님에게서 얻어 피웠다.

내 계좌엔 이전엔 본 적 없던 목돈이 쌓였다. 나는 배키를 단골 식당인 나비분식으로 데려가 이것저것 시켜 주었다. 배키는 쫄면과 돈가스와 갈비만두를 번갈아 먹다가 나에게 물었다.

솔직히 말해 봐. 그 집에서 뭐 했어?

나는 일부러 음흉한 미소를 지었고, 배키는 궁금해 죽겠다는 표정을 지었다.

*

반지하로 향하는 좁고 가파른 계단을 내려가는 엄마의 등 그런 등.

엄마는 커다란 자루를 등에 짊어지고 계단을 내려간다.

엄마가 나르는 자루 속엔 엄마처럼 적당히 나이 든 초라한 아주머니가 담겨 있다. 자루가 부욱 찢어지면, 그 속에 들어 있던 아주머니가 바닥으로 툭 떨어진다. 태어날 때부터 봉제 공장 노동자의 모습으로 태어난 아주머니는 신에게 항의하는 대신 신들린 기술로 밤새 재봉틀을 돌린다. 나는 아주머니가 엄마와 똑같이 생겼다는 사실을 뒤늦게 깨닫는다. 엄마가 등에 짊어진 자루 속에서 태어난 엄마. 나는 그런 기괴한 꿈을 자주 꿨다. 그리고 그런 날이면 반드시 엄마에게 전화를 걸었다.

엄마가 매일 들이마시는 섬유 먼지. 환기 설비가 제대로 되어 있는지 의심스러운 반지하 봉제 공장. 다이마루 전문. 동대문뿐만 아니라 해외로도 수출. 납품일은 철야를 해서라도 반드시 지키는 곳으로 명성이 자자한 곳. 불량 제로가 엄마의 모토이자 별명이고, 그 공장은 염가로 제작할 수 있는 곳으로 또한 명성이 자자하다. 그게 무슨 의미인가. 엄마와 이모님들의 피와 땀을 쪽쪽 빨아먹는 방식으로 굴러가고 있는 공장이라는 뜻. 엄마는 공장에서 일을 시작한 뒤부터 완경하기 전까지 생리불순으로 고생했다. 언제 생리가 시작될지 알 수 없어서 늘 생리대를 차고 출근했는데 그 부작용으로 발진을 달고 살았다.

일은 할 만해?

엄마는 전화를 받자마자 도리어 내게 물었고, 나는 그렇다고 답했다.

그러다 다른 일을 못 하면 어쩌니? 훨씬 힘든 일을 해도 그것도 안 주는 데가 수두룩해.

……나도 알아.

엄마에게 노동은 몸 쓰는 일이자 고통이고 인내였다. 나에게도 노동은 그러했다. 김아혜 선생님을 만나기 전까진. 이제 나에게 노동은 사장이 누군지에 따라 다른 의미가 될 수 있었다. 현재 내가 하고 있는 노동은 기묘한 휴식이나 다름없었다.

엄마는 잠시 말이 없더니 뜬금없이 어떤 남자에 대해 말했다.

일 끝나면 맥주를 딱 한 병만 먹어. 그렇게 깔끔할 수가 없어. 어머니가 건물주인데 외동아들이야. 그러니까 그 건물을 상속받겠지.

누구 얘기 하는 거야?

있어, 그런 남자가.

엄마는 바쁘다며 서둘러 전화를 끊었다.

무슨 뜻으로 그런 말을 했을까……. 나는 찝찝한 마음이

이서수

들었고, 설마 엄마가 연애를 하려는 것일까 생각했다. 그러자 나도 아무나 만나 사랑에 빠지고 싶다는 몹쓸 충동이 일었다.

*

어떤 남자를 만났다. 그는 나보다 두 살 많고 굉장히 낙천적인 사람이었다.

거짓말이야. 그 말을 믿어? 배키는 헌팅 포차에 온 사람들이 하는 말은 전부 믿지 않았지만 나는 알았다. 남자가 진실만 말했다는 걸. 배키는 귀가 먹먹해질 정도로 음악을 크게 튼 포차에서 혼자 온 사람처럼 자작으로 술을 마시고, 애인과 톡으로 채팅하느라 우리의 대화를 거의 듣지 못했다. 남자는 목소리가 작은 편이었고, 귀 기울여 집중해야만 그의 말을 알아들을 수 있었다.

남자의 얘기를 요약하자면 이러했다. 그는 경비원으로 일하고 한 달에 155만 원을 받는다. 일주일에 사흘 일하고, 한달에 25만 원씩 저축해서 일 년에 한 번 해외여행을 간다. 정규직이기에 잘릴 걱정이 없다. 그는 지금 행복하며, 평생 경비원으로 일할 생각이다.

남과 비교하지 않으니 얼마나 마음 편한지 몰라요. 미수도 그렇게 살아 보는 게 어때?

갑자기 반말을 하는 남자에게 놀라기도 했지만 155만 원을 받고 행복하게 살고 있다는 사실이 더 놀라웠다. 헌팅 포차에서 이런 놈을 만나다니 희소가치 있는 경험이었다. 쓸데없는 플렉스를 보여 주지 않고, 커리어나 대학을 뻥치지도 않고, 저렇게 말간 얼굴과 진실한 입으로 피케셔츠를 입고 헌팅 포차에 나타난 이상한 놈. 진실한 놈. 155만 원으로 행복을 찾은 기괴한 놈. 이놈과 잘해 봐야 하나 이놈에게서 도망쳐야 하나 고심하고 있을 때, 화장실에서 돌아온 그의 친구가 그에게 다른 자리로 가자고 대놓고 신호를 보냈다. 배키가 상대해 주지 않으니 심심한 모양이었다. 결국 그들은 자리를 떴고, 나는 배키에게 그만 가자고 말했다. 기분 잡쳤다. 월급 155만 원에 행복한 삶을 사는 사람이라니…… 혹시 나를 놀린 건가?

배키와 포차 근처에 있는 편의점으로 천천히 걸어갔다. 앞마당이 광장처럼 너른 편의점인데 야외 테이블마다 술병과 스낵 따위가 놓여 있고 여하튼 술집이나 다름없는 곳이었다. 우리는 운 좋게 비어 있는 테이블 하나를 차지하고 앉아 맥주를 마셨다. 배키에게 월급 155만 원으로 행복하게 살고

이서수

있는 남자에 대해 말해 줬더니, 배키는 그때까지 붙잡고 있
던 핸드폰을 내려놓고 내 말에 집중했다.

말이 돼?

그러니까. 그게 될까?

되나 보네, 씨발.

나는 웃음이 터졌다.

왜 욕을 하냐?

배키는 대답 없이 고개를 저었다. 그러더니 담담한 어조
로 말했다. 아무래도 배달하다 만난 애인이 중학교 동창이
아닌 것 같다고. 나는 놀란 표정으로 그럼 도대체 누구냐고
물었고, 배키는 누군지 모르겠다고 답했다.

근데 계속 만나?

누군지 알아내려고.

알고 싶어?

알고 싶지. 내가 누구랑 잤는지 모르겠으니까.

모르는 게 더 나을지도 몰라.

……하긴.

배키는 생각에 잠긴 얼굴로 고개를 뒤로 젖혀 밤하늘을
올려다보았다. 가느다란 빗방울이 조금씩 떨어지고 있었지
만 배키도 나도 자리에서 일어나지 않았다. 나는 배키가 중

요한 말을 했다고 생각했지만 그에 관해 캐묻지 않았다. 어떤 사람이랑 잤는지 깨닫는 건 때론 끔찍한 일이 될 수 있다. 나도 그런 적이 있었다. 내가 이런 새끼랑 잤구나, 하고 새삼 놀랐던 적이.

기분이 날씨처럼 칙칙했다. 나는 의자에서 일어나 에쎄를 두 갑 사 왔다. 한 갑은 선생님께 드릴 소박한 선물이었다. 지저분한 골목에 서서 담배 연기를 뿜어내는데 배키가 고개 돌려 나를 빤히 쳐다보았다. 나는 꽁초를 발로 비벼 끄고 자리로 돌아와 앉았다. 배키가 즉시 물었다.

갑자기 웬 담배?

선생님한테 배웠어. 낭독 들으면서 계속 피우시거든.

배키는 미간을 찡그리며 말했다.

산재네. 일하는 공간에서 줄담배 피우는 것도 산재. 흡연자가 된 것도 산재.

나는 아무런 반박도 하지 않았다.

빗방울이 점점 굵어졌다. 우리는 남은 맥주를 마시고 자리에서 일어났다. 배키는 정체를 모르는 애인에게로 갔고, 나는 어두운 정류장에 서서 마을버스를 기다렸다.

버스에서 내리니 빗줄기가 점점 약해지고 있었다. 나는

이서수

집으로 가는 대신 홍제천으로 걸어갔다. 교각 아래에 우두커니 서 있다가 도리 없이 심심해져 담배를 한 대 더 피웠다. 마침내 비가 완전히 그쳤고 산책하기에 나쁘지 않은 날씨가 되었다. 천변을 느릿느릿 걷다가 오리 두 마리와 물고기 세 마리를 구경했다. 오리들은 수면 위에 드리워진 내 그림자 속으로 들어왔다 빠져나가고 되돌아와 다시 안겼다. 흙바닥에 조용히 엎드려 있던 물고기도 유유히 헤엄쳐서 내 그림자 속으로 들어왔다. 그 모든 움직임엔 소리가 없었다. 내가 가까이 다가가면 오리가 멀어질 것을 알았기에 그 자리에 가만히 서 있었다.

온기 없는 내 그림자가 온기 있는 내 몸보다 더 안전하게 느껴지니?

오리에게 말을 걸다가 어쩐지 오리와 표정이 닮은 종로를 떠올렸다. 종로가 말하는 방식과 종로의 생김새, 걸음걸이를 떠올렸다. 나는 단톡방 창을 열었다. 종로가 했던 엉뚱한 말을 다시 읽고 웃기 위해.

언제쯤 나는 종로에게 고백해야 한다는 걸 받아들일까. 나는 마음에게 물었고, 답변은 듣지 못했다.

＊

선생님의 옷차림은 평소와 달리 가볍고 산뜻했다. 연두색 니트에 물 빠진 청바지를 입고 낮부터 안동소주를 마시고 있던 선생님은 곧 제주도에 갈 거라고 말했다. 여행을 가시는 거냐고 물었더니, 아주 살러 가는 거라는 뜻밖의 말이 돌아왔다.

낭독 일을 시작한 지 세 달이 지난 때였고, 내 계좌엔 천만 원 남짓한 돈이 모여 있었다. 나는 선생님을 따라 제주도로 갈까 잠깐 동안 고민했다. 그곳에서도 책을 읽어 주고 함께 해변을 산책하며 돈을 받고 싶었다. 하지만 그런 말을 먼저 꺼낼 뻔뻔함이 부족했다.

제주도에서 뭘 하시려고요?

비치코밍.

나는 이게 무슨 소리인가 싶었다. 비치코밍이라니, 갑자기 왜? 내 얼굴에 떠오른 의문을 읽었는지 선생님이 내게 물었다.

미수 씨는 40년 뒤의 지구를 상상해 봤어요?

당연히 멸망했겠죠.

나는 냉소적으로 웃으며 답했지만 선생님은 웃지 않았다.

이서수

자기는 생각이 다르다고 했다. 나는 어떤 미래를 예상하는지 굳이 묻지 않았다. 선생님이 부자여서 그랬다. 어쩐지 부자가 상상하는 미래는 듣고 싶지 않았다. 똑같이 멸망하는 것이 공평하다고 생각하는 나의 마음을 들키고 싶지도 않았다.

해변에서 쓰레기도 줍고, 거기 사는 청년 기후활동가도 지원해 주고 싶어요.

그 말을 듣고 나서 나는 말했다.

그동안 저한테 왜 이런 일을 시키신 거예요?

한참 전에 물었어야 할 질문을 이제야 했다. 안동소주 두 잔을 받아 마시고 나서. 선생님은 술잔을 내려놓고 내 얼굴을 물끄러미 보더니 말했다.

홍제천에서 몇 번 봤어요. 울고 있는 걸. 한 번도 아니고 서너 번…….

나는 선생님의 시선을 피했고, 대꾸 없이 술잔만 만지작거렸다.

언제였을까. 첫 직장에서 퇴사하기 전일까. 식당에서 알바하다가 단골 할아버지에게 스토킹을 당했을 때일까. 출근길에 문자 한 통으로 갑자기 해고됐을 때일까. 사장이 뒤에서 나를 껴안더니 너무 귀여워서 장난친 거라고 우겼을 때일까. 나보다 스무 살은 많아 보이는 남자 손님이 내가 연락처를 알려 주지 않자 그럼 자길 볼 때마다 왜 웃은 거냐고 입에 거품을 물고 따졌을 때일까. 방문자 리뷰에 나를 콕 찍어서 머리가 나쁜지 말귀를 못 알아듣는다는 평이 올라왔을 때일 까…….

내 멋대로 돈 문제일 거라고 짐작했어요. 내가 미수 씨 나 이였을 땐 그런 문제로 많이 울었으니까. 그래서 미수 씨한 테 일을 시킨 거예요. 돈을 주려고. 그리고 우리 집에 처음 온 날, 자기 얘길 하면서 울지 않으려고 안간힘을 쓰는 걸 보고 마음이 짠했어요.

이제는 마음이 짠하지 않은지 묻고 싶었다. 세 달 동안 나 는 선생님의 배려로 정신과 육체를 해치지 않는 노동을 했 고, 선생님이 만들어 준 점심 식사는 늘 맛이 좋았고, 퇴근할 땐 간식까지 잔뜩 챙겨 주어 그걸로 저녁 식사를 해결했고, 스트레스로 인한 충동구매와 술값 탕진을 하지 않았더니 금 세 천만 원을 모았다. 나는 멀리 떠나려고 하는 복지 사업가 김아혜 선생님을 붙잡고 싶었다. 잡을 수 없다면 제주도로 따라가고 싶었다.

엄마가 했던 말이 떠올랐다. 쉽게 돈을 벌면 나중에 다른 노동을 못 하게 된다고. 몸을 갉아 내듯이 쓰고, 원인불명의 질환에 시달리고, 수시로 정신을 빼앗기고, 나를 철벽 방어해

이서수

야 하는 위험한 일터에서의 평범한 노동을 못 하게 된다고.

돈을 꽤 모았죠?

선생님은 당연히 그럴 거라는 듯이 물었다. 나는 그때부터 기분이 조금 묘했다.

그걸로 하고 싶은 걸 해 봐요. 공부를 더 해도 좋고, 유럽 여행을 가도 좋고. 미수 씨가 하고 싶은 일 다 해요. 이젠 그만 울고. 얼마나 아름다워 보이는 청춘인지 자기는 모를 거야.

나는 아무런 대답도 하지 않았다.

하고 싶은 일을 다 하는 데 천만 원이면 충분하다고 생각하시나요, 속으론 그렇게 생각했지만 결국 아무 말도 하지 않았다. 얼굴이 점점 달아올랐고, 설명할 수 없는 배신감과 굴욕감이 몰려왔다. 선생님에게 나의 눈물은 손쉬운 해결책이 있는 슬픔이었을까. 선생님에게 나의 고민은 스물세 살짜리 여자애가 하는 작은 고민이었을까.

이런 말은 하지 않는 편이 낫다고 생각하면서도 나는 결국 입을 열었다. 그리고 나조차 놀랄 뜻밖의 말을 했다. 안동 소주 다섯 잔을 마시고.

선생님, 자연은 우리한테 베푸는 존재가 아니에요.

갑자기 무슨 말이에요?

자연은 누군가에게 뭔가를 주려고 존재하는 게 아니라 그냥 존재하는 거라고요.

선생님은 눈을 동그랗게 떴다. 나는 오로지 선생님을 가르치고 싶다는 일념으로, 선생님이 모르는 걸 나는 알고 있다는 오기로 입을 열었다. 정말이지 가르치고 싶었다. 그게 뭐든. 선생님은 돈이 많지만 시대가 원하는 지성은 없고, 나는 돈이 없지만 시대가 요구하는 지성은 있다고 굳게 믿으며.

홍제천을 걷는 선생님도 홍제천의 일부예요. 자연의 정복자가 아니라 자연의 일부라고요. 그리고 자연은 여성과 닮은 것도, 모성과 비슷한 것도 아니에요. 선생님은 그렇게 비유하셨잖아요.

……아닌가요?

아니에요. 자연은 여성도 남성도 아니고, 아니기 이전에 그런 걸 몰라요.

흥미롭네요.

선생님은 전혀 흥미롭지 않은 표정으로 나를 보았다.

이 얘길 꼭 해 드리고 싶었어요. 그리고 천만 원으로 할 수 있는 건 많지 않아요. 그동안 감사했습니다. 안녕히 계세요.

나는 자리에서 일어나 인사한 뒤 도망치듯 그 집을 빠져나왔다.

원인이 뭘까. 은인이나 다름없는 김아혜 선생님에게 그

따위로 행동한 원인. 주는 대로 받아 마신 안동소주 때문일까. 배키와 오메가의 녹색계급 사상에 물들어서일까. 선생님이 마치 청춘을 정복한 것처럼 말해서일까.

나는 결국 세 번째 이유를 고른 뒤 자문자답에 빠져들었다.

어느 시기를 정복할 수 있다니 그게 가능한가?

선생님 세대에겐 공감보다 정복이 더 쉬울 수도 있지.

우리 모두 어느 시기의 일부일 뿐이지 않나?

선생님은 노년의 일부, 나는 청춘의 일부. 선생님은 청춘의 일부, 나는 노년의 일부. 우리에겐 그렇게 교차하는 시간이 있지 않았던가······.

나는 선생님과 함께 보냈던 시간을 작은 돌멩이 크기로 만들어서 발끝으로 툭툭 차며 걸었다. 뒤늦게 술기운이 올라 얼굴이 뜨거워졌다.

배키는 건물 주차장에서 유튜브 영상을 보며 고장 난 자전거를 수리하고 있었다. 나는 양념 묻은 플라스틱 용기를 향해 줄지어 가는 개미 떼를 바라보며 김아혜 선생님을 욕했다. 배키가 내 말에 맞장구를 쳐 주었다.

천만 원으로 하고 싶은 일을 다 하라니 말이 돼? 너를 완전히 애로 봤나? 그리고 왜 돈을 거저 준 것처럼 말하지? 너 그동안 지각 한 번 안 했잖아.

나는 말없이 고개만 끄덕였다. 배키는 수리를 멈추고 바닥에 주저앉았다. 깨진 콘크리트 틈에서 피어난 잡초를 세게 잡아당기던 배키는 문득 의문스럽다는 듯이 말했다.

나도 술 먹고 홍제천에서 자주 울었는데 왜 네가 픽된 걸까? 네 얼굴이 더 불쌍하게 생겨서 그런가?

나는 배키의 농담 같은 진담을 받아 줄 여유가 없었다. 그저 화만 났다. 제주도에 가서 쓰레기를 줍겠다고 하는 김아혜 선생님에게. 쓰레기보다 천변에서 자주 우는 동네 청년을 주워서 달래 줘야 하는 거 아닌가. 세 달이나 꿀 알바를 했으면서도 더 길게 하지 못해서 심통 난 나에게도 화가 났다. 언젠가 이런 날이 올 줄 정녕 몰랐나.

배키야, 나는 하나도 힘들지 않은 일을 하면서, 나답게 살 수 있는 일을 하면서 한 달에 300만 원만 벌면 참 좋겠다는 생각을 정말 많이 했어. 그래서 선생님이 내 앞에 나타난 건지도 몰라. 네가 말한 우주의 기운이라는 게 이런 걸까……. 스물셋에 이런 노동을 해 버렸으니 앞으로 내 미래는 얼마나 서글플까. 나는 부자가 아니고 끊임없이 노동을 해야 하는데.

나는 마음속으로 말했지만 배키는 그 말을 다 들은 것처럼 곁으로 다가오더니 내 어깨에 팔을 두르고 나직하게 말했다.

미수야, 너한테서 술 냄새 나.

*

나비분식은 김밥천국에서 파는 건 다 팔면서 그곳에서 팔지 않는 것도 팔았다. 바로 소주와 맥주. 배키와 나는 다른 식당보다 밥과 술이 싼 나비분식에서 종종 반주를 곁들여 끼니를 해결했다. 우리 나이의 두세 배는 되어 보이는 남자들이 작업화를 신고 드나드는 곳임을 알았지만 상관없었다. 가성비가 무척 뛰어난 곳이었으니까.

오늘은 종로와 오메가도 있었다. 종로는 종로가 아니라서 그런지 멍한 표정이었고, 오메가는 전날 봤던 영화 〈흐르는 강물처럼〉에 대해 계속 얘기했다. 나도 배키와 함께 봤던 영화인데, 기억나는 거라곤 주인공이 강물에 들어가 낚시하는 장면뿐이었다. 배키는 낚시를 하면 굶어 죽지 않을지도 모른다고 말했고, 같은 생각을 하고 있던 나는 홍제천에도 물고기가 많지만 그건 절대로 먹고 싶지 않다고 말했다. 배키가 맛있게 먹을 수 있는 방법을 연구해 보자고 제안했고, 나는 낚시 금지 푯말을 상기시키며 홍제천이 아니라 너른 바다에 가서 잡자고 말했다. 우리는 돈을 더 벌 궁리는 하지 않고 아낄 궁리만 했다.

너희들은 인스타 안 하냐?

오메가가 핸드폰을 한참 들여다보다가 고개를 들더니 누구에게랄 것도 없이 물었다.

너는 해?

이제부터 하려고.

그래, 배우가 꿈이면 해야지.

인스타 안 하는 이십 대는 너희밖에 못 봤어.

배키는 그럴 리가 없다고 말했고, 종로는 조용히 고개를 끄덕였다.

인스타 안 하는 애들끼리 노니까 함바집에서 이러고 있는 거야.

배키와 나는 아무런 대꾸도 하지 않았다. 반박하기도 귀찮았다. 종로는 무표정한 얼굴로 쫄면을 뒤적거리다 작게 한숨을 내쉬더니 젓가락을 내려놓았다. 그걸 신호로 우리는 의자에서 일어났다. 배키와 오메가가 먼저 밖으로 나가 버려서 어쩔 수 없이 내가 계산했다. 종로의 생일이라 다 같이 모였는데, 종로가 케이크를 사 들고 나타났다. 밥은 내가 사고, 케이크는 종로가 사는 이상한 상황이 되어 버렸지만 다들 개의치 않아서 결국 나도 수긍하고 말았다.

이서수

이 친구들과 언제까지 함께할 수 있을까. 문득 궁금했다. 서른이 되어서도 가능할까? 그때도 우리는 나비분식에 모여 술을 마시고, 생일을 맞이한 자가 케이크를 사 오고, 천변 벤치에 앉아 케이크에 초를 꽂고, 빨리 소원 빌어, 이거 내가 싫어하는 얼그레이케이크지, 하고 시끄럽게 떠들다 각자 자기 고민에 빠져드는 주말 오후를 보낼까.

배키는 자전거를 자력으로 수리해 보려다 완전히 망가뜨렸다. 오메가는 영화 제작사에 포트폴리오를 돌리고 왔는데 내 눈엔 아무리 봐도 전단지 같았다. 저 좀 사 주세요, 그런 느낌인 거냐고 물었더니 오메가는 슬퍼했다. 왜 슬퍼하냐고, 우리 모두 그렇게 살고 있는 걸 모르냐고 말하려다가 비참한 소리 같아서 삼켰다. 묵묵히 케이크를 퍼먹던 오메가가 말했다.

누군가를 꼭 품어 줘야 한다면 나는 여자를 품겠어.

배키가 곧바로 대꾸했다.

너는 아무도 품지 마. 그게 모두를 돕는 길이야.

오메가는 순순히 고개를 끄덕이더니 오디션 준비를 해야 한다며 먼저 가 버렸다. 배키 역시 여전히 정체를 모르는 애인을 품어 주러 갔다. 먹다 남은 얼그레이케이크를 들고 가벼운 걸음걸이로. 종로는 가지 않았다. 갈 줄 알았는데 내 옆에 멀뚱히 서 있길래 산책이나 하자고 말했더니 온순한 표정으로 따라왔다.

우리는 말없이 천변을 걸었다. 물새들을 멍하니 바라보던 종로가 내게 물었다.

이대로 계속 걸으면 어디가 나와?

한강.

한강에서 더 걸으면?

여의도.

거기서 더 걸으면?

몰라. 종로가 나올 때까지 걸을까?

종로는 아무런 대답도 하지 않았다. 나는 종로에게 뜬금없이 말했다. 네가 어떤 사람인지 잘 모르겠다고.

나를 알고 싶어?

그래야 너한테 맞춰 줄 수 있지.

그럴 필요 없어. 내가 너한테 맞춰 주면 되니까.

나는 고백하려다 불시에 고백을 당한 것 같은 기분이 들었다.

노래 들을래?

종로에게 무선 이어폰을 한쪽 나누어 주고 함께 노래를 들었다. 김사월과 우소연, 새소년의 목소리를 지나 카더가든과 아이유, 선우정아의 목소리를 지나 김윤아와 김추자, 심수봉의 목소리에 이르기까지. 나의 플레이리스트를 종로에게 공개했다. 종로는 그 모든 노래가 생일 축하 노래처럼 들린다고 말했다. 그들 모두의 목소리에 스물셋이 있다고.

우리는 홍제천을 벗어나 한강에 도착했고, 밤섬을 지나 어딘가로 계속 걸었다. 종로가 걸음을 멈추더니 가방에서 초록색 수첩을 꺼냈다. 내게 읽어 주고 싶은 글이 있다고 했다. 스물셋을 기념해 쓴 글이라면서. 그게 과연 기념할 것이 있나 싶었지만 잠자코 있었다.

우리는 한강변 콘크리트 난간에 나란히 걸터앉았다. 낡은 스티로폼 박스와 반짝이는 스낵 봉지가 강물 위에 둥둥 떠내려가고 있었다. 종로가 배경 음악이 필요하다며 갑자기 라디오를 틀었다. 음악도 아니고 라디오를. 곧이어 해금인지 아쟁인지 알 수 없는 소리가 흘러나왔다. 나는 애처롭게 울리는 그 소리를 듣다가 이건 도대체 무슨 프로그램이냐고 물었다.

FM 풍류마을. 이 시간에 자주 들어.

마침 귀에 익숙한 음이 흘러나왔다. 종로는 선곡표를 보지도 않고 〈아리랑 연가〉야, 하고 말했다. 이어지는 곡은 거문고인지 가야금인지 모를 악기가 똥땅거리는 소리였다. 이번엔 무슨 곡이냐고 물었더니 〈장일타홍 연가〉라고 막힘없이 답하며 거문고 소리라고 덧붙여 말했다. 국악은 왜 이리다 애처로운 것일까. 나는 국악에 얕은 조예조차 없으면서 그렇게 말했다. 종로는 고개를 저으며 이건 애처로운 축에 속하지 않는다고 대꾸했다.

이 노래 좀 들어 볼래? 일제 강점기에 활동했던 장일타홍이라는 가수가 부른 노래인데 제목은 '첫사랑'이야. 1934년에 발매된 곡.

종로가 유튜브에 접속하더니 거의 한 세기 전 음악을 내게 들려주었다. 유유히 흐르는 강물을 바라보며 애달픈 목소리를 듣는 동안 나는 점점 서글퍼졌고, 노래 제목을 떠올리다가 마음이 먹먹해졌다. 강물이 내 가슴속으로 들어온 것처럼 울렁울렁했다. 윤슬이 내 이마를 찌르는 것처럼 어질어질했다. 종로에게 마음을 들킬까 봐 침을 삼켰다. 노래가 끝나자, 종로는 수첩을 펼치더니 나직한 목소리로 낭독을 시작했다.

완만한 곡선을 그리며 고가 철로를 지나는 열차를 보았을 때나 열차 차단기 앞에 서서 신호음을 들으며 가만히 기다릴 때마다 떠오르는 희미한 얼굴이 있다. 나는 마음속으로 그에게 말한다. 멈추지 말고 걷자. 스물셋의 청년아, 독학자야, 혁

이서수

명가야, 우주 최초의 어떤 사람아.

걷고 뛰고 헤엄치고 날자. 쉬지 말고 그렇게 하자. 어디로든 갈 수 있지만 어디에서도 자신일 수밖에 없더라도. 변화하기엔 아직 아름답다고 믿으며. 날개 없이 날아오르자. 날개가 없으면 날개 때문에 추락할 수도 없으니까. 오로지 추락하겠다는 나의 의지로만 추락하자.

종로는 서둘러 수첩을 가방 안에 넣더니 고개를 푹 숙였다. 내 감상평을 은근히 기다리는 눈치였다. 뭐라고 해야 할까. 왜 그렇게 비장하게 폼을 잡는 거냐고 말해야 할까. 날개가 무슨 의미냐고 물어야 할까. 혹시 야망일까? 배키가 말했던 것처럼 야망을 품으면 탄소 배출량이 증가한다는 의미일까. 그러나 나는 그 모든 건 뒤로 하고 종로가 떠올린 희미한 얼굴에 대해 생각했다. 그 사람이, 나일까. 나는 괜스레 붉어진 얼굴로 입을 열었다.

날개 때문에 추락하지 말고…… 사랑하는 사람 때문에 추락하지도 마.

너는 그게 돼?

나는 종로의 눈길을 피하며 아무런 대답도 하지 않았다. 되겠냐, 하는 표정만 지었을 뿐. 날개를 갖지 않는 건 성공할 수 있어도 사랑하는 사람 때문에 추락하지 않는 건 멋지게 실패할 것이다. 보나마나다.

우리는 나뭇가지와 쓰레기가 뒤엉킨 부유물이 하염없이 떠내려가는 것을 바라보다가 자리에서 일어났다. 나는 오늘 내가 종로에게 고백한 건지, 종로가 내게 고백한 건지 모르겠단 생각이 들었으나 어쨌든 어딘가를 향해 다시 걸었고, 손을 잡을까 말까 못내 망설였다.

이서수

  스물셋에 처음으로 소설 창작 수업을 들었다. 함께 강의를 들었던 수강생들은 내 어머니와 나이가 비슷했고, 내가 쓴 소설을 매우 못마땅하게 생각했다. 결국 수업에 참석하지 않았다. 온종일 길거리를 걸었고, 비관적인 생각을 자주 했다. 그다지 살고 싶지 않았지만 애인을 떠올리며 자살하지 않았다. 새벽 3시에 잠들었고, 오후 5시에 냉동삼겹살집에서 소주를 마셨다. 아침이 되면 밤이 오길 기다렸다. 밤이 오면 핸드폰을 붙들고 뺨이 뜨거워질 때까지 통화했다. 일하기 싫었고 늘 가난했다. 내가 무엇이 될지 궁금했지만 어쩐지 알 것 같았다.

망한 연애담

: 세상을 망하게 한 사랑

황모과

1

나 김모과, 만 스물셋, 여성, 이성애자, 그리고 신장 180에 육박하는 한국 여성. 나의 망한 연애담을 흥미롭게 여기사 이 글을 펼치신 여러분께 먼저 사과드리며 이 이야기는 매우 슬픈 이야기로 끝나는 점을 미리 말씀드린다. 뜨거운 격정도, 애틋한 멜로도, 속 시원한 복수도 없다. 소소하고 처량하고 궁상맞기에 평범한 비극이 준비되어 있다. 전개도 결론도 심심한 비극을 우리는 드라마가 아니라 일상이라 부르나니.

먼저 모두 기억하는 특별한 그해, 진부하고 평범하고 식상하게 살았던 나를 설명해야 할 것 같다. 그해 나는 그야말로 엉망진창, 구제 불능, 수습 불가, 수렁에서 허우적대는 망한 인생이었다. 추후 기술하겠지만 사랑받지 못하는 불쌍한 사람들이 가장 먼저 픽픽 죽어 가던 시절, 나 역시 사랑받지 못하는 불쌍한 신세로서 생존을 위한 행운을 향해 필사적으로 손을 뻗으며 살았다.

어릴 때부터 집을 떠나고 싶었다. 멋진 출가가 아니라도 가출인지 퇴출인지 애매하고 초라해도 무조건 탈출하고 싶었다. 집에서 듣는 소리라고는 그냥 지나칠 수 없는 말들뿐이었다. 이를테면 오빠한테 듣는 이런 말들.

"다른 집은 더해."

부친은 8, 90년대 사극만 24시간 지켜보는 놀랍도록 전근대적 시차 유발형 인간이었다. 근데 다른 집은 더하다니, 다른 집 부친들은 6, 70년대 사극을 본단 말인가? 폭군의 고뇌에나 공감하는 옛사람이 현재와 미래에 전횡을 일삼고 있었다. 시대착오적 인간에게서 존재가 유래했다는 뼈아픈 사실, 태어나면서부터 나는 모욕당했다. 길거리에도 나앉을 자리는 있는 법인데 집에선 일체 내 자리가 없었다. 가족들은 나의 탈출 열망을 늦은 사춘기, 혹은 결혼 적령기라고 제멋대로 해석했다. 이해까지 바라지 않으니 한국말이나 좀 통하면 좋을 텐데. 가족이 더 부조리하다. 사적 영역의 위계질서를

깨는 일이 더 어렵다. 체념이라는 이름으로 지배 논리가 내면화된다. 이런 의견을 말하면 언니는 대꾸했다.

"너 잘났다. 근데 다들 그렇게 살아."

어휴, 말을 말자. 그래서 집에 있으면 산 입에 거미줄 친다. 줄곧 입을 꾹 다물고 있어서 가족들은 내가 무척 과묵한 사람인 줄로만 알고 있다.

물론 가족 이외의 사람들이 미래 지향적인 말을 하느냐 하면 그것도 아닌 게 참견의 뻔함이다. 왜 남의 연애담에 이리들 관심이 많은지 모르겠다만 내가 듣는 얘기는 이런 식이었다.

"얼른 남자를 만나. 괜찮은 남자는 금방 품절된다."

"여자는 돈 없고 실력 없어도 예쁘면 프리 패스잖아? 그러니 노력을 안 하는 건 직무 유기지."

"성격은 사람마다 제각각이야. 그거야 어찌어찌 맞출 수 있지만 여자 못생긴 건 참아 줄 이유가 없잖아?"

그러면서 다들 손가락 끝으로 내 몸을 위아래로 훑으며 꼭 이렇게 말한다.

"너는 눈을 한참 낮춰야 해. 심리적으로도, 그리고 물리적으로도."

"네가 찬밥 더운밥 가릴 처지는 아니잖아?"

내 밥 온도를 왜 자기들이 정하는지? 남들이 생각하는 이유는 이렇다.

"여자치곤 네가 좀 웅대하잖아. 원래 웅雄은 수컷을 가리키는 한자란 거 알지?"

한국에서 이성애자로 살려면 내 신체의 최대 장점은 단점, 아니 최악의 결점이 되긴 한다. 스포츠 선수도 아니고 연봉이 높지도 않으니 더더욱 그렇다. 180에 육박하는 데다 달리 내세울 것 없는 내게 연애는 출발선 없는 레이스였다. 시작조차 어려우니까. 코스 밖이나 갓길, 자갈길, 우회로 같은 험한 길을 생각해야 했다. 나는 어떻게든 쿨한 비혼으로 이 길을 포장하려고 했다.

비혼의 출발은 독립일 터, 스물셋에 나는 가출을 서둘렀다. 무작정 집을 나온 뒤 처음엔 창문 없는 고시텔을 택했다. 창문을 포기한 대신 공용 전기밥솥과 쌀을 제공받았다. 매끼를 갇힌 공간에서 대충 때우면서도 '햇반 값을 절약하는 게 어디냐' 했다. 궁상스러운 생각을 씹어 삼키며 SNS를 노려보다 문득 생각했다. 화려함이 부유하는 시대에 나 혼자 독방 수감자 같은 생활을 할 수 없진 않냐고. 시간 역행 부친의 가스라이팅을 피하겠다는 사회 초년생에게 사회는 왜 형벌을 내리냐고.

고민 끝에 알바 월급으로는 약간 벅찬 월세에 하우스 셰어로 들어갔는데 거긴 또 다른 아수라장이었다. 크고 작은

황모과

일에 생각이 정확히 일치하지 않으면 타인과는(연애는커녕! 결혼은 개뿔!) 하우스고 뭐고 셰어가 안 된다는 걸 깨달았다. 정치관과 도덕관념, 종교관과 불문율을 비롯해 용변 보는 소요 시간까지 합의되지 않으면 가족이든 타인이든 단 한 순간도 한 공간에 있을 수 없었다.

여러 곳을 전전하다 독거노인의 뒷방에 세를 얻어 들어갔다. 오지 말랬는데도 꾸역꾸역 찾아온 오빠가 내 방을 둘러본 뒤 깊게 한숨을 쉬었다. 이런 데서 이렇게까지 살아야 하느냐고. 그러더니 조언이랍시고 차라리 월세를 아버지 용돈으로 드리면 아버지의 주기적 발작을 다소 잠재울 수 있지 않겠냐고 말했다.

"미쳤어? 내가 왜 그 인간에게 돈까지 줘야 해?"

나는 오빠란 작자가 같은 부친에게 같은 가스라이팅을 당한 사람이 맞는지 분개했다. 참다 참다 유난 떤다는 말을 듣고 오빠에게 기어이 폭발하고 말았다.

"야, 너보다 내가 더 당해서 그런가 보지!"

그러자 오빠가 우월감을 드러냈다.

"네가 당하긴 뭘 더 당해! 내가 더 당했지!"

오랜만에 우린 유치원생 시절처럼 싸웠다. 오빠가 돌아간 뒤 할머니가 공수해 줬다는 반찬을 싹 다 쓰레기통에 버리려다 음식물 쓰레기 봉투값 500원이 아까워 그냥 먹기로 했을 땐 정말 쓰레기 잔반을 삼키는 기분이었다.

　그 시절 내가 삼켜야 할 모멸감은 경제적, 가정적 문제 외에도 아주 많았다. 그에 더해 팬데믹 시대에 결정적인 문제가 생겼다. 그건 스물셋이 되어 가도록 타인과 키스를 못 했다는 사실, 추후 설명하겠지만 의료 약자가 된 사실 때문이었다. 경제 문제 및 가족이 주는 굴욕에 대해선 고민을 나눌 친구가 있었다. 현 정부의 후퇴한 복지 정책 탓도 하고 노동 집약적이면서도 노동자를 혐오하는 자본주의와 일그러진 유교 문화를 욕할 수 있었다. 하지만 키스 미경험에 수반되는 굴욕 문제는 차원이 달랐다. 지독하게 고독한 문제였다.

　가출하던 해에 전 세계 규모로 고약하고 잔인한 신종 감염병이 퍼졌다. 바이러스가 변신을 계속하면서 병명 뒤에 뉴, 알파, 베타, 델타, 메가, 알파플러스, 뉴뉴_2, 신_신, 최종_신, 파이널_신, 뉴_레이티스트 등등의 별칭이 붙나 싶더니 기이한 발표가 나왔다. 한동안 비위생적이라 불렸던 타인의 비말이 신종 감염병에 맞서는 강력한 항체를 형성한다는 거였다. 농담인 줄로만 알았다. 그동안 충치를 유발한다고만 알려졌던 아밀라아제 속 특정 단백질 성분이 이 사이에 끼어

　　　　　　　황모과

있다 이쑤시개에 딸려 나온 물질처럼 갑자기 주목받았다.

월드감염병퇴치기구의 발표에 따르면 프시27 바이러스 K6-Xn 융합 변이에 대항할 강력한 항체는 인간의 입 속에 있다. 정확히는 입 속 환경이 다른 두 사람의 고유한 단백질 성분이 섞이는 순간 해당 항체가 만들어진다. 단, 항체 지속을 위해 온도 및 환경 유지가 매우 중요하다. 공기와 섞이지 않고 혼합되는 게 중요하기에 침을 뱉어 전달하면 항체 생성률이 급격히 떨어진다. 또한 체내 항체 지속력이 높지 않아 1일 1회 단백질 혼합이 권장된다.

세계적으로 공신력 있는 단체와 권위 있는 과학자들의 인터뷰 기사를 보고 4월도 아닌데 새로운 국제 만우절, 아니면 글로벌 키스 데이가 생겼나 싶었다. 이러다 한국에선 짜장면 먹다 키스하는 날 생기겠네?

가짜 뉴스를 경계하는 나와 달리 사람들은 환호했다. 사랑만이 이 감염병을 치료한다고 감성 SNS 포스팅을 올리며 감격했다. 월드감염병퇴치기구도 즉각 다인종 출연자들이 키스하는 포스터를 만들어 배포했다. 전 세계인들이 사랑으로 감염병을 이겨 내자는 #love_remedy 해시태그 캠페인을 벌이기 시작했을 때 타인을 통해 항체를 만들 수 없는 나 같은 사람들은 독방에서 울기 시작했다. 하느님, 정말 해도 해도 너무하십니다. 원래 고독한 삶이었는데 이젠 벌까지 받아야 하나요?

효용을 위한 키스가 무차별적으로 거행되는 사이, 연인이나 가족이 없는 사람, 또는 사람을 만날 수 없는 사람, 합의해서라도 치료 목적의 타액 교환을 할 수 없는 사람들이 먼저 쓰러졌다. 온도를 유지해 추출한 타액 속 단백질 성분을 음료나 알약으로 만드는 연구가 시행된다고 하지만 임상 기간이 4, 5년은 족히 걸릴 거라는 기사도 보였다.

쓰러진 이들은 동정받지 못했다. 필수 콘택트 시대, 생사가 달렸는데도 언택트 상태에 머무는 이들을 사회가 가장 먼저 구제할 수 없다는 거였다. 동정받지 못하는 죽음 중 하나가 되지 않길 간절히 바랐다. 생사를 운에 맡기는 처지가 서글펐다. 곧 연애결함자love-handicapped, 디스러버블dis-lovable 같은 차별적 신조어까지 생겼다. 조롱은 견딜 수 있었다. 하지만 치료도 못 받고 조롱만 받는 건 참을 수 없었다.

사실 사람들이 우리를 동정하지 않게 된 데에는 삐뚤어진 한남들의 폭력적 발광이 크게 한몫을 했다. 여성들을 스토킹해 강제 키스를 하곤 남초 사이트에서 흡혈귀 아니 흡침귀 드라큘라 같은 밈을 회자시켰다. 도대체 생각이라는 게 있는

건지! '좋아요' 좀 받겠다고 패악을 불사하는 놈들 때문에 정
작 조처가 필요한 사람들까지 세상의 관심 밖으로 밀려났다.

생사가 걸리니 남들이 말하던 찬밥 더운밥 얘기가 뒤늦게
가슴에 꽂혔다. 쉰밥이라도 챙겼어야 했을까. 인정하기 힘들
어 괴롭지만 내가 의료 약자가 된 이유, 즉 이 나이가 되도록
키스를 못 한 중요한 이유는 앞서 기술했듯 과도하게 큰 키
때문이다. 물론 여러 성격적 이유도 있었지만(그렇다, 나는 성
격도 더럽다) 성격은 한국에선 키나 외모보단 극복 가능한 이
슈다. 독보적인 키 때문에, 아니 정확히는 자기보다 키 큰 여
자랑 사귀질 못하는 변변찮은 한남들 때문에 나는 생사의 갈
림길에 섰다. 키 크고 성격이 괴팍하면 한남과의 연애는 불
가능하다. 성격이 괴팍한 사람들이 다 연애가 불가능한 건
아닌 듯하니 나로선 미스터리할 뿐이다.

평균적 한국 남자들은 자신보다 키가 큰 여성을 향해 성적
욕망을 느끼지 못하는 듯하다. 좀스러운 열등감을 은밀하지
도 않게 폭발시킨다. 생판 모르는 남자가 내 앞에서 주섬주섬
자존심을 챙기며 '어이쿠, 가까이 오지 마세요'라며 뒤로 물
러나는 것을 나는 하루 세 번쯤 눈을 내리깔고 바라보았다.

'난 지금 점원으로 네 앞에 서 있을 뿐이거든?'

참 시시한 일과였다. 적절한 무심함과 무관심을 통한 사

회적 예의범절과 거리감까지 일일이 설명해야 하나? 쓸데없는 일에 에너지를 쓰기 싫어 그냥 입을 닫았다. 극동의 작은 반도국에는 유난히 공과 사를 구분 못 하는 남자들이 많았다. 한 소릴 해 줘야 할 것 같은 지인에게는 조용히 다가가 그의 어깨에 팔꿈치를 걸치며 말했다.

"와, 정말 아담하구나."

그러면 다들 경기를 일으켰다. 상대의 앙증맞은 볼을 꼬집는 척 손가락 제스처라도 보이면 아담이들은 아예 발작을 일으키며 냅다 도망갔다. 근데 심야버스에서 푹 잠들어 버린 날엔 허벅지를 주무르는 역겨운 아담이도 있었다. 내 키를 못 봐서 그러나? 나는 그에게 귓속말로 속삭여 줬다.

"여기서 이러지 말고 명함 하나만 줘 봐요?"

서 있을 땐 가까이 오지도 못하던 아담이들, 내 앞에서 섹스 체위에 제한이 있다는 둥 입을 털던 아담이들은 꼭 익명성, 비밀보장 룸, 심지어 공공시설 어둠 속에서만 분연히 용맹함을 일으키고 다녔다.

개인적 통계를 내 본 바, 아는 남자, 모르는 남자를 더해 나를 스쳐 간 100명 중 99명은 이런 태도를 보였다. 그래서 나는 한국 남자의 99%는 성적 열등감에 휩싸여 있다는 매우 생생한 통계를 가지게 됐다. 그들의 심리적 아담함과 앙증맞은 사이즈 감각에 대해선 내 알 바 아니나, 성적 취향이 이성애자인 나로선 선택의 폭이 1%대로 줄어 버리고 마는 점은 원통했다.

얕은 풀에서 사느니 차라리 여성과 만나면 어떨까 생각해 본 적도 있었다. 사실 나는 중고등학생 시절부터 주위 여자아이들에게 유사 연애 대리인이 되었던 경험이 몇 번 있었다. 솔이는 내게 팔짱을 끼며 이렇게 말했다.

"너만 한 키의 남자애랑 같이 다니면 이런 기분이겠구나?"

"팔짱을 끼면 이렇게 되는구나?"

"키스할 때 눈높이는 이 정도겠구나?"

나는 솔이가 나를 좋아한다고 생각해 기꺼이 유사 연애 실험 쥐가 되었다. 그런데 솔이가 더럽게 못생기고 볼품없는 남자애랑 사귀기 시작했다. 어느 날 동네에서 작달막한 남자와 팔짱을 낀 솔이가 내게 아는 척도 아니고 손을 흔든 것도 아니고 윙크를 하고 사라졌다. 나는 꽤 충격을 받았다. 버려진 실험실에 혼자 남은 병든 쥐가 된 기분, 아니 그 쥐가 남긴 쥐똥 같은 기분이 됐다.

솔이에게 상처받은 뒤 나는 톰보이 스타일의 짧은 머리나 옷차림, 말투 따위를 바꿨다. 다소 여성스러워진 행동과 차림을 두고 나의 변모를 지켜본 동연이가 이제야 너다워진 것 같다며 웃었다. 솔이가 내게서 멀어진 것을 반기듯 동연이가 다가와 팔짱을 꼈다.

아니, 이대로 또 당할 순 없었다. 누군가의 선택에 휘둘리지 말고 내가 직접 선택해야 했다. 비록 현재 연애 상대는 없지만 나는 이성애자니까. 그래서 나를 유사 연애 마루타로 몰고 가려는 동연이에게 철벽을 쳤다. 그 애가 보낸 편지에 꼬투리를 잡고는 '날 정말 좋아한다면 이런 표현은 할 수 없을 것'이라고 괜히 추궁했다. 대화를 나누다 새로 꼬투리 잡을 일을 열심히 찾았다. 철벽은 점점 기울어져 상당히 흉포한 무기가 됐다. 그러고는 재건할 수 없을 정도로 폭삭 무너졌다. 쓸데없는 감정 소모를 여러 차례 반복한 후 동연이가 폭포수 같은 눈물을 보이며 마음의 문을 닫는 것을 목격했다. 그 순간 나는 알았다. 상대가 마음의 문을 닫을 때 내 속에서 녹슨 문이 찌그러지는 듯한 소리가 들린다는 걸.

솔이에게 상처받고 애먼 아이에게 복수했다는 생각도 들었지만 어쩔 수 없었다. 나는 이성애자니까. 아무 데나 폭탄을 던져 온갖 생명을 깡그리 몰살한 뒤 다른 지역에 가서 사랑받고 싶다고 말하는 형국이 아닌가 싶기도 했지만. 무언가를 선택하면 잃는 게 생기는 법이다. 근데 내가 선택하려는 상대가 고작 1%에 속한 레어템이라 앞으로도 잃는 게 더 많겠지?

차라리 굶어 죽고 말지 엄마처럼 쉰밥을 선택할 일은 없다. 엄마 세대야말로 비혼을 선택했어야 했다. 내가 태어나지 않았다면 적어도 엄마는 자유로웠을 텐데 말이다.

2

타인을 통해서만 얻을 수 있는 것이 인생에서 상당히 중차대한 건 자존심 상하는 일이었다. 내 손으로 매듭지을 수 있는 문제들 속에 있고 싶었다. 경제 문제든, 나만의 방이든, 복학이든, 취업이든, 항체든……. 다 내 안에서 자생했으면 했다. 그게 나의 독립이었다. 그런데 매듭은커녕, 뭐 하나 제대로 시작되는 게 없다.

자신을 구제하려는 시도도 안 한다는 비난만은 피하고자 수많은 자구책을 시도했으나 죄다 물거품으로 끝났다. 가장 최근에 심혈을 기울였던 남자, 모 커뮤니티에서 만난 온라인 썸남 '고양이 삼백쌍'은 직접 만난 뒤 눈물을 흘리며 이렇게 말했다.

"모과 씨는 각오했던 것보다 훨씬 컸어요. 모가지 꺾이는 줄 알았다고요. 정말 미안합니다!"

그는 당황한 나를 등 뒤에 남겨 두고 옛날 드라마 비련의 여주인공처럼 파르르 떨리는 어깨를 보이며 도망쳤다. 아니, 내가 사전 정보 다 줬잖아! 팩트에 기반한 상상을 해야죠?

그토록 상상력이 빈약하면 대면 자리까진 나오지 말고요! 팩트가 넘치는 시대에도 여전히 상상력과 문해력이 부족한 자들을 그가 온몸으로 대변하고 있었다.

한동안 안전하고 고독해서 위험한 방 안에 머물렀다. SNS 만 들여다보던 날이 이어졌는데 낯익은 이름을 발견했다. 몇 년 전 내 앞에서 폭포수 같은 눈물을 보이며 마음의 문을 닫 고 떠난 동연이었다.

동연이 SNS에는 세상의 온갖 부조리가 가득했다. 담벼락 색감과 글씨 서체와 사진까지 너무 강렬했다. 잘 들여다보면 좋은 내용인 것 같긴 한데 아무렇게나 작성한 막말 정보만 큼이나 어수선해 보였다. 어제 날짜 포스팅엔 발칸반도 전쟁 반대, 그제는 남북 평화 대화 재개 촉구, 그 전날엔 모 중대재 해사건 진상 규명과 책임자 처벌, 전전날엔 전직 대통령 복 권 반대, 지난주엔 굴욕적 환태평양경제동반자협정 가입 반 대……. 보잘것없는 내 문제 하나도 제대로 해결하지 못하는 나로선 딴 세상 얘기 같았다.

동연이의 담벼락을 보며 나비효과를 떠올렸다. 마지막으 로 내가 동연이에게 던진 폭탄, 너무 사소해서 무슨 계기로 던졌는지 정작 가해자인 나조차 기억하지 못하는 폭탄이 생 각났다. 내가 뭐라고 말했더라? '네 손가락 ET 같아서 무리'

였던가? 걔가 바쁜 날을 골라서 일부러 '어떻게 읽씹할 수 있어?'라고 메시지를 보내 놓곤 폭주를 했던가? 정확한 기억은 안 나지만(원래 역사적으로도 가해자는 기억력이 나쁘다) 잡스러운 심통을 부렸더랬다.

그때 동연이는 폭포수처럼 눈물을 쏟으며 인간에 대한 기대까지 다 흘려 버린 건 아닐까? 어쩌다 적들로 가득한 세상을 홀로 마주하고 있는 걸까? 나와 직접적인 연관성은 없겠지만 속이 자꾸만 쿡쿡 쑤셨다.

그러다 동연이의 담벼락에서 의료 약자에게 자신의 아밀라아제를 무상 제공하겠다는 '찾아가는 프리 키스' 포스팅을 봤다. 인류애가 넘치는 것인지 독점적 연애 따위엔 연연하지 않는 것인지 알쏭달쏭해지는 거였다. 동연이의 인류애 잔존율을 확인하고 싶어 SNS를 팔로우했다. 수락과 동시에 동연이가 말을 걸었다.

– 모과야, 오랜만이네!

의례적인 인사를 주고받은 뒤 나는 넌지시 아밀라아제 무상 제공에 대해 물었다.

– 근데 진짜로 하는 거야? 프리 키스?

그러자 동연이가 즉각 물었다.

– 너도 필요해? 너 어디 살아?

헉, 이렇게 빠른 본론이라니!

　나는 동연이와 만날 약속을 잡았고 약속을 잡은 이후 오랜만에 다정한 메시지를 주고받았다. 마치 시간을 돌린 듯 예전과 같은 사이로 돌아갔다. 때때로 시답잖은 메시지를 보내며 낄낄댔다. 온라인 썸남에게 보냈던 계산된 발언을 재활용한 건데 동연이 리액션이 좋았다. 밤에는 통화를 했다. 며칠 전엔 두 시간이 훌쩍 넘은 줄도 모르고 수다를 떨다 목이 칼칼해지고 나서야 전화를 끊었다. 나는 삼백쌍과 스친 인연을 마치 약혼자와 파혼한 구전 설화 속 공주처럼 비장하게 말했다. 거짓은 없었기에 팩트였지만 채팅으로 대화한 것을 동연이가 실제라고 오해하는 걸 내버려 두며 교묘하게 폼을 잡았다.

　－누군가는 아무나가 아니더라.

　내가 키스하려는 순간 못생기고 작달막해 피망처럼 생긴 남자가 들입다 도망갔다는 진실은 도저히 전할 수 없었다. 그래도 동연이는 내 진의만큼은 이해했다.

　－그렇다니깐. 아무거나 입에 댔다간 항체는커녕 충치만 생긴다고.

　동연이와 대화하며 자주 안도의 한숨이 터졌다. 이런 정도의 작은 신뢰와 소소한 안정감을 왜 이성에게선 느낄 수 없는 걸까? 동연이가 너무 특이한 애라 그런가?

　억지로 노력하지 않아도 될 정도로 편안한 대화는 어마어마한 평화를 선사해 주었다. 옛 친구가 주는 편안함에 더해 이제 보니 강동연이라는 인간은 나와는 달리 성숙한 인간이었다. (그땐 왜 몰랐지?) 농담에도 품격이 있었고 예의를 갖췄지만 냉랭하지 않았다. 내게 받은 상처가 깊었을 텐데도 나와 나눴던 추억을 더 많이 말했다. 과연, 바쁜 시간을 내어 방문 프리 키스를 실행할 정도의 인격자다웠다.

'근데 동연이, 옛일을 복수하려는 게 아닐까?'

동연이의 도를 넘은 다정함에 의구심도 생겼다. 대면한 순간, 동연이가 가방 속에서 해외 직구로 입수한 3D 프린터 총을 꺼내 겨누는 장면을 상상했다.

'어떡해. 무서워……!'

다양한 버전을 망상한 끝에 나는 무슨 처분이든 달게 받겠다고 결심했다. 내 철벽에 깔렸을 때 동연이가 당한 부상은 아물었을까? 쥐똥만 한 애정도 없었던 삼백쌍에게도, 비대면 중고 거래도 이것보다 신의는 있겠다 싶은 관계에도 나는 이렇게 상처받았는데. 그래, 따귀부터 총격까지 뭐든 좋다. 동연이가 건네는 것은 일단 받고 가자고 나는 각오했다.

약속 전날, 옛 친구의 자선 활동의 수혜자가 됐다는 생각에 잠을 이루지 못했다. 폭탄을 마구 던졌을 때는 그래도 내가 주도권을 가지고 있었는데, 이렇게 꿀릴 수가! 창밖이 환해지는 동안 나는 줄곧 비참했다.

'동연이는 동성애자인가? 근데 나는 동성애자가 아닌데!'

이렇게 헷갈리느니 차라리 무성애자가 되고 싶었다.

'나, 이성에게 추방당해 억지로 동성애자가 되려고 시도하는 걸까? 어차피 비자발적 무성애자로 살고 있는 판국에!'

밤새 번뇌하다 아침 해를 만났고 나는 초췌한 얼굴로 동연이와 재회했다. 동연이는 어디 아프냐고 걱정스럽게 물었다. 다행히 동연이는 따귀도 충격도 퍼붓지 않았다.

우리는 걸었고, 걷다 앉았고, 차를 마시고 밥을 먹었고, 팔짱을 꼈고, 수다를 떨었다. 자선 활동에 이토록 시간을 쓰다니, 동연이의 인류애가 어마어마했다.

어느덧 밤이 저물고 있었다. 동연이는 시간을 압축하는 마법이라도 부리는 건가? 근데 동연이에게 자선 활동을 요청하려니 심히 민망했다. 오늘 동연이의 시혜도 못 받으면 이제 어디 가서 누구에게 키스를 받지? 헤어질 시간이 다가오자 복잡한 마음은 더욱 꼬였고 진짜로 배가 아파 왔다.

"모과야, 어디 안 좋아?"

"아니야, 맨날 이래. 신경성 위염."

나는 얼음이 녹은 물을 마시고 지하철역으로 가자고 손짓했다. 걸음이 느려졌고 한숨을 푹푹 토했다.

황모과

항체든 뭐든, 어떤 물질은 아무리 해도 스스로 생성되지 않았다. 어떤 온기는 적정 온도를 칼 같이 유지해 주는 3만 원대 USB 손난로 같은 걸로 도저히 재현되지 않았다. 혼자 살고 싶었고 혼자 따듯해지고 싶었고 혼자 충족되고 싶었지만 세상은 도통 고독을 허락하지 않았다.

　오늘 하루 동연이의 키스를 받는다 해도 결국 짧은 온정에 그칠 것이다. 나 같은 사람은 타인으로부터 얻을 수 있는 지속적인 온도와 물질을 어떻게 확보해야 한단 말인가? 수백 년, 수천 년 재난이 지속된대도 사랑만이 답이라고 믿으며 희망을 놓치지 말란 말인가? 고독하게 죽어 가면서도 오지 않을 사랑을 언제까지고 기다리면서?

　"키스할까?"

　동연이가 내게 먼저 물었을 때 민망했다. 의료 약자의 마음을 상하지 않게 하면서 나를 도우려는 너는 매일 발칸반도의 평화를 기원하는 데모 천사답구나. 나는 고개를 저었다.

　"왜?"

　"네가 나를 동정하는 게 싫어."

　"내가 너를 왜 동정해?"

　"의료 약자 구하러 왔잖아, 오늘. 자원봉사잖아."

　그러자 동연이가 깔깔 웃었다.

"야, 우리 오늘 몇 시간 떠들었니?"

나는 우리가 오늘 만나 떠든 시간을 세어 보았다. 3시부터 만 났으니 거의 7시간이 넘어가고 있었다. 밀도 높은 시간이었다.

"7시간 19분."

"선의에도 한도가 있다. 난 무급으로 7시간 봉사는 못 한 다고."

24시간, 365일 남북 평화와 동아시아 환태평양 경제 평화 및 인류 평화 서명을 촉구하고 다니는 애가 뭐라니?

"김모과, 너 주도권 같은 거 생각하고 있지? 꿀렸다, 그런 생각하지?"

얼레, 애가 어떻게 알았지? 상냥한 사람이 불쑥 내민 어퍼 컷에 나는 의료 약자의 심정을 내던지곤 발끈했다.

"뭔 소리야!"

"그때도 두꺼운 철벽으로 사람 압사시키더니 말이야."

"그땐 내가 좀 꼬여 있던 꽈배기 시절이라……."

"지금도 그렇구먼."

"알잖아. 나 애정 결핍인 거."

동연이가 짧게 한숨을 쉬더니 건조하게 말했다.

"아밀라아제 필요하다며, 나랑 키스해."

그렇게 뚜렷하게 목적 지향적인 건 더 싫었다.

"안 해. 어차피 하루밖에 항체 안 간다잖아."

"그럼 매일 하면 되지?"

"헉, 매일 만나자고?"

"왜? 싫어? 내가 남자가 아니어서?"

그 말에 나는 또 발끈했다.

"야, SNS 보니까 너는 친구도 많아서 모르나 본데 네가 나에 대해 뭘 안다고 이성애 운운해? 난 이성애자였던 적도 없다고!"

또 말꼬투리를 잡는 형국이 되었고 기시감처럼 옛날 나쁜 기억이 떠올랐다. 동연이가 낮게 한숨을 쉬더니 말했다.

"오늘 재밌었어. 조심히 가."

동연이가 등을 보이며 걸어가기 시작했다. 이번에 동연이는 폭포수 같은 눈물을 보이지 않았지만 어째서인지 내 마음속에서 예전 그 순간과 비슷하게 녹슨 문이 찌그러지는 듯한 소리가 들렸다.

"야, 이렇게 가면 어떡해."

나는 달려가서 동연이의 팔을 잡았다. 비굴한 심정을 말하고 싶었는데 동연이가 한숨을 쉬며 말했다.

"모과 너는 매번 너만 생각하잖아."

그거야 그랬다. 근데 모두 자기만 생각하는 거 아닌가? 그

때 솔이가 나를 이용했고 나는 솔이에게 이용당했다. 나는 동연이도 나를 이용할 거라 생각했고 그래서 지레 경계했다. 그리고 동연이가 내게 보인 다정함을 이용했다. 솔이에게 복수가 되지도 않을 거면서 복수했다. 내 기분만 생각했고 동연이 마음을 생각할 여유는 없었다. 지금도 아밀라아제의 효용을 위해 동연이를 필요로 하고 있다. 나, 진짜 구제 불능이구나. 이걸 어떡하지.

너무 늦은 사과였지만 나는 고개를 숙였다.

"미안해. 그때도, 오늘도."

그러자 동연이가 걸음을 멈췄다.

"너랑 나, 똑같지 않아도 돼. 근데 나를 부정하면 같이 있을 순 없잖아."

우리는 역 근처 작은 공원 광장 끄트머리에 앉아 또 수다를 떨었다. 8시간이 훌쩍 넘어갔다. 밤을 꼴딱 새울 기세로 대화가 중단되질 않았다. 즐거운 대화는 수면욕까지 앗아간다.

"그만 갈까?"

막차 시간을 확인한 뒤 우리는 지하철역을 향해 나란히 걸었다. 이번엔 내가 물었다.

"저기, 동연아. 팔짱 껴도 돼?"

동연이가 대답 대신 팔꿈치를 한껏 올려줬다. 팔짱을 끼

황모과

려니 한참 굽혀야 했다. 허리가 몹시 아팠다. 엉거주춤 걷느
라 허리가 결리자 동연이가 물었다.

"너무 낮아?"

"으, 응."

그러자 동연이가 생각났다는 듯 말했다.

"맞다. 얼마 전에 7센티미터짜리 힐을 샀는데 신을 일이
없었거든. 어머, 잘됐다. 다음에 만날 땐 그거 신고 나올게!"

동연이가 즐거워했다.

"오?"

별것 아닌 말이었지만 나는 상당히 놀랐다. 삼백쌍 그 자
식은 키높이 구두를 신을 생각을 못 했을까? 신발 속에 넣는
키 높이 깔창도 많은데. 남성용 하이힐 유무 문제는 아닐 거
였다. 아마도 그건 '타고난 게 아니면 다 열등한 거'라는 일종
의 우생학이 아닐까 싶다. 노력해도 어쩔 수 없는 일을 두고
삼백쌍은 남자들 사이에서 어지간히 비난에 가까운 조롱을
받았을 거다. 그걸 극복을 못 한 바람에 앞으로 받게 될 조롱
을 미리 떠올리며 나를 감당하지 못한 거겠지. 나와 키스하
는 장면을 본 지인이나 사람들이 웃겠지? (상상해 보면 좀 귀
여운 신이긴 하다) 근데 좋아하는 상대와 키스하는 일이 부끄
러운 사람은 도대체 인생에서 뭘 자부하며 살까? 7센티미터

하이힐을 신고 팔꿈치를 맞춰 줄 동연이가 곁에 있으니 오늘
은 내 문제도 조금 귀여운 문제가 됐다.

"하이힐은 발 아파서 산책 오래 못 하잖아?"

"그럼 중간에 벗으면 되지. 플랫슈즈 하나 가방에 넣는 게
뭐 대수라고?"

"오오."

중차대한 문제가 갑자기 콩알만큼 작아졌다. 동연이에게
는 사안 축소 초능력까지 있는 것 같았다. 엄마, 내가 이 모양
으로 태어난 걸 즐거워하는 사람을 드디어 만난 것 같아.

그날 이후 나는 동연이와 매일 전화했고 시도 때도 없이
메시지를 주고받았고 불쑥 만났다. 그리고 가끔 키스했다.
필요에 의해서이기도 했지만 하고 싶었다. 동연이가 내게 키
스하는 이유는 뭘까? 나도 잘 모르겠다. 인류애인가?

팬데믹 종식 선언이 났는데도 사람들은 여전히 키스했다.
유난히 감성적인 사람들이 환호한 것처럼 사랑이 해답이었
을까? 유용성이 없어도 어떤 사람은 여전히 자신과 타인의
사랑을 확인하며 키스할 거였고, 어떤 사람은 면역력 증강을
위해 키스할 거였고, 누군가는 사랑받지 못해도 누군가를 위
해 키스할 거였다. 키스해 주는 사람이 곁에 있어도 상대의
의중을 영원히 의심하는 나 같은 사람도 있을 테고. 눈을 감

황모과

고 동연이의 숨결을 느낄 때면 나는 생각했다. 나는 동성애자인가? 이성애를 경험한 적도 없고 동연이 말고는 나를 받아 준 다른 동성애자도 없어서 내 정체성은 도무지 모르겠고 그냥 '동연이성애자'가 되는 것 같았다.

'다들 이런가?'

나는 이성애자인 게 분명한데(여전히 확신 중인데) 당최 비교할 데이터가 없었다. 데이터 대조를 위해서라도 남자를 한 번은 만나 보려고 시도해 봤지만 일부인 건지 전부인 건지, 우연인지 운명인지, 찌그러진 피망 같은 놈들밖에 마주치지 못했다. 외모뿐 아니라 마음과 도덕성까지 찌그러진 피망 인간들은 말 한두 마디만 해도 단박에 알아챌 수 있었고 인간 채소들과는 연애는커녕 한순간도 같이 있을 수 없었다. 인간적으로, 인간으로서.

성 정체성에 대해 나는 여전히 답을 내리지 못했다. 남자와 사귀지 못했다는 이유로 동연이를 선택할 수는 없었다. 그건 동연이에게도 무례한 일이었다. 동연이를 차선으로 두고 싶지 않았는데 미안하게도 나는 계속 애매한 상태였다. 동연이는 오히려 내게 조언했다.

"모과 넌 뭐든 그렇게 빨리 정해야 해?"

인생의 속도감이 너무 달라 나는 동연이를 핀잔했다.

"얘가 보기보다 느긋하네? 우리 십 대도 아니고 이십 대도 홀랑 지나가고 있어. 어쩌려고 그러냐? 빠르게 결정해서 한 길을 파도 원하는 곳에 닿을까 말까 한 게 인생이라고."

"흠, 그런가?"

동연이가 가벼운 말투로 내 전제를 전면적으로 부쉈다. 머릿속에서 픽 소리가 나는 듯했다.

"꼭 한길을 파야 하나? 원하는 곳에 안 닿아도 그만 아닌가?"

얘 좀 보게? 누구나 건강하고 무탈하게 살길 원하는 건 당연한 거 아냐? 일반론으로 말했더니 동연이가 심드렁하게 말했다.

"굳이 만수무강하며 살아야 하니?"

헉, 그건 또 쌈박한데! 동연이는 정치관과 도덕관념, 종교관과 불문율을 비롯해 용변 보는 시간까지 나와는 합의되지 않는 사람이었다. 이상하게도 그런데도 동연이랑 계속 같이 있고 싶었다.

나는 동연이 말에 힘입어 아무것도 정하지 않기로 했다. 당분간이 될지 영원이 될지 모르지만 서두르지 않고 애매한 대로 살아가기로 했다. 전제가 약간 변한 것도 스물셋에 어울리는 성장이라고 생각했다. 가끔 전화해 뭐 하고 사는 거냐고 추궁하다 결혼 안 하느냐고 가족들이 닦달해도 아무 감정을

느끼지 않았다. 애매한 해피 엔딩이 된 걸로 생각했다. 전개
도 결론도 심심한 일상 드라마가 계속 이어질 줄만 알았다.

3

어느 날 불시에 누군가가 우리 집 문을 두드리며 물었다.

"김모과 씨, 강동연 씨, 두 분은 동성애자입니까?"

영문을 몰랐지만 나는 우선 팩트를 답했다.

"아니요?"

룸메이트로 함께 살고 있지만, 언젠가 동연이와 정식으로
사귈 날이 올지도 모르지만 아직은 아니니까. 무슨 문제냐는
의문에 앞서 상대가 원하는 답변부터 건넸다. 동연이는 질문
한 사람에게 반문했다.

"그걸 왜 물어요? 왜 내가 답해야 하지?"

그날 동연이는 끌려갔다. 동연이만 끌려갔다. 나는 애매해
서 남았고 동연이는 분명해서 선별됐다.

전 세계 아밀라아제가 대통합된 이래 큰 부작용이 생겼다.
월드감염병퇴치기구는 이번엔 키스가 면역력 저하에 가장 결
정적인 원인이라고 언급했다. 통상의 면역체계를 박살 낸 이
번 감염병은 세계적 대통합 아밀라아제 단백질이 공기를 거

치지 않고 전이되며 치명적인 면역 파괴를 일으켰다고 했다.

그렇다면 결국 사랑이 세상을 멸망시킨 것이다. 키스하지 않고 사랑하지 않고 사는 게 정답이었다. 미움만이 세계를 구했다면? 애초에 고립만이 정답이었다면? 따뜻하고 뜨겁고 다정했던 사람 중 누구도 내 의문에 답을 하지 않았다.

이상한 건 사랑이 패배한 자리에 차별과 혐오가 당당히 얼굴을 드는 일이었다. 사랑이 답이 아니었다고 하자 혐오가 뜬금없이 정당성을 주장했다. 사랑을 놓친 사람들은 쉽게 미움에 마음을 주고 마는 건지. 배신감 때문에 애초에 사랑이 없었다고 말하는 건가.

사랑을 부정하는 충격적인 발표는 더 이어졌다. 여성 동성애자들이 아시아권을 발원지로 삼아 슈퍼전파자가 되었다는 소식이었다. 타액과 체액이 혼합되었다며 그래픽 디자인과 붉은 자막 색깔까지 대단히 퇴폐적인 인상을 주는 뉴스였다. 그런데 전 세계적 팬데믹은 아니었고 어째서인지 한국을 비롯해 전통과 종교적 가치 또는 편견을 정치적으로 적용시키는 후진적인 나라에서만 발표되었다.

그중에서도 대한민국이 신속하게 움직였다. 질병억제청과 출산가족부의 새 법령에 의거해 여성 동성애자 강제 격리가 결정됐다. 동성애자들은 종교인과 보수 세력들의 오랜 먹

황모과

잇감이었다. 무엇보다 고립시키기 쉬웠다. 나 같은 인간이 '나는 아니다'라는 말로 거리를 두니까. 현관 앞에서 "난 아닌데요?"라고 말한 게 무슨 의미가 되었는지 뒤늦게 알아챘다.

이분법으로 세상을 나누는 공식 위에 나도 서 있었다. 세상은 윷놀이가 아닌데 왜 모 아니면 도라고 생각했을까. 평균 안에 포함된 적이 없어서 이분법은 애초에 내 세계가 아니었는데. 엄마, 나를 180에 육박하는 애로 낳아 줘서 고마워. 안 그랬으면 나도 동연이를 이해하지 못했을 거야. 엄마의 세상도 그랬지? 모도 아니고 도도 아니었어. 폭군의 세계가 엄마에게 영향을 줬을지언정 적어도 엄마가 만든 세계는 아니었으니. 엄마의 발암 물질은 집 안에 있었잖아.

동연이는 조용히 사라졌다. 동연이와 함께 격리된 사람들이 어디로 갔는지 아무도 몰랐다. 찾을 수가 없었다.

이럴 줄 알았으면. 동연이 말을 듣지 말고 빨리 결정했어야 했다. 나는 '동연이성애자'이고 동성애자라고. 이성을 만난 적도 없으니 이성애자였던 적이 한 번도 없었다고 말이다. 뒤늦게 나도 잡아가라고 소리쳤지만 동연이 지인들이 부인했다는 얘길 들었다.

"쟤는 아니에요."

동연이와 친구들을 외롭게 하려는 게 아니었다. 이도 저도 아닌 나, 사랑받지 못하는 내가 답답했을 뿐이었다. 동연이를 더러운 병균 취급하며 세계 밖으로 추방시킨 사람들과 나는 같은 자리에 서 있었다. 이건 농담인가? 가짜 뉴스인가? 과거 회귀 판타지물인가?

농담 같은 일들 속에 머물며 웃으며 살고 싶었다. 약간의 자학이 다른 이를 웃게 한다면 얼마든지 나를 내려놓을 수 있었다. 죽더라도 발랄하게, 망하더라도 산뜻하게, 헤매더라도 룰루랄라, 지내고 싶었다. 나는 전과 비슷하지만, 전보다 훨씬 더 그냥 지나칠 수 없는 말들 속에 멍하니 서 있었다.

"다들 그렇게 살아."

"그 비싼 월세를 아빠를 줬으면 아빠가 반절은 잠잠했을걸?"

"강제 키스하던 애들도 너는 안 덮쳤다며?"

"어쩔 수 없어. 각자도생이야."

"너는 찬밥 가릴 처지가 아니지."

"결혼하고 애를 낳아야 슈퍼전파자가 안 된다잖아."

평범하게 들려서 더욱 잔인한 말들이 흘렀다. 놀랍도록 전근대적인 시차 유발 발언이었다.

시대착오적 옛사람들에게 발목 잡힌 우리의 시간은 앞으로 어디로 흐를까? 아직 무언가를 정하지도 않았는데 시작조차 하지 않았는데 세상은 막장 호러 사극 시즌 13쯤 되는 듯

황모과

했다. 아무것도 선택하지 않았는데도 잃는 게 너무 많았다.

일상이 드라마라면 얼마나 통쾌할까? 매 순간 뜨거운 격정과 애틋한 멜로, 속 시원한 복수를 만난다면 얼마나 좋을까? 악당들은 이야기 속에서 활약하지 못한 억울함에 현실에서 활보하는 걸까? 영화 속 엔딩처럼, 잘 매듭지은 이야기처럼, 삶에 기승전결과 권선징악이 있다면 얼마나 좋을까?

나와 동연이의 연애담에는 격정도, 멜로도, 복수도 없었다. 한국 남자 한 명만 만나서 비교하겠다는 생각에 우물쭈물하느라 동연이와 사귄다는 말도 못 했다. 그사이 소소하고 처량하고 궁상맞은 비극만이 우리 관계를 정의했다. 우리에게 평범한 비극을 선사해 준 건 내가 간절하게 사랑하고 싶었던 그 세계였다. 그리고 나 자신이었다.

누군가 말했다. 아무 말을 해 댔다.

"다른 불쌍한 사람은 더 많아."

"여자들은 군대도 안 갔잖아. 한국에선 남자들이 더 차별받았지."

"페미도 레즈도 남자한테 사랑 못 받은 결핍이야."

"여긴 한국이야. 절이 싫으면 중이 나가야지."

모국어인데 말이 가장 안 통하는 한국 사람들과는 제발 헤어지고 싶었다. 잘 모르면 그냥 가만히 있으면 안 돼? 적절한 무심함과 무관심을 통한 사회적 예의범절과 거리감까지 일일이 알려 줘야 하냐고?

이곳은 여자들이, 애매한 애들이, 그중에서도 사랑하는 사람들이 세상을 망하게 했다고 했다. 곧 질병억제청이 슈퍼전파자 신상 공개를 감행하겠다고 발표했다. 광장에서 모두를 모아 사진을 찍고 읍면동 소재지에 신상 정보를 게시한다고 했다. 사회적 처형, 생매장이었다.

시대착오적인 세상에 말해야 했다. 내 밥 온도는 내가 정할 거라고. 얼려 먹든 튀겨 먹든 내가 먹을 밥이라고. 고장 난 세상이 주기적으로 발작하면 가끔 도닥이고 잠재울 게 아니라 폐기해야 한다고.

나는 동연이가 없는 방 안에서 생각했다. 사랑이 끝장난 세상에 혼자만 살아남은 것처럼 부끄러운 일이 있을까. 사랑한 일로 손가락질당하는 사람들 앞에서 사랑받지 못한 일은 결핍이 아니라 나의 자부가 되리니. 이것 좀 보세요, 당신들의 사랑이 모두를 망친 꼴을. 동연이에게 평범한 삶을 허락하지 않는다면 나도 그 죽음 중 하나가 되길 바랐다.

햇빛이 찬란한 광화문 광장, 호송 차량에서 끌려 나와 광장으로 걸어가는 한 무리의 여성들 사이에 동연이가 보였다.

황모과

나는 동연이를 향해 달려 나갔다.

"동연아! 동연아!"

저지하던 전경들에게 붙잡혀 옷이 찢어졌다. 초췌해진 얼굴로 동연이가 나를 알아보고 고개를 돌렸다.

"동연아, 우리가 사랑하면 세상이 망한대! 세상을 망하게 하자!"

동연이가 나를 보더니 살짝 웃었다. 지쳐 보이는 표정이었다.

"넌 뭘 이렇게 빨리 결정하려고 해?"

동연아, 너무 늦어서 미안해. 난 매번 우물쭈물해. 큰일이 닥쳐야 결론이 나오더라고, 바보같이. 다른 건 다 애매하게 돼도 너랑 내 일만큼은 당장 정했어야 했어. 너랑 있을 때만 시간 압축 마법이 일어나. 고독해도 좋다고 생각했어. 근데 너랑 같이 있으면 좋은 것들이 자꾸자꾸 달라져. 너를 거치면 내 안에서 자생하지 않는 일들이 마구마구 발생해. 엉망진창, 구제 불능, 수습 불가, 망한 인생이지만 너랑 같이 망할 수 있어 다행이야. 우리가 입을 맞춘 일로 세상을 망하게 할 수 있다니, 너무 좋잖아.

"너랑 같이 죽을래!"

옷이 찢어졌고 미친년처럼 머리가 헝클어졌다. 드러난 속

옷이 흘러내렸고 내 몸을 가리키며 사람들이 고상하지 못하다고 손가락질했다. 나는 긴 팔을 뻗어 동연이를 끌어안고 키스했다. 동연이의 바싹 마른 입술은 부스러질 듯 퍼석했다.

동연아, 이 더러운 일들이 끝나면 같이 살자. 그래서 세상이 망한다면 같이 죽자.

긴 행렬, 셀 수 없는 얼굴 사이에 동연이가 있었다. 동연이가 없었다면 떠올리지 못했을 얼굴들이었다. 누구나 사랑할 수 있다는 당연한 사실을 이렇게나 간신히 깨닫다니. 팩트가 넘치는 시대에도 여전히 상상력과 문해력이 부족한 자는 바로 나였다.

미안해, 정말 미안해. 몰랐어. 아니 모르는 척했어. 사랑받지 못해서 사랑하며 사는 사람들이 다 미웠나 봐.

그 순간 사람들이 술렁이기 시작했다. 주변 건물 옥상에서 여자들이 비눗방울을 날리고 있었다. 비말을 두려워하는 사람들이 슬금슬금 도망가기 시작했다. 저지하던 사람들의 팔 힘이 약해졌다. 나는 동연이를 끌어안고 키스했다. 사랑이 세상을 망하게 했다니, 이번에야말로 숨이 막혀 죽을 때까지 계속해야 했다.

비눗방울이 한낮의 햇빛에 반사되어 작고 수많은 무지개를 만들고 있었다.

황모과

　스물셋 즈음의 나는 계급 '문제'가 취향 '이슈'보다 훨씬 시급하다는 류의 우선순위를 가지고 있었다. 대놓고 냉담했던 건 아니지만 누군가의 절규에 선택적으로 미지근했다. 내심 품었던 그때의 속내는 사실 지적인 척 사탕발림했던 혐오였다. 부끄럽지만 늦게나마 그 시절을 사죄하고 싶다.

　"미안합니다. 사랑받지 못해서 몰랐어요. 하지만 그건 사랑받지 못해도 다 알 수 있는 일들이었어요."

인어의 독백

신종원

한 가지 제안. 손 하나를 떠올려 볼 수 있을까? 살며시 소매 바깥으로 빠져나온, 우아하고 가느다란 부속지. 팔목 어귀에서 저절로 자라난 꽃처럼— 먼저 넓적하고 단단한 손등이 열린 다음, 다섯 개의 손가락이 제각기 더 멀리 뻗어 나가 이등변 삼각형으로 다듬어진다. 같은 모양의 손으로; 아가멤논은 이피게네이아를 제물로 바치고, 안티고네는 폴리네이케스의 시신을 매장하며, 맥베스는 잠든 왕의 가슴뼈 사이로 단검을 밀어 넣고, 파우스트는 악마가 내미는 계약서에 지장을 찍고, 카스파는 마침내 책장을 덮고 일어나 무대를 내려간다. 결국 모두 같은 손이다. 다만 어느 때는 자비 없는 불씨로, 어느 때는 슬픔을 파묻는 삽으로, 어느 때는 소름 끼치도록 차가운 쇳덩이, 어느 때는 붉은 인감, 어느 때는 무대 커튼으로 탈바꿈했을 따름이다.

그러므로 배우가 공들여 훈련해야 하는 부위는 사실 얼굴이 아니라 손일지도 모른다. 사람은 양팔의 노뼈 끝에서 돋아난 힘줄과 근육, 관절 덩어리를 기울이거나 굽히는 방식으로 자연을 처음 흉내 내기 시작했다. 가파르게 굴절되거나 거꾸로 팽팽하게 신전된 두 손을 상상해 보는 일은 어렵지 않다. 모든 손가락은 원기둥 모양의 뼈대에서 자라나 끄트머리로 다가갈수록 뾰족해지는 연장 법칙을 따른다. 삼각뿔 형상의 이 유연한 기하학 장치들이 동시에 다른 방향을 가리키거나 이따금 가시덩굴처럼 서로 찌르고 얽혀 들며, 세상에 존재하는 온갖 양태를 모방하기 위해 움직일 때, 사람은 실제로 그것들을 쥐었다가 놓는 것 같은 착각에 빠지기 쉽다. 이렇게 사람의 손은 오그라들었다가 벌어지는 행위를 쉬지 않고 반복하면서, 사람이 가질 수 없는 것들을 욕심내도록 부추긴다. 그래서 옛날 사람들은 죄인의 양쪽 손목을 잘라 시장 입구에 매달아 두거나 절벽 아래로 떨어뜨려, 다시는 그것이 꿈틀거릴 수 없도록 처치했던 것이다.

그렇다면 세상 어디엔가 손뼈만으로 이루어진 무덤 같은 곳도 있지 않겠는가? 온갖 저주를 한 몸에 받으며 추락한 손

신종원

뼈들이 땅속 깊이 파묻혀 있는 장소. 암반수를 머금은 심층 토의 품에 섞여 오랜 시간 연마된 끝에, 마침내 감람석 같은 굳기와 기품을 얻어 눈부시게 반짝이는 유골들을 눈앞에 상상해 보는 사람이 있다. 한나는 한때 악명을 떨쳤던 도둑과 해적, 살인자는 물론, 군인과 귀족, 심지어는 왕과 성직자의 손이 분별 없이 뒤엉켜 있는 고분 밑으로 자기 손을 불쑥 집어넣는다. 한나는 이 불경하고 천박한 죽음들 속에서 어느 덴마크 왕자의 손을 붙잡아 꺼내고 싶다. 그러나 오백 년에 가까운 세월 동안 주인 없이 내버려져 느릿느릿 썩어 문드러진 그 손은 한나가 내미는 손을 맞잡아 당길 힘이 없다. 인대와 관절이 탈구된 나머지 기형적으로 덜거덕거리는 뼈다귀들만이 줄줄이 끌려 나올 뿐이다. 한나는 골수가 말라붙어 누르스름하게 변색된 손가락뼈들을 하나씩 올바르게 맞춰 본다. 외따로 떨어진 골편들은 도계장에서 목이 잘린 가금류의 목뼈처럼 짤막하고 볼품없어 보였지만, 점점 제 모습을 되찾으며 생전의 권위를 거머쥐려 움찔거리는 것 같다. 느슨하게나마, 끈질기게. 한나는 외상이나 부패 따위가 아니라 비애와 모욕 속에서 비틀리고 끊어진 왕자의 손뼈를 손바닥 위에 올려 두고 한숨을 내쉰다. 무려 오백 년 만에 햇볕을 쬐는 이 손가락뼈들은 레이저 프린터 안에서 가열된 인쇄용지처럼 자꾸 안쪽으로 구부러진다. 양손은 천천히 수그러들다가 마침내 단단하게 굳어 버리는데, 오므려 쥔 손 안에 얇고 둥근 공간이 비워져 있다. 산 사람의 눈에는 보이지 않는 둘레가 망자의 손가락뼈들을 끊임없이 안쪽으로 끌어당기는 것 같다. 한나는 절박하고 초조한 모양으로 오그라든 손뼈의 동굴에서 원통형 사물의 흔적을 읽어 낸다. 배우와 소품은 언제나 한 몸이다. 이 막대기는 틀림없이 손잡이였으며, 이것으로 하나의 이야기가 비로소 막을 내렸으리라. 그러므로 왕자의 손은 왕자의 마지막 선택을 암시하고, 동시에 왕자의 죄악을 전시하는 증표로 남았다.

이제 한나는 죄인의 손을 놓아 버린다. 가볍게 뿌리치거나 혹은 숫제 던져 버리듯이. 죽음 직전에 가해진 악력을 악착같이 거머쥐고 있던 왕자의 손뼈들이 한나의 손바닥 밑으로 우수수 굴러떨어진다. 한나는 두 손을 그러모아 무덤의 입구를 닫고 흙을 털어 낸다. 낡아 빠진 유골의 빛처럼 하얗고 색 바랜 종잇장들이 도처에 펼쳐져 있다. 어떤 책은 책상 위에 놓여 있고, 어떤 책은 식탁 위에, 어떤 책은 침대 맡에, 또 어떤 책은 거울 앞에 누워 있다. 표지도 크기도 제각각이지만, 책들은 한나가 마지막으로 펼쳐 보았던 바로 그 위치에서 다시 읽히기를 기다리고 있다. 스스로 닫히거나 조

신종원

금 더 무거운 쪽으로 두어 장 페이지를 넘기는 법 없이. 한나는 어떤 책에도 필적은커녕 손톱자국 하나 남기지 않았지만, 미상의 관점을 향해 무한히 열려 있는 이 종이 묶음들이 각각 어떤 장면에서 중단되어 있는지 단번에 짐작할 수 있다. 왕자는 유령의 얼굴을 더듬고, 왕자는 재상을 살해하고, 왕자는 궁정 광대의 해골을 집어 들고, 왕자는 왕을 시해한다. 한 망자의 손이 여기저기 흩어진 네 권의 책을 넌지시 누르고 있다. 분노와 광기 속에서 스스로 실각한 망자의 영혼이 별안간 귓가에 다가와 속삭이는 듯하다. 누가 나의 슬픔을 엿보느냐? 민음사, 열린책들, 문학동네, 창비세계문학의 출판 라벨을 책등에 둘러 묶었을 뿐, 네 권의 책 모두 예외 없이 헬싱외르의 크론보르 성곽 위에서 시작되기 때문이다. 1막 1장의 첫머리에서— 최종철은 누구요? 묻고, 박우수와 이경식은 거기 누구냐? 묻고, 설준규는 누구냐? 묻는다. 바나도의 첫 대사는 무척이나 짧고 간단하지만, 셰익스피어는 초침이 두 번 움직이기에도 짧은 이 대사 한 줄에 이루 말할 수 없이 중요한 정보들을 숨겨 놓았다. 대사가 길어질수록 번역가들의 말투 차이도 뚜렷해진다. 특히 최종철과 설준규는 야트막한 실선으로 본문 아래 구분된 각주 공간을 무대 장치처럼 꾸며 놓았기에, 한나는 네 개의 역본을 옮긴이들 본인의 목소리로 읽기 위해 애썼다. 실제로 그들의 목소리를 들어 보지는 않았지만, 그들 모두 앞에 공평하게 주어진 직사각형의 평면 공간을 조직하고 규정하는 책 속의 목소리들을 상상해 보았던 것이다.

번역가; 관점에 따라 내성적인 연기자이기도 한 영문학자들은 한나에게 어떤 단서들을 건넨다. 인물들의 실제 목소리를 흉내 내며 말씨를 다듬고 격식을 불어넣기. 간단한 지시와 대화뿐인 셰익스피어의 대본 위에 자의적인 지문들이 나타난다. 용지 양쪽에 여백을 두고 직선으로 종단하는 텍스트. 길이에 따라 안으로 꺼지거나 바깥으로 돌출된 행들은 강하게 부딪혀 마모된 검을 닮았다. 약강 오보격으로 단조된 중세 영국의 무운시는 이렇게 현대 한국어와 충돌하며 음수율 혹은 자유시 형태의 마찰을 남긴다. 이 창백한 금속성 불꽃 속에서 지그시 눈을 감는 사람은 누구인가? 후대에 이르러, 자신을 태어나게 한 극작가보다도 더 널리 이름을 떨치게 될 어느 왕자의 손은 그러나 여전히 칼자루에 붙들려 있다. 번역가 네 사람이 각기 다른 장소에서 똑같이 칼자루를 향해 손을 뻗는다. 그림자 속에 사각사각 내려앉히는 네 개의 표정. 오만, 겸손, 점잖음과 반발심. 그렇다면 한나는 이 고전에서 어떤 표정을 새로 발견할 수 있겠는가?

신종원

외출하기 전에, 한나는 거울 앞에 서서 두 손을 내려다본다. 살며시 소매 바깥으로 빠져나온, 우아하고 가느다란 부속지. 이 손은 아직 유령의 뺨을 어루만지지 않았고, 이 손은 아직 어떤 목숨도 빼앗지 않았고, 이 손은 아직 불경을 저지르지 않았으며, 이 손은 아직 칼을 뽑지 않았다. 더없이 무결하고, 더없이 결백한 두 손이 거꾸로 한나를 올려다본다. 사람은 누군가를 흉내 내기 위해 반드시 그가 되어야만 할까? 그렇다면 왕자가 되기 위해 한나도 기꺼이 손을 더럽혀야 할까? 결국 한나는 배역의 입구를 열지 못하고, 펼쳐 둔 책들을 차마 덮지 못하고, 어떤 망설임들 속에서 지끈거리는 해골을 주무르며 그것이 열쇠 모양으로 다듬어지기만을 기다린다.

〈아버지의 혼령을 목격하는 햄릿〉(1835), 외젠 들라크루아(1798~1863), 노턴 사이먼 박물관 소장

왕자의 이름은 H로 시작한다. 그러나 사다리를 닮은 이 알파벳은 뚜렷하고 명확한 두음으로 상승하는 대신 왕왕 묵음 속으로 하강하려 몸부림친다. 쑥스러움 많은

닿소리는 음가가 없는 비음 뒤에 꼭꼭 숨어 버려서, 왕자의 이름은 날숨을 막고 끙끙거리는 볼품없는 콧소리로 처음 소리 나게 된다. 오필리아는 면전에서 모욕을 당하고도 도리어 왕자를 불쌍히 여기는데, 이때 독백에서 땅에 떨어졌다고 평가되는 왕자의 명망과 덕행들 가운데 끝끝내 실추되지 않은 것은 오직 이름뿐이다. 햄릿^{Hamlet} 왕의 정당한 상속자^{heir}인 햄릿^{Hamlet} 왕자는 명예^{honor}와 양심^{honesty}, 유머^{humor}를 과시^{exhibition}하느라 스스로 탈진^{exhaust}한 나머지 절멸^{annihilation}하고 만다. 왕자의 인생을 요약하는 모든 단어들에서, H만은 줄곧 홀로 무음 속에 남아 있다. 마치 자음 자체가 품위를 지녀, 이후에 벌어질 불의와 과오들로부터 끝끝내 한 발씩 물러나 있으려 애썼던 것처럼.

한나는 왕자와 닮은 부분보다 다른 부분이 더 많다. 아니, 어쩌면 닮은 부분이 전혀 없다고 말해도 좋을 것이다. 그러므로 희곡 전체를 통틀어 유일하게 무고한 문자; H는 오늘날 두 사람을 연결하는 하나뿐인 실마리나 다름없다. 다른 사람들이 한나의 이름을 부를 때, 그토록 고귀하고 수줍음 많은 닿소리가 가장 먼저 강렬하게 터져 나온다는 사실이 비밀스러운 동질감을 주었던 것이다. 침목과 체결된 레일 모양의 알파벳은 발음할 때마다 미상의 궤적으로 이어진다. 제

신종원

각기 다른 사람의 손으로 기명된 글씨처럼. 올곧게 내뻗다가도 때때로 삐뚜름하게 구부러지는 그 선들은 얼마나 많은 이름들이 같은 문자에서 굴절되었는지 보여 준다. 헤라클레스 Heracles, 헬렌Hellen, 헥토르Hector, 한니발Hannibal, 헤카테Hecate, 헨젤 Hansel, 헨리Henry, 하이디Heidi, 홈즈Holmes, 험버트Humbert······ H로 시작하는 문학 작품 속 이름들이 입 안에서 저절로 굴러다닌다. 양쪽 볼 점막 아래 단단하게 돋아나, 치아 교합선과 혀 밑의 주름들을 건드리며 침샘을 자극하는 음절들을 입 밖으로 뱉어 버리기. 하나씩 하나씩, 짧은 침묵으로 시차를 두고. 데우칼리온과 퓌라가 집어던진 바위 조각에서 인간이 나타났듯이. 어두운 복도 바닥에 굴러떨어진 돌멩이 모양의 종괴 속에서 불멸의 영웅과 그리스 여신, 전사한 장군들과 버림받은 아이들, 독선적인 왕과 ADHD를 앓는 탐정, 음흉한 교수가 차례차례 모습을 드러낸다. 인물들은 저마다 머리 위에 백선白癬 같은 먼지를 뒤집어쓰고 있다. 장례용 착색제처럼 희고 매캐한 그 아연화 분말들은 숱한 페이지 접힘 속에서 납작하게 눌려 죽은 책벌레들의 시체이다. 결국 문학사를 통틀어 가장 위대하고 저명한 이 몸들조차 세월에 의해 변성되거나 갉아먹히며 차츰 형체를 잃어 가기 마련이다. 예컨대 미케네인들은 헤라클레스를 젊고 아름다운 거구의 미청년으로 조각했지만, 겁에 질린 트로이아 사람들은 검붉은 피부를 가진 뿔 달린 야수로 기록하지 않았던가? 시간이 조금 더 지나면, 이탈리아 반도에서 로마인들이 다가와 영웅의 비어 있는 아래턱에 수염을 붙이고 주름과 살집을 집어넣을 것이다. 결국 작가가 섬세하고 구체적인 진술들을 골라 자기 손으로 직접 인물의 생김새를 작품 안에 내려앉혀 두지 않는 한, 인물의 면면은 시대가 표상하는 이미지를 좇아 변화하기 마련이다. 그래서 소위 배우라는 족속들은 대대로 시대가 요구하고 제안하는 인물상에 자기 얼굴을 팔아먹으며 살아남아 왔다. 이 흉내쟁이 직업인들의 이목구비는 단순히 먹고, 들이쉬고, 듣고, 냄새 맡는 용도로 남지 않았다. 그들은 오뚝하게 솟아오른 콧대와 눈썹뼈, 광대를 삼각으로 연결해 작품 속 인물의 초상을 오차 없이 측량해 냈을 뿐 아니라, 입술과 턱—특히 눈과 같은 개구부—의 음영을 짐짓 과장함으로써 때로 엄숙하고 때로 음침한 인물들의 성격도 손쉽게 표현할 줄 알았다. 그러므로 배우의 얼굴은 하나의 관측 가능한 좌표로서, 시대를 대변하는 다양한 산업의 표상들과 경쟁하며 대중들 사이에서 인기리에 논의되었던 것이다.

그러나 시대가 또 한번 바뀌고 있다. 외모와 표정 연기만으로 배역을 맡던 관행은 재빨리 사장될 것이다. 영상과 광

신종원

선의 홍수 속에서, 태어남과 동시에 대중문화의 세례를 받은 대중들은 바야흐로 배우들에게 다른 덕목을 요구하고 있다. 배역 감독들은 물론 심지어는 대학 교수들조차도 얼굴이라는 도구; 다시 말해, 조그맣고 평평한 화면 바깥에서 배우의 가치를 가늠하기 위해 입시 형식마저 손보고 있지 않은가. 당장 오늘 공연장에서 상연 중인 〈햄릿〉도 81세의 노배우를 왕자 역으로 출연시키며 화제를 모았던 연극이다. 기획자는 그들이 제작한 이 작품으로 〈햄릿〉뿐 아니라 다양한 고전에서 배역의 경계가 허물어지기를 바란다고 말했다. 한나는 다음 공연을 준비하며 제작사에서 발행한 기사를 읽었다. 노배우는 젊은 시절 대학로 연극 무대를 전전하다가, 충무로 영화판에서 비열한 기업가나 조직범죄의 배후 등 거물급 악역들로 열연을 펼치며 이름을 알렸다. 노배우는 아직도 도전하고 싶은 목표가 있는지 묻는 취재 담당자에게, 나는 한때 대학로에서 주연을 꿰찼답니다. 아이스킬로스와 소포클레스의 고전극, 베케트와 체호프의 부조리극, 한트케의 언어극, 브레히트의 서사극…… 하지만 어째서인지 셰익스피어의 비극에서만은 그러지 못했어요. 나의 작은 키와 못난 얼굴이 왕이나 왕자 역할을 맡기에는 영 부족해 보였던 걸까? 특히 햄릿을 연기해 보지 못한 것이 이 나이 먹도록 아직까지 내 가슴 속에 고름 덩어리처럼 응어리져 있었답니다. 이제 세월이 지나고 시대가 좋아져서, 나 같은 늙은이에게도 이런 기회가 주어지니 얼마나 축복 같은 일인가요? 시간이 허락하기만 한다면, 그동안 맡지 못했던 배역들에 뛰어들며 남은 생을 다 보내고 싶어요. 요즘은 매일매일이 새롭기만 합니다. 처음 연기를 시작했던 나이로 돌아가, 모든 걸 다시 배우는 기분이 들어요, 대답했다.

어둠 속에서 한나의 윗몸이 소리 없이 앞으로 기운다. 두 손은 뒷짐을 지고 있는데, 등을 맞대고 있는 시멘트 벽면의 차갑고 울룩불룩한 요철 무늬들을 손뼉으로 밀어내는 것이다. 한나는 굳게 닫힌 공연장의 문을 바라본다. 공연장 안에서 노배우가 독백을 읊고 있다. 세월에 부식된 나머지 느릿느릿하고 쉽게 갈라지는 목소리가 공연장 바깥으로도 조금씩 새어 나온다. 하지만 한나는 그토록 낡고 약한 발성에서 얼핏 파도와 닮은 소리의 흐름을 느낀다. 무대와 촬영장을 쉬지 않고 쏘다니는 가운데 수십 가지 배역을 도맡아 연기해 온 사람. 작가가 부여한 성격과 각본상의 지문 지시에 따라 갑자기 거칠어지거나 거꾸로 부드러워질 뿐 아니라— 숫제 긁고, 내리깔고, 조이고, 쥐어짜는 동작들로 수없이 연삭된 노배우의 성대를 여전히 한 사람의 발성 기관으로 볼 수 있을까? 한때 그가 배역을 맡았던 인물들의 음성과 호흡의 흔

신종원

적들이 후두 어딘가에 성대 주름과 구분되지 않는 흉터들로 남아 있다. 그렇다면 노배우의 작업은 단지 누군가를 자기 식대로 흉내 내는 일로 끝나지 않는다. 그것은 차라리 연습이고, 훈련이다. 무엇을 위한? 인간을 이해하기 위한. 인간이 되기 위한. 들쥐가 사람의 손톱을 먹고 사람이 되는 것처럼. 그래서 노배우는 왕자를 처음 연기하지만, 어설프고 미숙한 실수를 저지르지 않는다. 노배우의 성대는 손상된 오디오 파일처럼 부스러지거나 찢어질지언정 머뭇거리지 않는다. 독백을 이어 가는 노배우의 목소리 안에 헤아릴 수 없이 많은 사연과 갈등, 탄식이 잠들어 있다. 노배우의 성대 울림은 철부지 왕자의 방만한 심성을 가라앉힌다. 덴마크 동부 연안을 두드리는 카테가트 해협의 파도들처럼. 오십견과 연골연화증으로 인해 볼품없이 바들거리는 어깨뼈와 슬개골 떨림마저도 우발적이고 정신 사나운 왕자의 몸짓들에 무게를 불어넣는다. 이렇게 노배우는 망령의 하소연에 시달리다가 불행한 최후를 맞이하는 미치광이 왕자가 아니라, 이야기가 어떻게 끝날지 알면서도 담담히 운명을 받아들이는 덴마크 왕족의 마지막 후예를 관객들 앞에 선보인다.

〈햄릿〉은 하루에 한 번, 인터미션 없이 135분 동안 상연된다. 한나는 공연장 안에서 점잖은 박수 소리가 하나둘 터져 나오자 복도에 불을 켜고 공연장 문을 연다. 무대와 가장 먼, 뒤쪽 좌석에 앉은 관객들이 먼저 줄을 지어 공연장을 빠져나온 다음, 남아 있는 여운을 떨쳐 내느라 어려움을 겪은 앞쪽 좌석의 관객들이 한참 뒤에 자리에서 일어난다. 한나는 비어 있는 객석 사이를 돌아다니며 분실물이 없는지 살피고, 간간이 쓰레기를 줍는다. 분장실에서 배우들이 의상을 환복하고 나오면, 공연장의 문을 닫고 혼자 모든 것을 제자리에 돌려놓아야 한다. 한나는 공연장의 하나뿐인 직원이어서, 검표와 청소, 물품관리까지 모두 도맡아 처리하고 있다. 공연장은 전체 좌석이 30석도 채 되지 않는 극장으로, 강점기에 본토에서 건너온 일본인 극단원들의 자금으로 처음 지어졌다. 광복 이후에는 미군정에 의해 제1공화국으로 환수되었고, 문민정부 때 경매를 거쳐 어느 극단 대표에게 양도되면서 민간 극장으로 운영되기 시작했다. 극장주는 예술대학에서 수십 년간 공연학부 교수로 일하다가 은퇴한 뒤 극장을 인수했는데, 업계에서 인망을 좀 쌓았는지 원로 배우들이나 은퇴한 정치인들이 상임이사직을 지내고 있었다. 물론 그들이 실제로 극장을 드나드는 모습은 보이지 않았다. 극장은 소규모 연극을 분기별로 회전시키는 대관 업무 위주로 돌아가고 있

신종원

었으므로, 공연 기획자나 무대 관리자를 전임으로 둘 이유가 없었다. 대관 의뢰가 들어오면 계산기를 두드릴 사람과 노후한 건물이 갑자기 무너져 버리지 않도록 감시할 사람만 있으면 충분했다. 돈과 관련된 문제는 극장주가 전적으로 나서서 해결했고, 따라서 한나는 그가 일절 손을 놓아 버린 일: 극장 관리자의 업무 전반을 대리 수행하고 있었다.

한나는 일 년 넘게 극장에서 일하면서 한 번도 극장주를 본 적이 없다. 극장의 시설관리 예산은 대부분 시에서 후원받은 보조금 위주로 집행되었고, 이따금 음향 기기나 조명 장치를 손보기 위해 고용된 출장 기사들이 말도 없이 찾아오는 경우를 제외하면 대부분 혼자 일했다. 그럼에도 아직까지 극장이 운영되는 까닭은 순전히 명성 하나 때문이었다. 이 남루하고 케케묵은 건물은 비록 원수들의 손으로 쌓아 올려졌으나, 내전 이후 폐허가 되어 버린 도시의 전신前身에서 거의 유일하게 살아남은 부분이기도 했다. 서울시는 지원 사업에서 선발된 독립 극단과 신진 극작가들의 작품을 이곳에서 상연시키는 한편, 문화재단에서 일하는 공무원들을 종종 파견하는 방식으로 실무를 거들었다. 문화행정과 공간 운영에 잔뼈가 굵을 대로 굵은 담당 공무원들은 극장의 부실한 감리를 도왔고, 유지보수에 인색한 극장주를 대신해 간단한 결함들을 해결해 주기도 했다. 이외에는 아주 드물게 공연기획사에서 직접 대관 신청을 문의해 올 때가 있었다. 다만 시설이 시설이다 보니 수익을 기대하는 공연을 무대에 올리지는 않았고, 단발성 행사에 그치거나 실험적인 공연들만 무대에 올렸다. 그래도 이번 공연처럼 유명 배우가 주연을 맡거나 제작사의 기획이 주목을 받으면 전 좌석이 금방 매진되기도 했다. 예술대학이나 공연 관련 수업에서 단체로 예매하는 경우도 있었는데, 그런 날은 코빼기도 내비치지 않는 극장주가 두 배 더 미웠다. 한나는 대학은 물론 그럴싸한 배역 하나맡지 못하고 있었고, 이런 상황을 실패라고 부르는 사람들을 피해 백 년 전 건물의 그늘 속으로 숨어 버렸기 때문이다.

분장실에서 나온 배우들이 한나에게 목 인사를 건넨다. 노배우는 객석 사이로 걸어 나가는 내내 후배들에게 둘러싸여 있다. 노배우의 굽은 등과 어깨를 주무르거나 다독이는 팔들. 노배우는 윗몸을 돌려 무대를 한 번 쳐다보고, 고개를 깊이 숙인 채 극장을 빠져나간다. 오늘은 공연의 마지막 회차였다. 노배우는 다음에 또 왕자를 연기할 수 있을까? 대학로 골목길에도 늦겨울 땅거미가 내려앉기 시작한다. 극장을 닫을 시간이다. 그러나 머리 위 얼어붙은 허공에 긴 한숨을 남기며 허영허영 멀어져가는 어느 노배우의 뒷모습이 문

신종원

틈에 걸려 좀처럼 닫히지 않는다. 극장에서 태어난 사람처럼 온 무대를 호령하며 소리치던 배우가 왜 마지막에는 쓸쓸하고 슬픈 뒷모습으로 극장을 떠나야 하는가? 말소리들이 작아진다. 배우들이 골목 끝으로 사라진다.

일자리를 알선한 것은 입시 학원의 원장이다. 원장은 드라마 배우로 활동하며 공연예술학부를 졸업했는데, 그때 편의를 봐준 교수가 극장주였다. 한나는 입시 학원의 유일한 재수생은 아니지만, 가장 학원을 오래 다닌 수강생이다. 원장은 한나가 극장에서 일하면 학원 수강료를 면제해 주고, 시급은 시급대로 받을 수 있다고 설득했다. 생활비와 학원비를 동시에 해결할 수 있는 기회였지만, 의심스러웠다. 한나가 일자리 구하는 수강생들 많지 않나요? 묻자, 원장은 우리 학원 믿고 잘 따라와 줬는데, 돌려준 게 없는 것 같아서 그래, 대답했다. 당시 두 사람은 입시 전략을 놓고 의견을 다투고 있었다. 입시 기간을 앞두고 연기 학원에서 배부한 기출문제 대본은 남자 수강생과 여자 수강생의 대사를 나누어 놓았다. 남자 수강생은 선왕의 유령과 대면하는 햄릿을, 여자 수강생은 햄릿의 처지를 가엾게 여기는 오필리아를 연기하도록 지도되었다. 그러나 한나는 오필리아가 아니라 햄릿을 연기하겠다고 주장했다. 원장은 한나의 결정을 따라 주지 않았는데, 요컨대 입시 결과를 장담할 수 없기 때문이었다. 십 년 넘게 연기를 가르쳐 왔지만, 단 한 번도 여자 수강생이 남자 배역으로 실기를 치른 적은 없다고 덧붙였다. 극장 일을 제안하기 전날은 원장과 언성이 높아지는 일이 있었다. 한나는 시험을 준비하는 당사자로서 학생의 선택을 존중해 달라고 부탁했지만, 도리어 원장은 다른 학원을 찾아보라고 화를 냈던 것이다. 그러므로 극장 일은 일종의 제스처였다. 원장은 본인의 실수를 사과했고, 한나가 자기 방식대로 입시를 치르는 것에 끝끝내 동의하기로 한 것이다.

인생은 공연 관련 대학에 입학하거나 작은 배역 하나 맡는 일로 끝나지 않는다. 모든 배우는 작품 속 인물의 거울이나 다름없다. 거울은 반사하고, 거울은 형상을 모방하고, 거울은 실체를 왜곡시킨다. 한나는 그녀가 반사하고, 모방하고, 왜곡시켜야 하는 인물을 맞닥뜨린 적이 있다. 아주 어렸을 때 일이다. 오늘날 영국인들에게 가장 많은 사랑을 받고 있다는 존 에버렛 밀레이의 그림; 〈오필리아〉 앞에서였다. 예술의전당 입구 외벽에 전시된 거대한 포스터 속에서 어느 젊은 여자가 천천히 익사해 가고 있었다. 한나는 엄마의 손을 잡고 이를 떨었다. 이름 모를 여인의 핏기 잃은 얼굴과 살

신종원

갖을 휘어감은 강물에서 추위와 완력이 전해져 오는 듯했다.

이 그림이야말로 오필리아의 무덤이다. 오필리아는 깊고 어두운 물 위에 드러누운 채 죽음을 맞이하고 있다. 영국 서

〈오필리아〉(1852), 존 에버렛 밀레이(1829~1896), 테이트 브리튼 소장

리 지방의 혹스밀Hogsmill강에서 빌려 왔다는 그림 속 강물은 몹시 어둡고 깊어 오랜 시간 굶주려 온 듯 보이지만, 여인을 재빨리 가라앉히고 삼켜 버리지 않는다. 차라리 강물을 흠 씬 빨아들여 무거워진 드레스 밑단을 부력으로 들어 올려서, 이 춥고 질척질척한 죽음의 웅덩이 밖으로 얼른 뱉어 버리려 하는 것 같다. 여인의 흉곽은 마지막으로 들이마신 들숨으로 팽팽하게 부풀어 올랐고, 아래턱은 부족한 산소를 찾아 위로

들려 있다. 입술은 아직 수면조차 닿지 않았음에도 살짝 벌어져 있는데, 마치 물에 잠기기도 전에 이미 숨통이 막혀 있었던 것 같다.

한편, 그녀와 함께 떠내려가는 꽃가지들은 사실 나중에 가미된 것이다. 아마도 화가의 명확한 의도와 회화적 취향에 따라 미리 엄선된 그 식물들은 오필리아의 운명을 암시한다. 목에 걸린 제비, 뺨 옆에 놓인 장미, 오른손 아래 닿을 듯 말 듯 떠올라 있는 양귀비, 화관에서 떨어져 나온 데이지와 팬지, 아도니스. 버드나무 가지는 죽어 가는 여인의 얼굴 위로 고개를 내밀고, 고통에 굶주린 쐐기풀들이 강가에 몰려와 있다. 이렇게 그녀가 죽기만을 기다리는 문학적 장치들과 겉보기에나 아름다워 보이는 상징물들이 소리 없이 지켜보는 가운데— 오필리아는 허공을 향해 두 팔을 벌리고 있다. 힘없이 떠오르지 않고 거의 물속에 파묻힌 양쪽 팔꿈치는 이것이 그녀의 죽기 전 마지막 몸짓이었음을 드러낸다. 숨이 끊어지기 전, 오필리아는 왕자와 덴마크 왕가를 비난하거나 저주하지 않았다. 홀로 남겨질 남자 형제에게 복수를 부탁하거나 작별 인사를 남기지 않았다. 살해당한 아버지의 혼령을 찾아 달래거나 말을 걸지 않았다. 그러니까 허무한 죽음이나 고분고분 맞이하려고 팔을 벌린 것이 아니었다. 익명의 목격자에 따르면, 오필리아는 신에게 기도를 올리기 위해 마지막까지 양팔을 들어 올렸다.

> 나는 노래하고, 나는 신음하고, 나는 기도합니다.
> 얼어붙은 영혼, 질식당한 낱말, 결백한 마음으로.
> 이제 그만 나에게 진실된 안식을 내려 주시기를.
> 거룩하신 주님, 방황하는 양들에게 빛을 주세요.
> 인자하신 주님, 당신의 종에게 자비를 베푸세요.
> 자비를, 자비를, 자비를 베푸세요.

이렇듯 얼굴은 속이지만, 손은 드러낸다. 그렇다면 사람이 두 손으로 만들어 보일 수 있는 가장 아름다운 손동작은 기도가 아닐까? 한나는 밭일로 구부러지고 영양실조로 말라비틀어진 손이 아니라, 쟁기는커녕 아마도 토양한 줌조차 맨손으로 쥐어 보지 않았을 어느 왕족의 손을 떠올린다. 이 고귀하고 때 묻지 않은 손은 그것이 한번도 표현해 본 적 없는 미덕을 묘사하기 위해 한 점으로 모여든다. 손은

〈**기도하는 손**〉(1508), 알브레히트 뒤러(1471~1528), 알베르티나 박물관 소장

기도하고, 손은 애걸하고, 손은 용서를 구한다. 한나는 네 권의 〈햄릿〉을 읽었고, 원작은 물론 각색되거나 번안된 〈햄릿〉을 수십 회 관람했지만, 왕자가 두 손을 모으는 장면만은 발견하지 못했다. 시대가 실제로 바뀌어 가고 있다면, 어째서 왕자는 피와 죽음으로 더럽혀진 그의 두 손을 깨끗하게 씻어 내지 않는가? 세균은 비누로, 얼룩은 소금으로 닦아 낼 수 있지만, 죄악은 오직 기도와 은총, 용서에 의해서만 지워지고 사라진다. 오필리아는 비장미로 포장된, 이 불결하고 피비린내 나는 비극 속에서 빠져나갈 길을 알고 있었던 하나뿐인 인물이다. 그래서 그녀는 살육에 미친 남자들처럼 베고, 찌르고, 휘두르다가 마침내 자기가 흘린 피 웅덩이에 코가 빠져 죽어 가는 대신 강물에 몸을 던졌다. 그 많은 인물들 가운데 누구도 자기 손을 제 손으로 씻어 내려 하지 않았기 때문이다. 왕자가 스스로의 죄를 뉘우치며 깨끗이 손을 씻어 내지 않는 한, 오필리아는 강물 밖으로 나올 수 없다. 신은 살해된 목숨들과 배신당한 영혼들의 대가를 요구하고, 그렇기에 누군가는 반드시 결백하고 무고한 정신 속에 남아 있어야만 한다. 이제 한나는 펼쳐진 책을 덮기 위해 어떤 손동작이 필요한지 알 것 같다.

한나는 극장 문을 닫고 제자리로 돌아와 다시 혼자가 된

신종원

다. 양손에서 물이 뚝뚝 떨어진다. 공연장 내부에 아직 인공 연기가 가볍게 내려앉아 있다. 어떤 연극들은 화재나 전쟁, 재난 같은 각본상의 위기를 현장감 있게 연출하기 위해 종종 이렇게 특수장치를 동원할 때가 있다. 제작사는 선왕의 유령이 나타날 때마다 연기를 분사하겠다고 미리 고지했고, 아마도 마지막에 노르웨이군이 왕자의 시신을 옮기며 추모 의식의 일부로 발사한 대포 소리에도 인공 연기를 사용한 모양이었다. 그러나 어떤 사람은 같은 조건에서도 다른 장면에 이끌려 간다. 한나는 〈햄릿〉의 1막 5장을 떠올린다. 셰익스피어는 원작 어디에도 지문을 남기지 않았지만, 네 명의 영문학자가 번역서 곳곳에 내려앉힌 단서들 덕분에 장소도 시간도 저절로 조성된다. 비어 있는 공연장에 번역가 네 사람의 목소리가 울려 퍼진다. 장면을 설정하는 지시문들이 이어진다. 성격도 정동도 없이 오직 정보뿐인 문장들이다. 이를테면— 주위가 순식간에 어두워진다. 자정 무렵이다.

덴마크의 축축한 습지대 위로 야트막하게 내려앉은 안개 속에서 스스로의 두 손을 내려다보는 사람이 있다. 곧 유령이 나타날 것이다. 그러나 어김없이 귀환하는 유령은 어느 징징거리는 왕의 유령이 아니다. 귓구멍으로 주목나무 씨앗을 삼켜 버리는 바람에 피가 굳고 살이 썩어 가는 늙은이의 유령이 아니다. 안개 속에서 홀연히 모습을 드러내는 유령은 버들가지 위에서 미끄러져 익사한 여인의 유령이다. 고귀한 영애는 미나리아재비, 쐐기풀, 실국화, 자란으로 엮은 화관을 밧줄처럼 붙잡고 수면 위에 떠오른 채 다시 한번 삶으로 떠내려온다. 유령은 생전에 겪은 배신과 불행 따위에 아랑곳하지 않고, 백 년 넘게 같은 강물 위를 부유하느라 기진맥진해진 모습으로, 객석 어딘가 점잖게 앉아 있을 그녀의 신을 찾아 기도를 올릴 것이다. 자비를 베푸소서, 자비를 베푸소서. 이렇게. 자애로운 주님, 우리의 죄를 사하소서. 또 이렇게. 한나는 고통과 낙심 속에서 허공으로 열려 있는 유령의 두 눈을 바라본다. 유령은 비어 있는 객석을 향해 양팔을 넓게 벌린 채 어떤 신호를 기다리고 있는 듯 보인다. 한나는 어쩌면 다시는 재회할 수 없을지도 모르는 상대역을 향해 걸음을 옮긴다. 연극을 시작해야 한다.

존재하느냐, 사라지느냐?
문제는 그것이다.
어느 것이 더 명예로운가, 난폭한 운명의 돌팔매와 화살을 맞아야 할 것인가?
혹은 고난의 바다에 맞서 무기를 들고 맞서 끝장을 볼 것인가?

죽는 것은 자는 것, 단지 그뿐.

그리고 그 잠으로 우리가 이 육신이 물려받은 가슴앓이와 천 가지 타고난 고통을 끝낼 수 있다면, 그것도 간절히 바랄만 한 최후일 것이다.

잔다는 것은, 꿈을 꾼다는 것.

아, 그것이 문제로다.

우리가 필멸하는 육신의 결박을 벗어던지고,

죽음의 꿈을 떠올린다면 망설임이 있을 수밖에.

그래서 불행하고 긴 삶이 이어지는 것.

과연 그 누가 이 세상의 채찍질과 비웃음을,

폭군의 잘못과 잘난 자들의 오만을,

짝사랑의 쓰라림, 사법의 늑장, 관료들의 무례함을,

부당한 대우를 참아야 한다는 사실을 견딜 수 있겠는가.

단지 짧은 칼 한 자루면, 스스로를 벗어나게 할 수 있을 텐데.

대체 무엇하러 피곤한 삶을 땀 흘리고 불평하며 견디고 있겠는가.

그러나, 어떤 나그네도 국경을 넘어 돌아오지 못한 미지의 나라,

바로 그 죽음 이후의 무언가가 두렵기에,

그래서 의지가 길을 잃고,

미지의 어려움으로 날아가기보다 우리가 아는 고통을 참기
로 한 것이라면?

그러한 생각이 우리 모두로 하여금 겁쟁이가 되게 한다.

그래서 그토록 생기 있던 결의는 생각 때문에 창백해지고 병
이 든다.

어떤 위대한 뜻을 품어도 그 물줄기의 흐름이 뒤틀리게 되
고, 실행이라는 이름을 잃는다.

그러니 오필리어, 숲의 여신이여, 나를 위해 기도해 주오.

한나는 원작의 대사 한 줄도 마음대로 바꿔 말하지 않는
다. 바뀐 건 오직 작은 움직임, 주의를 기울이지 않으면 발견
하기 힘든 손동작뿐이다. 마지막 대사를 외우며, 한나는 두
손을 모아 가볍게 마주 붙였다. 가슴 높이에서 빈틈없이 포
개어진 부속지들은 기도서에 나오는 예언자 또는 사도들처
럼 죽은 자를 살려 내거나 병을 낫게 하는 기적으로 이어지
지는 않는다. 신앙과 기도의 힘을 믿는 사람들은 이 문장을
읽고 실망하게 될까? 그러나 피뢰침, 첨탑, 탄약, 프리즘, 산
등성이와 같은 도형을 공유하는 이 삼각형의 접지점은 또한
시침 형상으로도 굴절되기 쉬워서, 어느 그림 속 멈춰 있던
시간을 잠시나마 다시 흐르게 만들지도 모른다.

신종원

안개가 유령의 하얀 드레스를 적시고, 드레스는 점점 더 무거워지고, 신은 존 에버렛 멀레이의 그림 속에서 어둡게 얼어붙어 있던 혹스밀 강물을 다시 흐르게 할 것이다. 오필리아는 유예된 죽음을 뒤늦게 받아들일 것이고, 강물은 그녀의 육신을 우각호 어귀로 데려가 진흙탕 속에 파묻어 버릴 것이다. 유령은 앞으로 다시는 한나 앞에 모습을 드러내지 않을 것이다. 한나는 늘 절박한 허우적거림 속에서 유령의 팔을 놓치곤 했지만, 이번에는 그러지 않을 것이다. 한나는 어느 의심 많은 왕자처럼 유령의 실체를 확인하기 위해 손을 뻗지 않을 것이다. 단지 유령이 손 닿는 거리 바깥으로 유유히 헤엄쳐 멀어지는 모습을 끝까지 지켜볼 것이다. 각피가 투명한 송어처럼 우아하게 흐느적거리는 한 쌍의 팔이 있다. 유령은 눈을 감고, 유령은 가라앉고, 유령은 천천히 떠내려 갈 것이다. 연기가 걷힐 것이다. 공연장은 다시 밝아질 것이다. 비어 있는 좌석들에서 보이지 않는 관객들이 극장을 떠날 것이다. 저기 어딘가에 앉아 있던 왕자의 그림자도 마침내 사라질 것이다. 침묵 속에서 빈 좌석 하나가 삐거덕거린다. 극장주는 저 좌석들을 손보지 않을 것이다. 일 년 전에도 그랬고, 한나가 곧 이곳을 떠나, 새로 후임을 구해도 같을 것이다. 한나는 그녀보다 앞서 이곳에서 혼자 근무했던 수

십 명의 전임자들을 생각한다. 정말로 시대가 변하고 있다면, 저 오래된 좌석들을 모조리 들어내지 못할 이유는 어디에 있는가? 결국 모든 자리는 비어 있어야만 한다. 잘난 군주monarch들이 전전긍긍loch하며 계략scheme을 꾸미고 서로 비난bash하는 동안— 비애melancholy 속에서 닻anchor과 같이 가라앉은 어느 유령ghost의 이름 속 묵음을 생각하기. 오필리아Ophelia는 아마도 가장 먼저 자리를 떠난 사람이다.

한 가지 제안. 손 하나를 떠올려 볼 수 있을까? 살며시 소매 바깥으로 빠져나온, 우아하고 가느다란 부속지. 같은 손으로; 아가멤논은 이피게네이아를 제물로 바치고, 안티고네는 폴리네이케스의 시신을 매장하며, 맥베스는 잠든 왕의 가슴뼈 사이로 단검을 밀어 넣고, 파우스트는 악마가 내미는 계약서에 지장을 찍고, 카스파는 책장을 덮고 일어나 무대를 내려가고, 햄릿은 두 손을 모아 기도하며, 한 배우 지망생은 빗자루질을 한다. 사람은 누군가를 흉내 내기 위해 반드시 그가 되어야만 할까? 그렇다면 왕자가 되기 위해 한나도 기꺼이 손을 더럽혀야 할까? 한나가 두 손을 내려다보면, 두 손도 한나를 올려다볼 것이다. 같은 손으로 한나는 마침내 배역의 입구를 닫고, 펼쳐 둔 책들을 덮고, 열쇠와 같은 손 모양을 여기에 남겨 둔 채, 퇴장한다.

신종원

어수선한 성인식 속에서 모두가 스물셋을 맞는다. 그러나 어떤 사람은 대학에 가지 않고, 어떤 사람은 장래가 불투명하고, 어떤 사람은 연애를 하지 않는다. 이렇게 어떤 스물셋들은 공동체가 기대하는 역할과 화면에서 벗어나 미궁 같은 안개 속으로 사라져 버린다. 젊음은 하나의 관점이다. 이 낱말이 세상 모든 젊은이를 포용할 수 없다면, 우리는 젊음을 기꺼이 폐기해야 한다. 새 책에 앉힐 하룻낮의 광선 속에서 우리가 잃어버린 젊은이들이 귀환하기를, 그들 각자의 공연이 알맞은 극장에서 완결을 보기를 바란다.

스토커

윤치규

1

최민혁과 염민지의 어머니는 산후조리원 동기였다. 새천
년이 시작되는 해에 용띠 아이를 얻었다는 운명과 알고 보니
같은 아파트 단지에 살고 있었다는 우연이 겹쳐 두 사람은
쉽게 친구가 되었다. 평소에는 낯선 사람을 경계하고 조심
하는 성격인데 새천년이 주는 막연한 희망 덕분인지 서로가
베푸는 호의를 순수하게 받아들일 수 있었다. 두 사람에게
2000년은 그런 해였다. 모든 게 새롭고 설레는 해. 어렵게
모은 돈으로 경기도 신도시에 삶의 터전을 얻고 태중의 아이
를 건강하게 순산한 해. 예전에는 삶이 경이롭다는 말을 믿

지 않았는데 이제는 실감할 수 있었다. 그런 축복 속에 두 사람은 서로의 자녀에게 첫 번째 친구를 만들어 주고 싶었다.

"태어나서 처음 사귄 친구네요."

최민혁의 어머니가 염민지를 품에 안으며 말했다. 반대로 염민지의 어머니도 최민혁을 받아 들고 고개를 끄덕였다. 두 사람은 각자의 아이에게 덕담을 주고받았다. 최민혁의 어머니는 염민지의 쌍꺼풀을 보고 연예인을 시켜도 되겠다고 했고 염민지의 어머니는 최민혁의 유난히 큰 두상을 손가락으로 재 보면서 나중에 공부를 잘하겠다고 칭찬했다. 두 사람은 품에 안은 최민혁과 염민지를 서로에게 더 가까이 내밀어 억지로 인사시켰다. 안녕, 두 사람이 아이 목소리를 내는 동안 최민혁은 칭얼거리며 몸을 비틀었고 염민지는 인상을 찌푸리다가 울음을 터뜨렸다.

2

여섯 살 때 최민혁은 염민지를 자주 놀렸다. 마트에서 장을 보다가 마주치면 괜히 달려가서 우스꽝스러운 표정을 지었다. 염민지는 그런 최민혁을 무시하려는 듯 고개를 획 돌린 채 어머니의 등 뒤로 숨곤 했다. 최민혁과 염민지는 단지

내 유치원을 같이 다녔다. 그때 당시 유치원에서는 하나, 둘, 셋 놀이가 유행이었다. 어떤 질문이든 내뱉고 나서 하나, 둘, 셋을 외치면 빠르게 대답해야 하는 놀이였다. 예를 들어 탑 블레이드에서 제일 강한 팽이가 뭐냐고 물으면 다 같이 하나, 둘, 셋을 외쳤고 그러면 드래곤킹이든 썬더타이거든 무언가를 정해야만 했다. 만약 타이밍에 맞춰 대답하지 못하거나 엉뚱한 걸 말하면 놀림을 받았다. 언젠가 최민혁은 유치원에서 누가 제일 못생겼냐는 질문을 받았는데 그 대답은 하나, 둘, 셋, 그리고 염민지였다.

3

가족 동반으로 놀러 간 캠프장에서 염민지의 아버지는 고기를 굽다가 염민지에게 장난을 쳤다. 우리 딸 정말 예쁘다며 검댕이 묻은 손가락으로 염민지의 얼굴을 이리저리 만졌다. 염민지는 자기 얼굴에 새까만 재가 묻었는지도 모르고 저녁 시간 내내 놀았다. 오렌지캬라멜 노래에 맞춰 춤도 추었다. 최민혁은 그 모습을 보면서 깔깔거리며 웃었다. 나중에 거울을 보고 얼굴을 확인한 염민지는 제자리에 주저앉아 울었다. 눈물은 캠프장의 매너 타임을 지나도 멈추지 않았다.

"친구라면서 어떻게 그래?"

"너희 아빠가 그런 거잖아."

"그래도 말해 줬어야지."

염민지가 슬펐던 이유는 자기를 우스갯거리로 만든 아버지 때문이 아니었다. 그 모든 상황을 모르는 척 지켜보던 최민혁에게 배신감을 느꼈기 때문이었다. 뒤늦게 염민지의 아버지가 나서서 달래 봤지만 한번 터진 눈물은 좀처럼 멈추지 않았다. 염민지의 어머니가 대신 변명해 주어도 아무 소용없었다. 나중에는 최민혁의 부모님까지 나서서 사과했지만, 여전히 염민지는 너 같은 녀석이랑은 절교라고 쏘아붙였다. 그날 최민혁은 부모님의 강제적인 중재 앞에 염민지에게 두 번다신 속이지 않겠다고 다짐했다. 그것은 일종의 맹세 같은 것이었는데 새끼손가락을 걸고 손바닥을 펼쳐 선서한 뒤 엄마와 아빠까지 담보로 잡은 후에야 겨우 용서받을 수 있었다.

4

염민지에게 거짓말을 해서 절교당한 친구는 최민혁이 기억하는 것만으로도 다섯 명이 넘었다. 다른 친구랑 우정 프로필 사진을 찍어 놓고 그런 적 없다고 시치미를 떼었던 아이가 절교당했고, 학원에서 받은 특별 필기 노트를 집에 두고 왔다며 보여 주지 않았던 아이와도 두 번 다시 놀지 않았다. 염민지는 몇 년 동안 붙어 다녔던 제일 절친했던 단짝하고도 절교했다. 그 단짝은 지드래곤에게 직접 사인 받은 포토 카드를 생일 선물로 주었는데 어떻게 알아냈는지 몰라도 염민지는 그게 교묘한 위조품이라는 사실을 밝혀냈다. 하지만 진실이 만천하에 드러났어도 여론은 사인을 위조한 친구보다 그걸 굳이 또 알아내서 폭로까지 한 염민지에게 더욱 불리하게 흘러갔다. 그 상황을 지켜보면서 최민혁은 진실을 말하는 게 언제나 좋은 것은 아니고 가끔은 적당히 서로를 속이고, 또 알면서도 속아 주는 게 관계를 유지하는 데 더 유리할 수도 있다는 걸 깨달았다.

"넌 나한테 거짓말한 거 없지?"

최민혁은 때때로 불시 검문에 시달렸다. 염민지는 아무 전조도 없이 대뜸 거짓말한 게 있는지 따졌다. 처음에는 뭔가를 알고서 그러나 싶어 초조했으나 나중에는 또 시작이구나 하면서 시큰둥하게 넘길 수 있었다. 하지만 중학교 입학 후 우연히 부모님이 나누는 대화를 통해 염민지의 아버지가 예전부터 몇 번이나 바람피운 적이 있다는 사실을 알게 되었을 때부터는 염민지의 불시 검문을 아무렇지 않게 넘길 수 없게 되었다. 염민지의 집안에서 그런 사건은 여러 번 반복된 것 같았다. 그때마다 이혼하느니 마느니 하면서 자주 다퉜다고 했는데 염민지는 단 한 번도 그런 고민을 최민혁에게 털어놓은 적이 없었다. 최민혁은 조금 고민하다가 앞으로도 모르는 척 계속 입을 꾹 닫고 있기로 했다. 행여 그게 염민지를 속이는 일이라 할지라도.

5

염민지의 아버지는 아파트 단지 앞 상가에서 식당을 운영했다. 일본식 돈가스를 파는 곳이었다. 어떤 돈가스를 시키든 접시 위에 산더미같이 쌓아 올린 양배추 샐러드가 나오는 게 유명했다. 귤 반쪽과 함께 곱게 채 썬 양배추를 푸짐하게 쌓아 놓고 그 위에 유자와 땅콩으로 만든 소스를 듬뿍 뿌렸다. 그것은 최민혁이 상상할 수 있는 세상에서 제일 완벽한 양배추 샐러드였다. 양배추 샐러드의 맛은 고소하면서도 상큼했다. 식전에 먹으면 입맛을 돋웠고 돈가스를 한참 맛보다가 먹으면 느끼함을 잡아 주었다. 식사가 다 끝났을 때 마지막까지 아껴 두었던 귤 반쪽을 입 안에 넣으면 그야말로 모든 것이 완벽했다.

윤치규

엿들은 대화에 따르면 염민지의 아버지는 바람을 피운 현장을 부인에게 습격당해 현행범으로 들켰는데도 끝까지 인정하지 않았다. 조금 더 정확히 말하면 바람을 피운 상대와 노래방에서 단둘이 다정하게 블루스를 추고 있는 모습을 적발당했는데도 안면 몰수하고 밖으로 뛰쳐나가더니 자신은 춤을 춘 적이 없다고 우겼다는 것이다. 그뿐만 아니라 집으로 돌아왔을 때는 노래방 자체를 간 적이 없다고 억지를 부렸다. 당신이 착각한 거라고. 잘못 본 거라고. 대낮에 꿈이라도 꾼 거 아니냐고. 염민지 아버지의 뻔뻔함에 염민지의 어머니는 말문이 막혀 비명 같은 고함만 버럭버럭 지르다가 결국은 제풀에 지쳐 쓰러졌다고 했다.

그 이야기를 들은 이후 최민혁의 어머니는 염민지네 식당에 더는 장부를 달아 두지 않았다. 최민혁에게도 돈가스를 자주 먹으면 살찐다고 경고하면서 에둘러 그곳에 가지 말 것을 당부했다. 그런 은근한 경고를 따르려던 것은 아니었지만 그 이후로 최민혁은 정말로 염민지네 식당에 가지 않았다. 만약 그곳에서 요리하는 염민지의 아버지와 홀에서 서빙을 맡은 염민지의 어머니, 그리고 계산대에 서 있는 염민지를 마주한다면 그들이 숨기고 싶어 하는 비밀을 알아 버렸다는 것을 들킬 게 뻔했다. 만약 그렇게 된다면 최민혁은 절교당할지도 몰랐고 아무래도 절교당하는 것보다는 잠시 멀어지는 게 더 나을 것 같았다.

6

중학생이 된 이후 염민지는 학교에서 겉돌기 시작했다. 2차 성징이 시작되면서 키가 부쩍 자랐고 동시에 여드름이 나기 시작했다. 염민지는 여드름을 가리려고 일부러 앞머리를 기르고 마스크를 썼다. 담임선생님이 마스크를 벗으라고 해도 감기에 걸렸다며 우겼다. 그렇게 유별난 행동은 당연히 구설수가 되었고 염민지는 전교에서 일 년 내내 감기에 걸린 아이로 유명해졌다. 소문에 따르면 염민지는 마스크를 벗지 않으려고 점심도 자주 거른다고 했다. 그 무렵 최민혁은 염민지와 마주치는 일이 거의 없었다. 일부러 피하려고 했던 것도 맞지만 같은 반도 아니었고 식당에도 가지 않아서 만날 접점이 없었다. 아주 가끔 복도에서 마주치면 어색하게 눈빛을 주고받거나 애매하게 인사를 건네는 정도였는데 그때마다 염민지는 제대로 얼굴을 보여 주지 않았다.

반 친구들이 거의 다 메이플스토리에 빠져 있는 동안 최민혁은 조금 다른 것에 흥미가 생겼다. 그것은 바로 기타였

윤치규

다. 열네 번째 생일 선물로 클래식 기타를 받았고 내친김에 모아 두었던 세뱃돈과 용돈을 털어 교습소까지 등록했다. 학업에 방해되지 않는 선에서 배우겠다고 부모님과 약속했지만 최민혁은 이미 온 마음을 뺏긴 상태였다. 아파트 상가에 문을 연 실용음악학원에서 일주일에 두 번씩 레슨을 받으며 연습했다. 학원에는 진지하게 예고 진학을 준비하는 학생도 있었지만 최민혁은 그저 좋아하는 노래를 기타로 연주할 수 있을 정도만을 원했다. 그리고 가능하다면 한번쯤 사람들 앞에서 공연을 해 보는 것도 꿈이었다.

학교가 끝나고 실용음악학원에 가려면 염민지네 식당 앞을 지나가야 했다. 물론 돌아가는 길이야 얼마든지 있지만 굳이 그렇게까지 하고 싶지는 않았다. 다만 최민혁은 자신의 키만큼 커다란 기타 가방을 등에 짊어지고 일부러 고개를 푹 숙인 채 서둘러 상가 입구로 향했다. 그런 노력에도 불구하고 가끔은 길에서 염민지의 부모님과 마주치곤 했다. 그들은 최민혁을 볼 때마다 반갑게 웃으면서 인사를 건넸다. 이런저런 안부를 물었고 배고프면 밥을 먹고 가라고 권하기도 했다. 최민혁은 이미 부모님들끼리 사이가 틀어져 더는 교류가 없다는 걸 알고 있는데도 최민혁에게 다정하게 굴려고 노력하는 그들이 고마웠다. 하지만 그 이후로도 식당에 찾아간

적은 단 한 번도 없었다.

7

 최민혁이 G코드와 C코드, Am코드와 Em코드를 완벽하게 익히는 동안 염민지는 부모님에게 자퇴하고 싶다고 고백했다. 그저 마스크를 쓰고 다녔을 뿐 행실과 성적에 큰 문제가 없는 딸이 갑자기 학교를 그만두겠다고 선언하자 부모님은 곧장 교무실로 찾아갔다. 학교에서 담임선생님과 면담을 하고 이어서 반장과 부반장이 호출되었다. 학급 임원들은 염민지가 따돌림을 당하고 있는 게 아니라 본인이 모두를 따돌리고 있는 자발적 아웃사이더 상태라고 진술했다. 누군가와 관계 맺기를 거부하는 친구에게 억지로 다가가는 것보다는 그냥 내버려 두는 게 더 배려일 수도 있다고 생각해 아무도 건드리지 않았다는 것이었다. 염민지의 부모님은 임원들의 말을 믿지 못했고 결국 그나마 신뢰할 수 있는 최민혁을 불러 달라고 부탁했다.

 쉬는 시간에 교실 뒷자리에서 기타 연주를 연습하고 있었던 최민혁은 교내 방송을 통해 그 소식을 들었다. 2학년 7반 최민혁. 2학년 7반 최민혁은 교무실로 오기 바랍니다. 그날 이후로 교내에는 최민혁과 염민지가 사귄다는 소문이 돌았

윤치규

다. 사귀는 정도가 아니라 어렸을 때부터 집안끼리 혼인을 약속한 사이라는 말까지 보태졌다. 그런 헛소문이 더욱 근거를 갖추게 된 계기는 최민혁이 학교에 갈 때마다 염민지를 데리러 가면서부터였다. 그것은 염민지의 부모님이 간곡하게 부탁했기 때문이었고, 염민지가 혹시 다른 곳으로 새지 않고 학교에 잘 가는지 확인하기 위한 일종의 감시자 역할이었다. 하지만 속사정을 모르는 친구들은 그걸 데이트 같은 것으로 오해했다.

8

염민지는 결국 자퇴하지 못했고 모든 것을 체념한 듯 좀비처럼 겨우 학교만 오갔다. 성적도 떨어졌고 여전히 친구도 생기지 않았다. 염민지의 상태가 나빠질수록 염민지의 부모님은 최민혁에게 많은 것을 의지했다. 같은 반도 아닌데 학교에서 일어난 일을 시시콜콜 물었다. 염민지는 수업 시간에 거의 졸았고 쉬는 시간에는 잤다. 그리고 집에 돌아가면 방에 틀어박혀 밤새도록 카트라이더와 크레이지 아케이드, 그리고 버블파이터를 했다. 가끔은 토크온으로 모르는 사람과 대화를 나누기도 했는데 처음에는 정상으로 보여도 끝끝내 변태 같은 본

색을 드러내는 인간들뿐이라 그마저도 곧 흥미를 잃었다.

"같이 음악학원 안 다닐래?"

최민혁이 묻자 염민지가 악기에 전혀 관심이 없다며 고개
를 내저었다.

"아니, 기타를 배우라는 게 아니라 보컬을 해 보라는 거야."

"보컬을?"

"너 목소리 예쁘잖아."

염민지는 자신이 무슨 노래를 부르냐고 곧바로 거절했지
만 1학기 기말고사가 끝날 무렵 실용음악학원에 들러 3개월
과정의 기본 발성 과정을 상담받았다.

9

보컬 학원에서 노래 부르는 모습을 동영상으로 촬영해 오
라는 과제를 내 주었을 때 염민지는 최민혁에게 반주를 맡아
줄 수 있는지 물었다. 아무래도 카메라를 보고 혼자서 노래
를 부르는 게 영 어색하다는 것이었다. 염민지가 고른 노래
는 10cm의 〈스토커〉였다. 많고 많은 곡 중에 왜 하필 그렇
게 우울한 노래냐고 물으니까 염민지는 팔짱을 끼고 고민했
다. 끝까지 대답은 하지 않았는데 사실 최민혁이 신경 쓰였

윤치규

던 것은 노래에 쓰인 코드였다. 〈스토커〉는 멜로디가 단순해서 쉬워 보이지만 코드 변경이 많아 자신의 실력으로는 아직 어려웠다. 하지만 제발 도와 달라는 염민지의 부탁을 차마 거절할 수 없었다. 그래서 밤늦게까지 매일 기타를 쳤다. 참다못한 어머니가 뭐 하는 짓이냐고 혼내면 아버지한테 차 키를 빌려 지하 주차장으로 내려가 연습하기도 했다.

촬영은 모든 수업이 끝나고 교실에서 이루어졌다. 청소를 맡은 아이도 전부 돌아가고 난 후에 최민혁과 염민지는 맨 뒷자리에 앉아 구도를 확인했다. 처음에는 운동장 등나무에서 찍으려고 했으나 붉은 석양이 너무 강했고 축구를 하는 아이들의 소음이 뒤섞여 그냥 교실에서 찍기로 했다. 염민지는 삼각대를 세워 놓고 휴대폰을 연결한 뒤에 의자 두 개를 나란히 놓았다. 염민지는 최민혁의 옆에 앉아 노래를 부르려고 했는데 최민혁은 자신의 의자를 카메라 뒤쪽으로 옮겨 버렸다. 과제는 염민지가 노래하는 모습을 촬영하는 것이므로 최민혁은 영상에 자신이 나오면 안 된다고 주장했다.

동영상 촬영이 시작된 후에 두 사람 사이에 잠시 시답잖은 대화가 오갔다. 준비됐냐고 최민혁이 묻자 염민지가 온몸을 꼬면서 짜증과 애교가 절반쯤 섞인 목소리로 외쳤다. 그냥 옆에 있으라고. 나 혼자 부르면 창피하잖아. 최민혁은 그 말을 가뿐히 무시하고 전주를 시작했다. 시작한다. 집중해. 천천히 기타 선율이 흐르자 염민지는 크게 한숨을 내쉬었다. 두 손바닥으로 새빨개진 얼굴을 가렸고 긴장을 풀기 위해 어깨도 몇 번 흔들었다. 염민지가 헛기침을 하며 목을 가다듬는 동안 최민혁은 발바닥으로 천천히 바닥을 구르면서 박자를 셌다. 그리고 하나, 둘, 셋 신호를 주었고 염민지는 숫자에 맞춰 노래를 시작하려고 했다. 하지만 첫 소절을 부르려는 순간 곧바로 웃음이 터져 박자를 놓쳐 버렸다. 최민혁도 염민지를 따라 실소했는데 금방 정색하며 집중하자고 소리쳤다. 그렇게 다시 한번 전주가 반복되었고 염민지는 이번에는 제대로 하겠다는 듯 입술을 앙다물었다. 그렇게 다시 한번 하나, 둘, 셋. 신호에 맞춰 염민지의 노래가 시작되었다.

10

유치원과 초등학교, 그리고 중학교를 거쳐 고등학교까지 같은 학교로 배정되자 최민혁은 인생이 왜 이렇게 지독히도 염민지와 얽히는지 진지하게 고민했다. 혹시 두 사람의 관계에 어떤 필연적인 은유가 함축되어 있다거나, 전생의 끈질긴 인연이 있는지 진지하게 분석해 봤는데 아무리 따져 봐도 그냥 우연일 뿐이라는 것을 깨닫게 되었다. 어차피 학교 수가 별로 많지 않은 수도권 가장 끝자락 신도시에 살고 있다면, 그것도 같은 아파트 같은 동에 사는 경우라면 똑같은 학교로 배정될 가능성이 클 수밖에 없었다. 두 사람 중 누군가가 공부를 굉장히 잘했다면 특목고나 자립형 사립고등학교에 들어가면서 자연스럽게 멀어질 수도 있었겠지만 둘 다 성적이 고만고만했기에 단지 바로 뒤에 있는 일반 고등학교에 배정받은 건 어떻게 보면 당연한 일이었다.

"남녀 사이에 친구가 어디 있어?"

서울에서 전학 온 조상목은 최민혁과 염민지의 관계를 이해하지 못했다. 남자 사람 친구라는 것은 십중팔구 남자가 여자에게 이성적으로 호감이 있는데 고백하면 관계가 어색해질까 봐 말을 못 하는 것뿐이라고 정의했는데 최민혁은 그런 말에 딱히 긍정도 부정도 하지 않았다. 사실 최민혁에게 그런 식의 도발은 하찮은 것이었다. 많은 사람이 두 사람을 어떻게든 엮어 보려고 노력했지만 그런 시도는 전부 실패했다. 중학교 내내 숱하게 이어졌던 너희 둘이 진짜 좋아하는 게 아니냐는 식의 염문설과 짓궂은 장난, 예를 들면 밸런타인데이에 염민지의 이름으로 초콜릿과 편지를 최민혁에게 전달한다거나 크리스마스 때 다 같이 모일 것처럼 약속을 잡

왔다가 최민혁과 염민지만 단둘이 만나게 하는 식의 계략 속
에서도 두 사람은 우정을 굳건히 지켜 냈다.

11

"나 염민지한테 관심 있는데."

조상목은 최민혁에게 염민지와 자연스럽게 친해질 수 있
도록 도와 달라고 부탁했다. 소개팅처럼 거창하고 부담스러
운 형식이 아니라 친구처럼 조금씩 서로를 알아 가고 싶다는
것이었다. 그런 방법 중 하나가 밴드를 결성하는 것이었다.
조상목은 집 거실에 그랜드 피아노가 있었고 어렸을 때 체르
니 40번까지 배운 적이 있었다. 염민지가 보컬, 최민혁이 기
타, 그리고 자신이 피아노를 맡아 가을 축제 때 공연을 하자
고 제안했는데 최민혁으로서는 그게 어느 정도 진심인지 알
수가 없어 망설이게 되었다. 밴드 결성은 염민지가 의외로
흔쾌히 승낙하면서 급물살을 탔다. 세 사람은 그렇게 일주일
에 한 번씩 조상목의 집에 모여 연습하기로 했다.

밴드를 결성하고 최민혁은 사람들 앞에서 공연할 수 있을
지도 모른다고 생각하니 마음이 벅차올랐다. 조상목의 목적
은 다른 곳에 있었지만 그래도 연습만큼은 성실하게 따랐다.

윤치규

최민혁은 연습이 끝나면 눈치껏 학원에 가야 한다거나 부모님과 저녁을 먹기로 했다면서 자연스럽게 조상목과 염민지만 남아 있을 수 있게 자리를 만들어 주었다. 그럴 때마다 이상하게도 조상목은 난처해하며 어떻게 해서든 최민혁을 붙잡으려고 했다. 그건 염민지도 마찬가지였는데 두 사람 사이의 연결고리였던 최민혁이 빠지고 나면 분위기가 순식간에 어색해졌기 때문이었다.

연습이 없는 날에도 조상목은 괜히 최민혁에게 떡볶이를 먹자거나 PC방에 가서 메이플스토리를 하자며 자주 불러냈다. 그럴 때마다 최민혁은 어쩐지 염민지에게도 연락해서 나오라고 해야 할 것 같은 의무감에 시달렸다. 실제로 염민지가 나오면 조상목은 좀처럼 집에 가지 않고 끝까지 남아 있었고 염민지가 나오지 않으면 대충 시간을 보내다가 서둘러 집으로 돌아갔다. 그럴 때마다 최민혁은 이럴 거면 직접 연락해서 둘이 만났으면 좋겠다고 생각했는데 또 막상 조상목은 염민지에게 개인적으로 연락하는 일이 거의 없었다.

12

조상목과 염민지가 정식으로 사귀자 가장 동요한 사람은

최민혁의 중학교 동창들이었다. 이 사건으로 인해 최민혁이 사실은 염민지를 좋아했던 본심을 각성하고 이대로 운명의 삼각 드라마가 펼쳐지는 게 아닐까 기대하는 눈치였다. 아쉽게도 그렇게 흥미로운 전개는 일어나지 않았다. 오히려 최민혁은 한시름을 놓았다. 이로써 지겹게 이어졌던 염민지와의 스캔들을 끝낼 수 있었고 조상목이 고백했다가 거절당해 가을 축제 전에 밴드가 해체될지도 모른다는 걱정도 덜었다.

13

조상목과 사귀고 난 이후부터 염민지가 다시 마스크로 얼굴을 가리는 날이 늘어났다. 가끔 등굣길에서 최민혁을 만나면 혹시 오늘 자신의 얼굴이 평소보다 못생겼냐고 묻기도 했는데 그럴 때마다 최민혁은 최선을 다해 부정했다. 염민지가 얼굴이 엉망인 것 같다고 자조하면 최민혁은 단호하게 고개를 가로젓고 그렇지 않다고 대답했다. 정말로 못생기지 않았냐고 되물으면 망설이지 않고 아니라고 했으며 정말이냐고 재차 확인하면 조용히 고개를 끄덕였고 한 번 더 진짜냐고 물으면 이번에는 조금 더 강하게 긍정했다. 매번 똑같은 질문에 똑같이 대답해야 하는 게 가끔 짜증 나기도 했지만 그

윤치규

래도 최민혁은 인내심을 갖고 최대한 진심을 담아 대답하려고 노력했다.

"이런 건 남자 친구한테 물어봐."

"걔는 내 얼굴 보고 만나는 거 아니래."

"그러면?"

"노래를 잘해서 좋대."

최민혁은 뭐라고 말을 하려다 참고 대신 숨을 살짝 들이마셨다. 그러자 염민지가 이어서 말했다.

"넌 거짓말을 못 해서 안심할 수 있어."

"나 거짓말 잘해."

최민혁의 대답에 염민지는 가소롭다는 듯 웃었다.

"너 거짓말 할 때마다 씁, 하고 숨 들이마시는 거 알아?"

"내가 그런다고?"

"응. 너 꼭 그래."

염민지의 말에 따르면 최민혁에게는 거짓말할 때 나타나는 몇 가지 습관이 있었다. 잠시 숨을 들이마시는 것 말고도 손바닥을 비비적거린다거나 눈을 반쯤 감고 눈동자를 왼쪽 아래로 흘리면 거짓말일 확률이 높았다. 그렇게 속속들이 알기 쉬운 상대라는 점에서 염민지는 최민혁의 말을 신뢰했다. 최민혁의 평가를 절대적으로 받아들이는 것은 아니지만 적

어도 자신의 모습이 평상시와 크게 다르지 않다는 것을 확인
하는 지표로는 사용할 수 있었다. 언젠가 최민혁이 좀 이상
한 것 같다고 하는 날이 온다면 그건 정말로 그런 거니까.

14

최민혁은 염민지와 조상목의 관계를 대수롭지 않게 여겼
다. 대수롭지 않게 여겼다는 것은 두 사람의 관계가 오래가
지 않을 거라고 예상했다거나 오래가지 않기를 바랐다는 의
미는 아니었고 그저 두 사람이 연애하는 게 자신과는 별로
상관이 없는 일인 줄 알았다는 의미였다. 하지만 조상목에게
염민지의 어떤 점이 그렇게 좋은지 물어봤을 때 최민혁은 비
로소 이게 그렇게 단순한 문제가 아니라는 것을 깨달았다.

"염민지는 다정해."

"그치. 다정하지."

"아니. 그건 아닌데."

염민지가 다정하다는 말에 최민혁이 고개를 끄덕이며 동
의하자 조상목은 미간에 주름을 잡았다. 그리고 그렇게 대답
하면 안 된다는 듯 손바닥을 펼쳐 내저었다. 최민혁은 그 행
동이 어떤 의미인지 이해할 수 없었다. 왜 그러느냐고 묻자

윤치규

조상목은 팔짱을 끼고 최민혁의 얼굴을 한참이나 들여다보았다. 그러다가 의미심장하게 웃으며 경고했다.

"염민지가 다정한 건 맞는데, 그건 네가 알면 안 돼."

"그게 무슨 말이야?"

"너는 알면 안 되고 나만 알아야 하는 다정함이라고."

조상목은 느와르 영화에 나오는 마피아 두목 같은 표정을 짓고 있었다.

"그러니까 함부로 알고 있다는 듯이 고개를 끄덕이지 말라고."

조상목의 목소리는 아주 낮고 서늘했다. 그 앞에서 최민혁은 조직의 배신자라도 된 것처럼 긴장했다. 잘못한 것도 없는데 괜히 뭔가를 추궁당하게 될 것 같았고, 무고하게 지목돼 처형이라도 당할 것 같은 기분에 사로잡혔다. 분위기가 얼어붙자 조상목이 뒤늦게 농담이라며 억지로 웃었다. 조상목은 최민혁의 어깨를 두드렸는데 묵직한 손바닥이 두어 번 툭툭 하고 어깨에 닿자 최민혁의 몸이 움츠러들었다.

그 일이 있고 난 뒤로 최민혁은 의식적으로 최선을 다해 염민지에게서 멀어졌다. 조상목은 평소와 다름없이 행동했고 마치 그런 일이 아예 없었던 것처럼 태연하게 굴었지만 그 이후에 최민혁은 염민지와 단둘이 마주치는 것은 물론이고 대화도 섞지 않으려고 했다. 마치 조직의 보스가 누군가를 휙 쳐다보고 눈길만 슬쩍 주면 알아서 뒷마무리까지 깔끔하게 처리하는 히트맨처럼 은밀하고 성실하게 염민지로부터 가장 멀리 도망쳤다. 최민혁은 그게 응당 옳은 일이라고 생각했다. 조상목과의 우정을 위해서도 옳은 일이었고 염민지와의 우정을 위해서도 필요한 일이었다. 그때 당시 최민혁에게 옳지 않은 일은 혹시라도 자신이 처신을 잘못해 조상목과 염민지 사이에 아주 작은 오해라도 생기는 것이었다. 최민혁은 정말 그런 오해만큼은 피하고 싶었다.

15

　가을 축제가 시작되기 한참 전 결국 최민혁은 밴드마저 그만두었다. 표면적으로는 학업에 집중하고 싶다고 둘러댔지만 실제로는 조상목과 염민지 사이에 끼어 있는 게 견딜 수 없이 불편했기 때문이었다. 그만두겠다는 말을 듣고 염민지는 어떻게 그럴 수 있냐고 화를 냈고 조상목은 아쉽긴 해도 억지로 붙잡을 수는 없다며 수긍했다.

　　　　　　　　윤치규

16

그때까지만 해도 최민혁은 언젠가 조상목과 염민지와 다시 예전처럼 잘 지내는 날이 올 거라고 막연한 기대를 품고 있었다. 조상목과 염민지의 관계가 안정되어 조상목이 더는 자신을 경계하고 불편하게 여기지 않는다면 다시 친구로 돌아가 밴드도 함께하고 노래도 부를 수 있을 거라고 믿었다. 최민혁은 조상목에게 자신이 해로운 존재가 아니라는 것을 증명하고 싶었다. 두 사람의 관계를 누구보다 지지하고 있으며 오히려 두 사람이 사귀게 되는데 공헌한 조력자라는 걸 강조하고 싶었다. 그래서 염민지가 고민을 털어놨을 때도 일부러 조상목의 편을 들었다.

염민지는 조상목의 집착이 조금 심한 게 걱정이라고 했다. 하루를 마무리하는 전화 통화 내용이 거의 다 오늘 누구랑 어디서 무엇을 했는지에 관한 것이었는데 이게 그저 단순히 일상이 궁금해서 묻는 게 아니라 뭔가를 파악하고 조사하려는 것처럼 느껴진다고 했다. 예를 들어 실용음악학원이 끝나고 집에 간다고 하면 집에 도착했을 즈음에 확인 메시지가 왔고 그때 만약 대답이 늦어지면 뭐 하고 있었냐는 질문이 곧바로 이어졌다. 평소에는 한없이 다정하고 잘해 줘서 좋지

만 가끔 이럴 때마다 이유 없이 섭섭해하고 불안해해서 늘
잘못을 저지른 것처럼 눈치가 보인다는 것이었다.

"좋아하는 마음이 너무 커서 그런 거 아니야?"

최민혁은 숨을 잠시 들이마시고 말했다. 연애 초반에 흔
히 생길 수 있는 문제이고 그렇게까지 걱정할 일은 아닐 거
라고. 최민혁의 말에 염민지는 깊은 고민에 빠진 채 아무 대
답도 하지 않았다. 최민혁은 초조해졌고 이런저런 말을 더
보태기 시작했다. 조상목이 그렇게까지 관계에 있어서 안정
감을 느끼지 못한다면 네가 더욱 확신을 줄 수 있게 노력해
야 한다고. 하지만 그건 진심이 아니었다. 그냥 왠지 그렇게
말해야만 할 것 같았다. 그렇게 하는 게 자신에게 가장 피해
가 없을 것 같았다. 하지만 염민지는 고개를 끄덕이면서도
최민혁과 눈을 마주치지 않았고 그 이후로 두 번 다시는 조
상목과 관련된 이야기를 꺼내지 않았다.

17

밴드가 해체되고 한동안 서먹하기는 했어도 그래도 서로
아는 척도 하고 셋이 모여 떡볶이를 먹을 수 있는 시기가 아
주 잠시 있었다. 그때는 조상목도 최민혁에게 표면적으로는

적의를 드러내지 않았다. 염민지도 갑자기 밴드를 그만둔 것 때문에 섭섭해하기는 했지만 그런 감정을 겉으로 드러내지 않았다. 하지만 유튜브에서 최민혁과 염민지의 〈스토커〉 커버 영상이 화제가 되면서 세 사람의 관계는 완전히 틀어지기 시작했다. 실용음악학원에 과제로 제출한 스토커 커버 영상을 오래전에 강사가 학원 공식 계정에 올렸고 그게 시간이 한참 지난 후에 알고리즘의 선택을 받아 갑자기 유튜브에서 추천 영상으로 부상하기 시작했다. 같은 반 친구에게 이야기를 듣고 최민혁이 영상을 검색했을 때는 이미 조회수가 70만 회를 넘겼고 댓글도 2천 개 가까이 달려 있었다.

ㄴ 그 시절에만 느낄 수 있는 감성이네요.

ㄴ 서툰 기타 연주와 아직 다듬어지지 않은 노래지만, 그렇기에 더욱 완벽하다.

ㄴ 두 사람 너무 풋풋해서 좋네.

ㄴ 남자애가 여자애 긴장하지 않게 챙겨 주는 거 너무 달콤하다.

ㄴ 여자애 눈빛은 거의 고백인데? 남자애만 모르고 있는 거 아닌가?

〈스토커〉 커버 영상이 화제가 되면서 최민혁과 염민지는 전교에서 유명해졌고 두 사람을 둘러싼 헛소문이 또다시 유

행처럼 번졌다. 사실 최민혁이 아주 오랫동안 염민지를 짝사
랑하고 있었다거나 아니면 그 반대로 염민지가 최민혁을 좋
아했다는 식의 소문이었다. 그런 말을 들을 때마다 최민혁은
예전과 다르게 적극적으로 부정했고 화를 냈으며 잘못된 사
실을 정정했다. 하지만 막상 조상목 앞에서는 그럴 수 없었
다. 조상목은 잔뜩 일그러진 얼굴로 최민혁에게 물었다. 너
혹시 염민지 좋아하냐? 그것은 질문이 아니었기 때문에 대
답이 필요하지 않았다. 최민혁의 침묵은 긍정이 아니라 인정
이었다. 앞으로는 염민지와 친구로도 지내지 말라는 경고를
받아들이는 인정이었다.

18

　고등학교를 졸업하고 대학교에 진학하면서 최민혁은 서
울에서 자취를 시작했다. 이제는 일부러 피해 다니지 않아도
염민지나 조상목을 마주치는 일이 거의 없게 되었다. 염민지
와 조상목은 고등학교 내내 셀 수 없이 헤어졌다가 다시 사
귀었는데 졸업할 무렵에는 헤어진 상태였고 그 이후에는 소
식을 듣지 못해 어떻게 되었는지 최민혁은 알지 못했다.

　　　　　　　　　　　윤치규

팬데믹으로 인해 모든 사람이 마스크를 쓰게 된 어느 날 최민혁은 문득 염민지가 떠올랐다. 이제는 염민지가 마스크를 쓰고 다녀도 아무도 이상하게 보지 않을 것 같았다. 입대를 앞두고 본가로 내려온 최민혁은 용기를 내서 염민지에게 메시지를 보냈다. 그러는 김에 조상목에게도 메시지를 보냈다. 그동안 한 번씩 카카오톡 프로필이 업데이트되는 것으로 안부를 확인했는데 몇 년 만에 직접 어떻게 지내는지 물어본 것이었다. 염민지는 메시지를 읽고도 한참이나 대답하지 않았다. 잠들기 전에는 답장이 올 줄 알았는데 결국 오지 않았고 며칠이 지나도 오지 않았으며 군대를 전역한 이후에도 끝내 아무 연락도 오지 않았다.

조상목은 최민혁이 보낸 메시지를 읽자마자 의외로 곧바로 답장했다. 답장뿐만 아니라 입대 전에 한번 만나자고 약속까지 잡았다. 조상목은 대학교를 휴학하고 해외 유학을 준비 중이었다. 염민지와는 고등학교 때 헤어진 이후로 한 번도 만난 적이 없다면서 오히려 최민혁에게 염민지의 근황을 물었다. 요즘은 어떻게 지내는지. 다른 누군가를 만나고 있는지. 조상목은 최민혁이 염민지와 여전히 친하게 지내고 있을 거라고 확신했는데 최민혁으로서는 당황스럽기만 했다. 술기운이 오른 조상목은 목소리를 낮추고 최민혁에게 말했다.

"너 염민지 아버지 이야기 알아?"

최민혁은 조상목이 무슨 말을 꺼내려는 건지 어느 정도 눈치챘지만 모르는 척 고개를 저었다. 그러자 조상목이 씁쓸하게 웃으며 자신의 잔에 소주를 붓고 다시 들이켰다.

"나는 알아. 하지만 결국 너는 그 정도였던 거야."

조상목은 그렇게 말하고 최민혁의 얼굴을 빤히 들여다봤다.

"뭐가 친구냐? 남녀 사이에 친구가 어디 있어?"

최민혁은 화가 치밀었다. 이대로 탁자를 엎고 달려들어 주먹을 한 대 갈겨 주고 싶었다. 하지만 참았다. 조상목이 울고 있기 때문이었다. 조상목은 손바닥으로 얼굴을 감싸 쥐고 한참이나 눈물을 흘렸다. 최민혁은 머리가 지끈거렸다.

"내가 뭘 그렇게 잘못했냐?"

"누가 너보고 잘못했대?"

"아니. 그러면 그때 내가 뭘 어떻게 해야 했었는데?"

최민혁은 정말로 궁금했다. 그때 자신이 어떻게 행동해야 했던 것인지. 어떻게 해야 친구를 잃지 않을 수 있었던 것인지. 만약 아무리 노력해도 두 사람을 모두 잃을 수밖에 없다고 한다면 어떻게 해야 원망만큼은 듣지 않을 수 있는지. 그

윤치규

말을 듣고 조상목은 코웃음을 터뜨렸다. 고개를 절레절레 흔들면서 잔뜩 비꼬는 얼굴로 일그러진 미소를 지었다.

"너 정말 비겁한 녀석인 거 아냐?"

"내가 왜?"

"넌 염민지한테 친구도 뭣도 아니었어."

20

군대에 있는 동안 최민혁의 부모는 법적으로 이혼하는 것에 합의했다. 아버지와 어머니가 각자 따로 면회를 와서 이혼할 수밖에 없는 경위와 각자의 사정을 설명했는데 최민혁은 전혀 예상하지 못했던 일이라 당혹스럽기만 했다. 다정한 부부라고까지 할 수는 없겠지만 그래도 별다른 문제가 없다고 생각했다. 최민혁 앞에서 큰 소리를 내며 다툰 적도 없었고 이혼의 전조나 징조 같은 것을 내비친 적도 없었다. 잔소리는 가끔 하지만 어머니는 여전히 아버지를 살뜰히 챙겼고 아버지도 매일 밤늦게 집에 오지만 주말 중에 하루 정도는 가족과 시간을 보내려고 노력했다. 그런 두 사람이 앞으로 이혼을 하겠다는 것도 아니고 이미 이혼을 했다고 통보하는 것은 정말 상상도 하지 못한 일이었다.

먼저 면회를 온 것은 아버지였다. 아버지는 최민혁에게 이제 너도 다 컸으니까 이해해 줄 거라고 믿는다면서 말을 시작했다. 아버지의 말은 한참이나 이어졌는데 아무리 듣고 있어도 이혼하게 된 이유나 정황 같은 것은 없고 괴상한 장광설과 변명만 늘어놓았다. 어머니를 미워하는 것은 아니고 사람이 오랫동안 같이 살다 보면 서로를 밀어내는 척력이 생기는 데 사실 가족이라는 고리로 그동안 견디고 버텼지만, 이제는 그럴 수 없게 되었다는 식이었다. 반대로 어머니가 면회 왔을 때는 비교적 명확한 이야기가 오갔다. 아버지가 더는 사랑이 남아 있지 않다는 것을 인정했다고. 그렇기에 이제는 같이 살 수 없다고. 하지만 너무 걱정하지 말라면서 네 아버지를 미워하는 것은 아니고 그냥 같이 살 수 없는 것뿐이니까 네가 결혼하거나 부모의 역할이 필요할 때는 두 사람 모두 최선을 다할 것이라고 약속했다.

최민혁은 두 사람이 서로를 미워하지 않는다고 하면서 굳이 이혼하려는 게 이해가 되지 않았다. 내일모레가 환갑인데 무슨 부귀영화를 더 누리려고 그러느냐고 욕도 해 봤고 자식을 생각해서라도 조금만 참아 보라고 호소도 해 봤다. 그리고 그 나이에 무슨 사랑이 그렇게 중요하냐고 화도 내 봤다. 하지만 어머니는 단호하게 고개를 가로저었다. 네 아버지가

윤치규

인정했어. 그런데 어떻게 내가 같이 살겠니. 그 말을 듣는 순간 최민혁은 염민지네 부모님이 떠올랐다. 그리고 궁금했다. 두 사람은 이혼하지 않았고 아직도 아파트 단지 앞에서 식당을 운영하고 있었다. 그렇다면 그 두 사람이 이혼하지 않은 것은 염민지의 아버지가 바람을 피웠는데도 끝까지 인정하지 않았기 때문이었을까?

21

스물세 살이 되고 최민혁이 전역 후 학교에 복학했을 무렵 유튜브 추천 피드에 어떤 영상이 하나 올라왔다. 근황 월드컵이라는 채널이었는데 섬네일에 염민지의 사진과 함께 이런 문구가 적혀 있었다. 화제의 〈스토커〉 커버 영상 속 중학생, 그게 저예요.

22

살면서 최민혁은 염민지와 굉장히 친했던 시기가 있었고 겨우 아는 척만 하는 서먹한 시간도 있었다. 서로가 서로에게 언제나 베스트 프렌드는 아니었고 그냥 한동네 사는 애라

거나 부모님끼리 사이가 좋아 어쩔 수 없이 친해진 소꿉친구 정도의 관계이기도 했지만, 유년기를 돌이켜 봤을 때 절대로 빠뜨릴 수 없는 존재가 있다면 그것은 분명히 염민지였다. 언젠가 최민혁은 친구들에게 놀림을 받고 자신이 정말로 염민지를 이성적으로 좋아하는지 진지하게 고민한 적이 있었다. 고민을 털어놓자 어머니는 이렇게 대답했다. 염민지를 다른 아이에게도 소개해 주고 싶으면 친구고 너하고만 친구여야 하면 이성적으로 좋아하는 거라고. 최민혁은 아무리 생각해 봐도 답을 내릴 수 없었다. 어떤 순간에는 그랬던 것 같기도 하고 다시 생각해 보면 전혀 그렇지 않은 것 같기도 했다. 고민 끝에 최민혁은 염민지를 좋아하지 않는 것으로 결론 내렸다. 마음이 정확히 어떤지는 모르겠지만 적어도 친구로 지낸다면 염민지를 영원히 잃지 않을 수 있을 것 같았다.

23

근황 월드컵 속 염민지는 반주 없이 혼자 노래를 불렀다. 호흡을 멈추고 감정을 잡다가 웃음이 한 번 터졌고 사회자가 긴장하지 말라면서 격려하자 고개를 끄덕였다. 그리고 들릴 듯 말 듯 아주 작은 혼잣말로 숫자를 셌다. 하나, 둘, 셋.

윤치규

23이라는 숫자 앞에는 꼭 1이 빠진 것 같습니다. 둘과 셋에게는 역시 하나가 필요하다고 생각해요.

혼자보다는 둘, 둘보다는 셋이 낫다고 믿습니다. 숫자를 늘려 나가는 방식으로 삶을 살고 싶어요.

해가 바뀔 때마다 연도가 늘어나듯 말이죠. 올해는 셋이서도 사이좋게 지낼 요령을 터득할 수 있으면 좋겠습니다.

아직은 무제(無題)

이상욱

제목을 정하는 건 어려웠다. 특히 이런 이야기를 만들 때는 더욱 그렇다. 설령 제목을 정한다 해도 누가 이런 시나리오를 영화로 만들어 줄까, 미연의 시나리오를 본 사람들은 하나 같이 말했다. 90년대 유럽에서나 먹힐 감성이라고. 거장이 되어야 만들어 볼 엄두나 낼 거라고. 미연도 동의했다. 세상에서 제일 나쁜 시나리오는 돈이 되지 않는 시나리오다. 문제는 영화로 제작되어 상영관을 잡을 때까지, 누구도 그 시나리오가 돈이 될지 안 될지 모른다는 거다. 물론 세상에는 보지 않아도 알 수 있는 게 있다.

미연은 노트북을 덮었다. 불을 끄고 커튼을 쳤다. 좁은 원룸이 헐렁한 어둠에 잠겼다. 의자에 앉아 하얗게 비워진 벽을 바라봤다. 눈을 감고 심호흡했다. 그녀가 있는 곳은 금요일 밤 11시 멀티플렉스 상영관이다. 그 순간 사무용 의자가 사라지고 붉은색 의자가 열을 지어 나타났다. 스크린에서 보험 광고가 흘러나왔다. 20대 후반부터 40대 초반 관객들이 조용히 앉아 스크린을 응시했다. 팝콘이나 콜라를 마시는 사람은 없었다. 이런 영화는 팝콘을 먹으며 보는 게 아니다. 광고가 끝나고 조명이 꺼졌다. 캄캄하고 조용했다. 미연은 영화 시작과 함께 찾아오는 침묵과 어둠을 좋아했다. 오프닝이 시작되었다. 영화사 로고가 지나가고, 투자자 이름이 나열된다. 본격적인 서사에 앞서 감독의 이름이 자막으로 떠오른다. 감독의 이름을 미연은 아직 알지 못했다. 하지만 모르는 건 이름뿐 나머지는 전부 정해졌다. 감독은 50대 남자다. 수염을 길렀다. 명품 수트만 입는다. 유명 여배우와 결혼했지만 삼 년 만에 이혼했다. 난해하고 예술성 짙은 영화를 만들어 왔다. 다수의 해외 영화제에서 수상하며 유명세를 탔다. 평론가와 관객 평점 차이가 큰 감독 중 하나다. 그의 영화는 개봉 후 늘 구설수에 올랐다. 너무 선정적이다, 어렵다, 자신만의 세계에 갇혀 있다, 뭐 이런 식이다. 그래도 마니아층이 있어 개봉한 영화는 일정한 수의 상영관을 점유했다. 오프닝이 끝나고 본격적으로 영화가 시작되려는 순간 메시지 알림

이상욱

이 울렸다. 영화관과 관객이 연기처럼 사라졌다. 미연은 손으로 얼굴을 쓸어내렸다.

젠장.

예정에 없던 상영이라 휴대폰 끄는 걸 깜빡했다. 집중력이 깨진 상태라 다시 상영하는 건 무리였다. 휴대폰을 여니 지남에게 메시지가 와 있었다. 깜찍한 이모티콘과 함께 약속 장소가 적혀 있었다.

맞다, 오늘 이 자식이랑 헤어지기로 했지.

미연은 불을 켜고 냉장고에서 제로 콜라를 꺼내 한 번에 들이켰다. 목이 따가웠다. 뜨거운 물을 맞으며, 머릿속에 엉겨 붙어 있는 시나리오를 수챗구멍에 흘려보냈다. 머리를 말리고 화장을 했다. 청바지에 하얀색 티셔츠를 입고 백팩을 맸다. 운동화와 구두를 두고 고민하다 운동화를 선택했다. 배가 고팠지만 참았다.

미연은 버스를 타고 가며 또 다른 이야기를 시뮬레이션했다. 카페 문을 열고 들어가면, 지남이 창가에 앉아 아이스티를 먹고 있을 것이다. 지남은 미연을 보고 손을 흔든다. 미연은 맞은편에 앉는다. 사 년이나 사귄 두 사람이 영양가 없는 안부를 주고받는다. 지남이 뭐 마실 거냐고 묻는다. 바로 이 순간이 중요하다. 나 할 말 있어. 괄호 열고, 단호하고 진지한 목소리로, 괄호 닫고. 지남은 당황하며 갑자기 왜 그러냐고 묻는다. 기선을 제압한 미연이 말한다. 우리 헤어지자. 괄호 열고, 지남의 눈을 지그시 바라보며, 괄호 닫고. 지남이 이유를 묻는다. 더는 널 좋아하지 않아. 널 봐도 설레지 않아. 지금은 시나리오에 집중하고 싶어. 이중 아무거나 하나 골라서 던진다. 잘 있으라 말하고 카페에서 나온다.

머릿속에 있는 이야기를 구체화하고, 어떻게 보여 줄지 결정한다. 의도적으로 구현된 허구를 관객들에게 보여 주는 것. 그것이 영화다. 영화는 미연의 직업이다. 시나리오는 완벽하다. 캐릭터에 대한 연구도 끝났다. 이제 남은 건 상영뿐이다.

약속 장소인 카페에 들어왔을 때, 미연은 걸음을 멈췄다. 아이스티를 마시는 지남과 맞은 편에 앉아 있는 낯선 여자를 보며 시나리오가 어긋났음을 알아챘다. 이 갑작스러운 변수의 등장에 시나리오를 어디서부터 수정해야 할지 감이 오지 않았다. 카운터에서 청포도 에이드를 주문하고 지남이 있는 자리로 갔다. 지남이 미연을 향해 손을 흔들었다. 미연은 원형 테이블에 놓인 의자 하나를 차지했다. 지남과 미연, 이름 모를 여자가 원형 테이블을 두고 마주했다.

인사해, 이쪽은 우리 학교 신입생 유인해. 네 팬이라고 해

이상욱

서 데려왔어.

안녕하세요, 유인해라고 해요. 만나고 싶었어요.

미연은 인해를 물끄러미 쳐다봤다. 평범한 아이였다. 아직
고등학생 티를 벗지 못한, 화장마저 어설픈, 그래서 모든 걸
용서해 줘야 할 것 같은 평범한 아이. 미연은 반갑다고 말하
는 대신, 뭘 보고 나 같은 년 팬이 됐냐고 물었다. 지남이 말
좀 예쁘게 하라고 했다가 주먹으로 어깨를 맞았다.

고등학교 때 영화 동아리에서 단편 영화 상영회 했거든
요. 거기서 언니가 만든 〈침묵〉을 봤어요. 영화가 너무 좋아
서 열 번도 넘게 봤어요. 그러다 언니 이름도 외웠고요.

내 이름이 뭔데요?

정미연이요.

자신의 이름이 이런 울림을 주는지, 미연은 처음 알았다.
피식 웃음이 나왔다.

말도 하지 마. 얘가 〈침묵〉 촬영하면서 스태프랑 배우를 얼
마나 괴롭혔는데. 심지어 군대에서도 그때 악몽을 꿨다니까.

〈침묵〉은 정적인 영화야. 그런 영화는 사소한 디테일과 연
기력이 완성도를 결정해. 솔직히 동기끼리 모여 있어서 현장
분위기가 엉망진창이었잖아. 누군가는 해야 할 일이었어.

알아, 그러니까 나중에는 다들 아무 말 안 했잖아. 대학영

화제에서 은상 받은 것도 네 덕이라고 생각하고 있어.

그 한마디에, 미연은 오늘 여기 온 목적을 지워 버리기로
했다. 이별은 꼭 오늘이 아니어도 된다. 내일도 있고, 모레도
있다. 청포도 에이드가 달고 시원했다. 그럼 됐지.

대화는 대학 생활 중심으로 흘러갔다. 인해는 수업과 교
수 성향 같은 걸 물었고, 지남은 조별 과제에서 벌어졌던 일
을 떠들며 격분했다. 스피커에서 바흐의 피아노 연주곡이 흘
러나왔다. 태블릿을 뚫어지게 바라보는 젊은 남자와 사무직
직원으로 보이는 두 여자가 카페 손님의 전부였다. 거리가
정지된 화면처럼 단조로웠다.

지남과 처음 만난 건 1학년 1학기 연기 수업에서였다. 배
우 지망생이었던 지남은 선이 진한 미남이었다. 큰 키에 목
소리도 좋았지만 슬프게도 연기를 못했다. 죽음을 연기하랬
더니, 가슴을 움켜쥐고 '하필…… 가슴에…… 총을…… 맞
다니'라고 중얼거리며 바닥에 쓰러졌다. 늙은 교수가 머리
를 긁으며, 누워 있는 지남에게 가장 좋아하는 음식이 뭐냐
고 물었다. 김치찌개요. 지금 결정하자. 김치찌개 전문점을
열지, 연출이나 시나리오로 지망을 바꿀지. 학생들이 일제히
웃었다. 지남의 눈시울이 젖어 들었다. 그 모습에 4학년 여
선배가 한숨을 내쉬며, 우는 것도 존나 잘생겼어, 라고 속삭

이상욱

였다. 모두가 지남의 미모에 눈이 돌아가 있을 때, 미연은 지남을 주인공으로 한 시나리오를 떠올렸다. 수업이 끝나고 미연은 달려가 지남의 앞을 가로막았다. 너, 나랑 영화 한 편 찍자. 제안이 아닌 통보였다. 무…… 무슨 영화? 당황한 지남이 대꾸했다. 그렇게 만든 단편 영화가 바로 〈침묵〉이었다. 지남은 이 영화에서 지구로 불시착해 감금당한 외계인 역할을 맡았다. 대사 하나 없이 좁은 공간에 갇혀 있기만 한 지남의 연기는, 그럼에도 대호평이었다. 덕분에 그해 과 구호는 '얼굴이 연기력이다'로 정해졌다.

술이나 마시러 가자.

아직 네 시밖에 안 됐어.

그럼 넌 집에 가, 인해랑 둘이 마실 테니까. 가자, 언니가 조개구이 맛있게 하는 집 알아.

지남은 군말 없이 자리에서 일어났다. 세 사람은 열대어처럼 파란 하늘을 헤집으며 거리를 걸었다. 9월이 되면서 끓어오르던 열기도 한풀 꺾였다. 나뭇잎은 여전히 푸르지만, 계절은 확실히 변해 가고 있었다. 미연은 계절의 경계가 낯설게 느껴졌다. 작년에도 계절이 이렇게 변했던가. 기억해 보려 했는데 잘되지 않았다. 졸업 작품 찍는다고 매일 청바지에 후드티 차림으로 밖을 쏘다녔다. 촬영이 끝난 뒤에는 편집으로 매일 밤을 학교에서 지새웠다. 빛나는 무언가가 자신을 기다리고 있다는 감각에 취해, 미연은 몸과 마음을 지우개처럼 소모했다.

가려던 조개구이집이 문을 닫아 조금 더 걸었다. 셋은 지하에 있는 맥주 전문점에 들어갔다. 가게는 텅 비어 있었다. 미연의 맞은편에 지남과 인해가 나란히 앉았다. 모듬 튀김에 계란말이를 주문하고 냉장고에서 소주를 꺼내왔다.

술 마실 줄 알아요?

인해가 조금이라고 대답했다.

그럼 조금만 마셔요. 혹시 말을 편하게 해도 될까요?

인해가 허락했고, 미연이 직접 잔을 채워 주었다. 안주가 나오기도 전에 한 잔씩 마셨다. 인해가 얼굴을 잔뜩 찌푸렸다. 그 모습에 미연이 웃으며, 억지로 안 먹일 테니까 취하지 말라고 했다. 지남은 소주를 물처럼 입에 흘려 넣었다.

공모전 준비는 어떻게 돼 가? 지남이 물었다.

절반 정도 썼어.

마감이 삼 개월 뒤였나? 일정 맞출 수 있겠어?

몰라. 밤잠 줄여 가며 해 봐야지. 초고를 완성해도, 구멍 난 부분 메우고, 디테일 손보려면 일 년도 부족해. 원래 끝이 없는 작업이잖아.

이상욱

취업은?

추천받은 데가 몇 군데 있기는 한데, 공모전 끝나고 생각해 보려고. 지금은 거기까지 에너지가 닿지 않네.

미연 혼자 두 잔을 더 마셨다. 지하에 있는 가게를 선택한 건 잘한 일 같았다. 해를 보지 않으면 시간을 잊을 수 있어서 좋았다. 졸업한 후부터 시간이 빠르게 흘렀다. 소주 한 병이 비워졌을 때, 튀김과 계란말이가 동시에 나왔다. 미연이 새 소주병을 뜯었다.

언니, 지금 쓰는 시나리오는 무슨 이야기에요?

인해가 몸을 바짝 들이밀며 물었다.

안드로이드 이야기야. 정확히 말하면 섹스용 안드로이드.

넌 왜 맨날 그런 이야기만 쓰냐. 좀비 노동자 시나리오로 교수 평가 때 그렇게 깨져 놓고.

지남이 한숨을 쉬며 감자튀김을 마요네즈에 찍어 오물거렸다. 미연은 지남을 노려보며, 그럼 무슨 시나리오를 써야 하냐고 물었다.

관객이 볼 만한 걸 만들어야지. 보편적 감정을 자극할 수 있는 거. 사람이 어떻게 하고 싶은 것만 하고 사냐. 졸업도 했는데 이제 세상을 좀 현실적으로 봐야 하지 않아?

너는 그렇게 현실적이어서 로맨스만 보냐? 삼각관계, 오해, 어긋나는 동선. 그런 클리셰 지긋지긋하지 않아?

대신 팔리잖아. 고민 없이 편안하게 볼 수 있는 영화. 주인공만 예쁘고 잘생기면 스토리 같은 거 알 게 뭐야. 어차피 시간 지나면 다 사라지는데, 입봉하고, 개봉관에 걸리고, 무엇보다 돈이 돼야지.

안주로 집은 오징어튀김 냄새가 역했다. 미연은 올라오는 구토감을 소주로 눌렀다.

*

늙은 개는 선천적으로 오른쪽 다리를 절었다. 왼쪽 눈부터 턱까지 화상에 의한 흉터가 있었는데, 늙은 개 자신도 원인을 알지 못했다. 그의 어머니는 어린 아들을 보육원에 보냈다. 그날 이후 늙은 개는 주기적으로, 한 손에 사탕을 쥐고 같은 장소에서 같은 방향을 바라보는 꿈을 꿨다. 잠에서 깨면 침대 시트가 소변으로 축축했다. 또래 아이들은 늙은 개를 따돌리고 괴롭혔다. 늙은 개는 아무도 없는 곳을 찾아 홀로 책을 읽었다.

늙은 개는 이해력과 집중력이 뛰어났다. 어릴 때부터 책 읽는 습관이 들어 학업에 뛰어난 성취를 보였다. 덕분에 열

이상욱

세 살이 되었을 때 자비로운 후원자 눈에 들어 입시 학교에 진학할 수 있었다. 늙은 개는 상위권 성적을 유지하기 위해 자신을 더 깊은 동굴 속에 밀어 넣었다. 불편한 다리를 핑계로 체육이나 동아리 활동은 전혀 하지 않았다. 늙은 개의 성적은 누구도 따라올 수 없을 만큼 압도적이었다. 동창들에 의해 '늙은 개'라는 별명이 붙은 것도 이 시기였다. 늙은 개의 십 대는 굴욕과 영광, 패배와 승리, 열등감과 도취감이라는 모순으로 채워졌다. 비틀린 욕망을 품고 어른이 된 늙은 개는, 스물일곱에 박사를 딴 뒤 섹스용 안드로이드를 만드는 기업에 수석 연구원으로 들어갔다.

늙은 개는 자신의 모든 에너지를 안드로이드 제작에 쏟아부었다. 그가 궁극적으로 만들고 싶었던 건 '자신만을 사랑해 줄 그 무엇'이었다. 그게 어떤 것인지는 늙은 개조차 알지 못했다. 막연한 이미지를 쫓아 몰두했고, 그 결과 하드웨어와 소프트웨어 전반에 가시적인 성과를 냈다. 성과가 반영된 신제품은, 출시될 때마다 호평과 함께 판매율을 갱신했다. 부와 명예가 그림자처럼 따라붙었다.

샤워할 때마다, 늙은 개는 다리를 절룩이며 거울 앞에 섰다. 기형인 다리와 비루한 얼굴을 말없이 쳐다봤다. 가끔 자신을 견디기 힘든 날이 찾아오면, 어항에서 꺼낸 금붕어를

쟁반에 올려놓고 말려 죽였다. 그렇게 죽은 물고기는 변기에
버려졌다.

　서른여덟 번째 생일날, 늙은 개는 안드로이드 생산기지를
찾았다. 안드로이드의 자궁이라 불리는 배양관 속에 여성형
안드로이드가 누워 있었다. 가공된 기억이 인공신경망에 주
입되고 있었다. 추억, 취향, 감정, 판단, 삶의 지향점을 포함
한 모든 것이 늙은 개를 향한 맹목적인 사랑에 초점이 맞춰
졌다. 늙은 개는 확신했다. 이 안드로이드는 나를 사랑할 것
이다. 인간은 몰라도, 프로그래밍 된 인공지능은 거짓말을
하지 않으니까. 이식된 기억이 안정될 때까지 보름이라는 시
간이 필요했다. 늙은 개는 입사 후 처음으로 장기 휴가를 신
청했다. 그는 휴가 내내 집에 머물면서 수조에서 꺼낸 금붕
어를 접시 위에 두고 말려 죽였다. 일주일 만에 수조가 텅 비
었다. 초록색 이끼가 유리를 뒤덮었다. 변기 위에 둥둥 떠 있
는 마지막 금붕어의 눈동자를, 늙은 개는 바라봤다. 이어서
거울 속 자신과 마주했다. 거울 속 얼굴이 기묘하게 일그러
졌다. 늙은 개는 쪼그려 앉아 두 손으로 얼굴을 감쌌다.

　늙은 개는 차를 몰고 연구실로 향했다. 머리카락을 뽑아
자신의 유전정보를 추출한 뒤, 안드로이드에게 자신의 유전
정보와 주기적으로 접촉해야 한다는 코드를 입력했다. 안드

　　　　　　　이상욱

로이드에게 남자의 유전정보는 중독성 강한 마약과도 같은 효과를 낼 것이다. 주기적으로 남자와 포옹하고 키스하고 섹스해야 한다. 그래야 행복할 수 있다. 아니, 살아갈 수 있다.

*

확실히 언니가 만들 만한 영화네요. 그래서 어떻게 되는데요?

인해가 눈을 반짝이며 물었다. 미연은 다음 이야기를 어떻게 들려줄지 고민했다. 산통을 깬 건 지남이었다.

정말 괜찮을까?

무슨 의미야?

흥미로운 서사는 맞는데, 결국 늙고 외로운 남자가 성욕 해소를 위해 안드로이드를 착취하는 이야기잖아. 불편해하는 관객들이 많을 거야. 이런 시대에, 그런 이야기를 굳이 영화로 만들어 줄 제작사가 있을까.

이런 시대, 라는 표현이 바늘이 되어 가슴을 쿡 찔렀다.

나도 바보는 아니야. 언젠가 타협할 날이 올 수도 있겠지. 하지만 오늘은 아니야. 나는 내 가능성을 시작해 보기도 전에 폐기하고 싶지 않아.

만일 폐기한다면 언제가 될 것 같아?

충분히 좌절하면.

네가 좌절하다니, 상상이 되지 않아.

더는 건배 없이 각자 술을 마셨다. 인해는, 미연과 지남 사이에서 눈치를 살폈다. 침묵이 물방울처럼 뚝뚝 떨어졌다. 바닥에 닿지 못한 물방울이 깊고 어두운 곳으로 사라졌다. 미연은 나른한 눈으로 인해에게 물었다. 무슨 생각으로 우리 과에 왔냐고. 영화와 더 가까워지고 싶었다고, 인해는 대답했다. 영화와 가까워지고 싶다니, 그게 뭐야. 미연이 웃었다. 뭐가 그렇게 웃기냐고 지남이 물었다. 나는 평생 영화를 짝사랑했거든. 대학 사 년 동안은 아예 미쳐 있었고. 그런데 말이야, 막상 졸업까지 하고 나니까 영화와 더 멀어진 기분이야. 아니, 실제로 멀어졌지. 넌 어때? 영화와 더 가까워진 것 같아? 지남이 고개를 흔들며 잘 모르겠다고 대답했다. 인해야, 들었지? 적당히 해. 안 그러면 친해지기도 전에 상처만 받는다. 영화는 매력적인 바람둥이거든. 가만히 있어도 달려드는 애들이 많아서 거만하기까지 하지. 인해가 잘 알겠다며 처음으로 혼자 소주잔을 비웠다. 〈Over the Rainbow〉가 흘러나왔다. 주디 갈랜드의 오리지널 버전이다. 꿈결 같은 가사가 텅 빈 가게를 조용히 잠식했다. 〈오즈의 마법사〉

이상욱

는 흑백의 시대를 끝냈다. 그 음악은 여전히 사랑받고 있으며, 주디 갈랜드의 전기 영화까지 만들어졌다. 인간은, 기억을 기억하기 위해 기억을 창조했다. 나 역시 기억하고 싶은 게 있는 걸까? 미연은 턱을 괴고 〈Over the Rainbow〉를 나지막이 따라 불렀다.

여섯 시가 넘어가면서 손님이 하나둘 늘어났다. 주변이 소란해지면서 음악이 가볍고 경쾌한 것들로 바뀌었다. 시끄러우니 그만 나가자며, 미연이 자리에서 일어났다. 화장실에 간 두 사람을 두고 미연은 혼자 밖으로 나왔다. 하늘은 여전히 밝았다. 미연은 지나가는 사람들이 좀비로 돌변하는 상상을 했다. 술을 마셔서 도망치기도 힘드니 그냥 포기다. 난폭한 좀비들이 한 조각도 남기지 않고 미연을 먹어 치운다. 그리고 난 뒤 아무렇지 않은 듯 보통 사람으로 돌아가 가던 길을 계속 걷는다. 가게에서 나온 지남과 인해가 미연을 찾지만 그건 불가능하다. 나도 누군가의 미결 사건으로 남게 되려나?*

지남 오빠는요? 먼저 올라온 인해가 물었다.

오래 걸릴 거야. 과민성이라 빈속에 술 마시면 한 번씩 저

---

* 헤어질 결심(박찬욱, 2022년)

래. 내 시나리오에 시비 걸어서 벌받는 거야.

아니에요, 지남 오빠가 언니 칭찬을 얼마나 하는데요. 입만 열면 언니 이야기밖에 안 해요.

욕하는 거 아니고?

미연이는 천재다, 나는 바보고. 이게 오빠 입버릇이에요.

작은 운석에 머리를 맞은 듯했다. 사 년을 사귀는 동안, 지남은 한 번도 미연에게 그런 말을 해 준 적이 없었다.

웃기는 입버릇이네. 다른 건 몰라도 지남이 바보라는 건 인정.

지남은 군대 문제로 이 년 가까이 휴학했다. 지남이 복학했을 때 미연은 졸업반이었다. 함께 시간을 보낸 건 이 년 정도였고, 그나마도 미연은 시나리오를 쓰거나, 영화 만든다고 아르바이트를 전전했다. 지남에게 수많은 유혹이 있었다는 걸 미연도 모르지 않았다. 외모만으로는 학교 전체를 통틀어 세 손가락 안에 들었으니까. 지난 사 년은 지남이 기다리고 지켜 준 시간이었다.

그래도 어쩔 수 없어. 미연이 중얼거렸다.

뭐가요?

아무것도 아니야. 저기 똥쟁이 나온다. 야, 똥 잘 쌌냐.

얼굴을 빨갛게 물들인 지남이 고개를 숙이고 손가락 욕을

이상욱

날렸다.

*

늙은 개는 안드로이드 이름을 '사해死海'라 지었다. 사해가
집에 오던 날, 늙은 개는 거실 한복판에 동상처럼 서 있었다.
사해를 바라보던 늙은 개는, 한참을 망설이다, 그 뺨과 머리
칼을 천천히 쓰다듬으며 물었다. 정말로 나를 사랑하느냐고.
세상 누구도 저보다 더 당신을 사랑할 수 없을 거예요. 그 말
에 늙은 개가 사해를 조심스럽게 안았다. 어둠 속에서 작은
불씨가 피어났다. 그날 이후 늙은 개와 사해는 같은 시간과
공간을 공유했다. 숨결과 체온을 나눴다. 악몽이 멈췄다. 늙
은 개는 일찍 퇴근하고 자주 휴가를 냈다. 그가 보여 줬던 혁
신이 끝났다는 뒷말이 오갔지만 개의치 않았다. 그 무렵 늙
은 개는 진지하게 은퇴를 고민했다.

신제품 발표가 임박했다. 기존 안드로이드가 고유한 네임
을 달고 대량생산 되었다면, 신제품은 고객 취향에 맞게 커
스터마이징이 가능했다. 사해 개발과정에서 얻어진 수확으
로, 안드로이드가 개별성을 획득한다는 의미에서 시장 판도
가 뒤집힐 사건이었다. 수석 팀장이었던 늙은 개는 나흘 동

아직은 무제(無題)   **249**

안 집을 비웠다. 집에 돌아온 늙은 개가 바닥에 쓰러져 있는
사해를 발견했다. 달려가 사해를 흔들었다. 눈을 뜬 사해가
늙은 개에게 달려들었다. 입을 맞추며 몸을 강하게 밀착했
다. 관계가 끝나고, 사해는 자신을 혼자 두지 말라며 눈물을
흘렸다. 늙은 개는 사해에게 자신의 유전정보를 새겼던 밤을
기억했다.

그날 새벽, 늙은 개는 잠든 사해를 뒤로 하고 욕실로 들어
갔다. 거울에 비친 자신을 오래 바라봤다. 치아를 드러내며
웃음을 흉내 냈다. 얼굴이 한층 더 일그러졌다.

그날 이후 늙은 개는 자주 집을 비웠다. 짧게는 하루, 길게
는 일주일까지. 그날도 늙은 개는 회사 근처 호텔에 짐을 풀
었다. 실내등을 모두 끄고 소파에 앉았다. 창밖에 펼쳐진 야
경이 고요했다. 집에서 나온 지 스무날이 지났다. 팽팽해진
끈을 계속 당겨 보는 아이처럼, 외박 일수를 조금씩 늘려 온
결과였다. 유리잔에 아이스 볼을 넣고 위스키를 따랐다. 잔
을 흔들자 투명한 소리가 났다. 위스키를 마시며 낡은 상자
에 담긴 기억을 끄집어냈다. 기약 없는 기다림과 쉬지 않고
불어오는 바람에 대한 기억이었다.

이상욱

*

날이 저물면서 공기가 차가워졌다. 하늘이 어두워지는 만
큼 도시는 밝아졌다. 아직 완전히 내리지 않은 어둠 아래, 들
뜬 마음이 대학가 주변으로 안개처럼 퍼져갔다. 미연의 시선
이 하늘을 향했다. 어둠과 빛이 만든 그러데이션이 길게 이
어졌다.

뒤에 있는 저 어둠이 지구 그림자래. 지금 우리는 지구의
그림자로 들어가고 있는 거지. 지남이 가로등 아래 서서 그
림자가 진 자기 옆구리를 가리키며, 내가 지구라면 우리는
여기쯤 있는 거라고 말했다. 그 말에 미연은 멈춰 버린 지구
를 상상했다. 캄캄한 그림자에 갇혀 버린 인간들이 추위를
견디지 못하고 빛을 향해 떠난다. 반대편에는 빛의 열기를
피해 그림자로 향하는 인간들이 있다. 빛과 그림자의 경계에
서 그들은 만난다. 그리고 깨닫는다. 인간은 이제 빛과 어둠
의 경계에서만 살아갈 수 있음을. 경계를 차지하기 위해, 그
들은 서로에게 빛과 그림자라는 낙인을 찍고 전쟁을 벌인다.
영화로 만들면 재밌겠다 싶어 두 사람에 들려줬다.

로맨스가 있어야겠네. 지남이 말했다. 빛과 그림자 쪽 남
녀의 사랑, 비극, 인류의 어리석음. 재밌겠다. 〈설국열차〉 생

각나는데.

언니는 어떻게 그런 생각을 해요? 인해가 미연을 보며 말했다. 두 사람을 보고 있으면 영화에게 사랑받는 사람은 따로 있는 것 같아요.

너는 고작 1학년이면서 할머니처럼 말을 하냐. 영화에게 사랑받는 게 어떤 건데?

언니 같은 발상과 열정을 가진 사람이 아무도 본 적 없는 영화를 만드는 거죠. 오빠는 그런 영화의 배우가 되는 거고. 여기 입학한다고 했을 때 아빠가 많이 반대했거든요. 고집 부려서 입학했는데, 내가 아무것도 아니면 어쩌나 싶어 무서워요.

우리 아빠는 호적에서 파 버린다고 했었어. 지남이는 엄마한테 따귀 맞았고.

따귀를요?

지방 의대에 합격했었거든. 쟤가 못하는 건 연기뿐이야.

의대 가면 해부 같은 것도 하잖아. 아마 수업 중에 기절했을 거야. 그래도 가끔 생각해. 거기 갔으면 이렇게 무섭지 않았겠지, 라고.

오빠도 무서워요?

이 길을 걷는 모두가 그렇지 않을까. 미연이는 모르겠다.

얘는 겁이 없어서. 어때? 너도 무서워?

지남이 미연 앞에 쪼그려 앉았다. 벤치에 앉은 미연이 지남을 내려다봤다. 지남은 웃었고, 미연은 무표정했다.

안 되면 말지, 무서울 건 또 뭐야.

들었지? 미연이가 이렇다니까. 하긴 너는 365일 쉬지 않고 영화 주변을 맴도니까. 태양을 공전하는 지구처럼 말이야. 나는 그런 네 주변을 맴돌고. 그러니까 나는 달이라고 할 수 있지.

취했구나.

미연이 지남 이마에 딱밤을 때렸다. 딱밤을 맞은 지남이 눈을 감고 싱긋 웃었다.

달은 작고, 중력도 약해. 대기가 없어서 누군가 발자국을 남기면 영원히 지워지지 않아. 너는 방금 달에 지워지지 않는 발자국을 남긴 거야.

인해야, 너도 때려 볼래. 달에 발자국을 남길 기회다.

그건 불가능. 발자국을 남기려면 먼저 달에 닿아야 하는데, 아무나 닿을 수 있는 게 아니거든. 달이 저렇게 빤히 보여도 얼마나 먼데.

그 말에 셋이 동시에 달을 쳐다봤다. 반쯤 기운 달이 하늘에 뚫린 구멍처럼 보였다. 태양을 도는 지구, 지구를 도는 달,

너무 멀어서 닿을 수 없는 세계. 인해는 가닿지 않는 너머를 상상해 봤다. 하지만 희뿌연 막이 가로막아 더듬는 것조차 어려웠다. 지남의 말이 옳았다. 눈에 보인다고 해서 모두가 닿을 수 있는 건 아니다. 인해는 미연의 얼굴을 뚫어지게 쳐다봤다. 시선을 느낀 미연이 얼굴에 뭐 묻었냐며 멋쩍게 웃었다.

언니, 친구 추가 해도 돼요?

상관은 없는데, 나랑 톡 해 봐야 별로 재미없어.

그냥 영화 관련해서 조언 좀 받게요.

그런 거면 뭐.

두 사람은 번호를 교환하고 서로를 메신저 친구로 추가했다. 인해가 고맙다고 인사했다.

그래서 어떻게 되나요?

뭐가?

사해와 남자요. 남자가 사해의 사랑을 확인하려고 일부러 애태운 거 맞죠?

비슷하지만 조금 다르다고, 굳이 말하지 않았다. 해석은 감독의 몫이 아니다. 자기도 궁금하다며, 지남이 미연 옆에 앉았다. 양옆에 관객을 두고 미연은 벤치 앞에 작은 스크린을 띄웠다. 두 사람에게는 보이지 않는 스크린이다. 스크린

이상욱

속에 있는, 불 꺼진 집이 조용했다. 사해가 침대에서 막 일어났다. 미연이 스크린 속 장면을 두 사람에게 전했다.

*

침대 옆은 여전히 비어 있었다. 사해는 아무도 없는 옆자리를 쓸어 낸 뒤, 묻어나는 게 있기라도 한 듯 손가락 끝을 빤히 바라봤다. 음식을 차렸다. 계란말이에 닭고기 훈제. 늙은 개가 좋아하는 요리였다. 한 시간 가까이 식탁에 앉아 있다가 음식을 전부 쓰레기통에 버렸다. 더웠다. 숨이 막힐 정도로. 베란다 창을 열자 바람이 거세게 불었다. 하지만 더위가 가시질 않았다. 욕조에 찬물을 채워 몸을 담갔다.

혼자 지낸 지 일주일이 되었다. 사해는 다리를 껴안고 앉아 현관을 응시했다. 남자는 사해의 외출을 금했다. 사해는 같은 자세로 이틀 밤을 지새우다 기절하듯 잠들었고, 네 시간 뒤에 깨어났다. 보름째 되던 날, 사해는 칼로 자신의 허벅지를 찔렀다. 통증은 있지만 피는 흐르지 않았다. 남자가 문을 열고 들어오는 환각을 몇 번씩 마주했다. 칼날을 조금 더 깊이 넣었다. 깊이에 비례해 통증도 커졌다. 하지만 환각은 멈추지 않았다. 증오와 사랑, 분노와 기쁨, 환희와 절망이 쉬지 않고 교차했다. 사해는 환시를 향해 칼을 휘둘렀다.

늙은 개가 집에 돌아왔을 때, 사해는 어둠 속에서 칼을 들고 서 있었다. 늙은 개는 들고 있던 꽃다발과 케이크를 놓쳤다. 사해가 고개를 돌렸다. 울고 있었다.

왜 나를 혼자 두나요?

언제까지 당신을 기다리며 이 고통을 견뎌야 하나요?

당신이 미워요, 사랑해요. 하지만 당신이 없다면 그게 다 무슨 의미가 있나요?

늙은 개는 보육원에 맡겨졌던 날을 떠올렸다. 한 손은 엄마의 손을, 다른 한 손은 사탕을 쥐고 있었다. 엄마는 보육원을 가리키며 저기에서 자신을 기다리라고 말했다. 남자는 보육원으로 가는 동안 계속 뒤를 돌아봤다. 그때마다 엄마는 여전히 그곳에 있었다. 마침내 보육원에 닿았을 때 엄마는 모습을 감췄다. 늙은 개는 그날의 모든 걸 기억했다. 눈 내리던, 포근하고 어둑한 밤, 보육원에서 나온 주름 가득한 수위, 쓰레기통도 아닌데 애새끼를 그냥 버려 두고 가면 어쩌냐고 말하던 원장. 다만 기억나지 않는 건 엄마의 얼굴이었다. 아무리 기억해 보려 해도, 뿌옇게 흐려진 얼굴만 떠올랐다. 자신을 평생 괴롭힌 꿈에서조차 그랬다. 철이 들고 나서야, 이것이 노력으로 되는 일이 아님을 알았다. 하지만 지금, 이 어

이상욱

둠 속에서, 늙은 개는 처음으로 엄마의 얼굴을 생생히 떠올릴 수 있었다. 칼끝이 가슴에 닿는 순간, 늙은 개는 사해를 향해 두 팔을 벌렸다.

이곳에서, 내가, 얼마나 오랫동안, 당신을…….

칼이 가슴 깊이 박혔다. 늙은 개가 처음으로 일그러지지 않은 미소를 지었다.

*

스크린이 사라졌다. 다음은 어떻게 되냐고 인해가 물었다.

늙은 개를 죽인 사해가 경찰에게 쫓기게 될 거야. 그런데 아직 쓰지 않아서 구체적으로 말해 주기 어려워.

아쉽다고 말하는 인해에게, 완성되면 꼭 보여 주겠다고 약속했다.

언니는 감독이 되려는 거죠?

그렇지. 언젠가 내 영화가 상영관에 걸리면, 그 앞에서 아이스크림 먹으면서 관객들이 들어가는 걸 구경할 거야.

나는 네가 아이스크림을 먹으면서 관객들 구경하는 걸 구경해야겠다.

지남이 미연의 손등을 매만지며 말했다. 미연이 그 손을 잡아 깍지를 꼈다.

인해야, 미안한데 오늘은 그만 들어가 줄래. 내가 지남이랑 할 말이 좀 있거든.

그렇지 않아도 그만 들어갈까 했어요. 미안해요, 데이트에 끼어들어서. 제가 너무 눈치 없었죠.

그런 거 아니야, 오늘 만나서 나도 즐거웠어.

지남과 미연은 인해를 지하철역까지 배웅했다. 지하철 입구에서 인해가 다가와 속삭이듯 입을 열었다.

정말 어쩔 수 없는 거 맞죠?

미연의 눈이 부엉이처럼 커졌다. 인해가 손을 흔들며 계단을 내려갔다. 남겨진 두 사람 사이에 어색한 공기가 맴돌았다.

이제 겨우 둘이 됐네. 미연이 말했다.

그러게, 간만에 보는 건데.

한 잔 더 할래? 아니면 모텔?

지남이 웃으며 미연을 마주했다.

그러지 말고 조금 걷자. 피곤하지 않으면.

피곤하지 않아.

둘은 걸었다. 나란히 하지만 조금 거리를 두고. 학교생활은 어떠냐는 질문에, 지남은 그냥 그렇다고 했다. 수업을 들

이상욱

어도, 과제를 제출해도, 학년이 높아져도, 성취감보다는 깊은 구멍 속으로 기어가는 기분이라고. 그 기분 이해한다고 미연은 말했다. 시시한 대화를 이어 나가며 두 사람은 걷고 또 걸었다. 목적지를 정하지 않은 탓에 언제, 어디서 멈춰야 할지 아무도 몰랐다. 점점 인적이 드물어졌다. 차가 지나갈 때마다 가로수가 흔들렸다. 미연은 다음 장면을 떠올리지 못했다. 현실은 언제나 영화보다 어려웠다.

우리 사귀기로 한 날 생각난다. 네가 촬영 내내 소리 질러서, 결국 다연이가 울었지. 정식이는 달랜다고 안절부절못하고. 그 와중에 카메라 배터리 떨어지고.

엉망이 된 촬영장을 벗어나, 지남이 티라미수 조각 케이크를 사왔다. 미연은 소품실에 처박혀 울고 있었다. 지남이 휴대폰 라이트를 비추며 케이크 조각을 내밀었다. 먹으면 기분이 좀 나아질 거라면서. 꺼지라고 면박을 줬지만, 지남은 이거 한 입만 먹으면 바로 나가 주겠다고 버텼다. 그래서 한 입 먹었다. 입 안 가득 달콤함이 녹아들었다. 미연은 소매로 눈물을 훔치고 케이크를 전부 먹어 치웠다. 천천히 나오라는 지남을 미연이 붙잡았다. 잠깐만 나 좀 안아 줄래. 망설이던 지남이 무릎을 꿇고 미연을 안았다. 품에서 미연이 오열했다.

미연이 걸음을 멈췄다. 지남도 멈췄다. 둘은 다시 마주했다. 두 사람의 눈동자가 서로의 깊은 곳까지 응시했다. 미연이 손끝으로 지남의 가슴을 찔렀다. 지남이 가슴에 닿은 미연의 손을 감쌌다. 손이 차가웠다. 손이 따듯했다.

정말 나랑 헤어질 거야?

지남의 목소리가 납처럼 무거웠다.

알고 있었어?

나 연기 빼고 다 잘하잖아.

맞아…… 넌 다 잘하지.

내가 제일 좋아하는 영화가 뭔지 알아?

〈첨밀밀〉이잖아.

〈이터널 선샤인〉으로 바뀌었어.

이터널 선샤인……. 미연은 잠시 말을 잇지 못했다. 시간이 지나면 더 좋아하는 영화가 생길 거야. 원래 영화라는 게 그렇잖아.

자동차 라이트가 두 사람을 지나쳤다. 찰나의 빛이 서로의 윤곽을 선명하게 비췄다. 지남이 고개를 돌리며 소매로 눈물을 훔쳤다. 침묵이 길게 흘렀다. 감정을 추스른 지남이 잘 지내라는 말을 전했다. 미연이 지남을 껴안으며, 너도, 라고 말했다. 시간 속에 녹아 있던 복선이 회수되어 먼지처럼

이상욱

사라졌다.

지남의 뒷모습이 멀어졌다. 미연은 지남이 사라진 길에서 눈을 떼지 못했다. 사귀고 나서 얼마 지나지 않아 지남이 물었다. 그날 무슨 일이 있었던 거냐고. 칼을 든 엄마, 비명을 지르는 엄마, 영원히 가질 수 없는 것을 기다리는 엄마, 그 엄마를 설명할 길이 없어 미연은 입을 다물었다. 지남도 더는 캐묻지 않았다. 그 침묵이 너무 따뜻해서, 평생 이 곁에 머물 수 있다면 얼마나 좋을까, 라고 생각한 적도 있었다.

미연은 숨을 깊게 뱉고 손으로 뺨을 두드렸다. 집에 가서 시나리오를 써야 한다. 아니, 우선 씻고 조금만 누워 있자. 배는 고프지 않으니까 밥은 안 먹어도 될 것 같다. 그나저나 여긴 어딜까. 아무리 걸어도 익숙한 풍경이 나타나지 않았다. 이대로 계속 걷다가는 길을 잃고 영원히 돌아갈 수 없을 것만 같았다.

사해는 낯선 골목에서 걸어 나왔다. 실크로 된 나이트가운을 입었고, 머리칼은 풀어 헤쳤다. 가운 아래로 흙투성이가 된 맨발이 보였다. 사해가 고개를 돌려 미연을 바라봤다. 창백한 얼굴이 무표정했다. 손과 가슴에 피가 묻어 있었다. 미연은 알고 있다. 그녀가 조금 전 늙은 개를 죽였음을. 늙은 개의 체온이 싸늘하게 식을 때까지 그 품에 머물렀음을. 슬품, 그리움, 사랑, 증오가 뒤섞인 혼란을 품고 현관문을 열고 여기까지 왔음을. 미연이 다가가 사해의 손을 잡았다. 피 묻은 손이 눈처럼 차가웠다.

영화는 이제 시작이야.

…….

그리고 네가 이 영화의 주인공이지.

…….

힘들고 외로운, 그래서 어제의 선택이 후회스러운 날들이 계속 이어질 거야.

…….

이 시나리오가 어떻게 끝날지는 나도 잘 몰라. 해피 엔딩, 배드 엔딩조차 정해지지 않았어. 하나 확실한 건, 이 모든 순간이 지나가면, 너는 아무에게도 의지하지 않고 혼자 힘으로 걷게 될 거라는 거야.

사해가 미연의 손을 놓고 맨발로 소리도 없이 걸음을 옮겼다. 백색의 나이트가운이 검은 거리를 하얗게 가로질렀다. 그 잔상이 오랫동안 어둠을 밝혔다. 시나리오 제목은 여전히 떠오르지 않았다. 상관없다. 완성하고 나면 그에 어울리는 제목이 꽃처럼 피어날 거니까. 그러니 아직은 무제無題인 채로 내버려 두자.

이상욱

소리마저 사라진 저녁.

아무도 없는 낯선 거리.

구름 속으로 달이 천천히 스며들었다.

제가 처음 강연한 곳은 경기 북부의 어느 인문계 고등학교였습니다. 첫 강연이라 긴장도 되고 호기심도 생겨 학교 홈페이지를 방문했습니다. 현역, 교정, 게시판 등을 구경하다 보니 자연스럽게 제 고등학교 시절이 생각나더군요. 그러다 이런 질문을 떠올렸습니다.

그 시절 나는 무엇을 배웠던가.

수학, 영어, 국어, 물리, 역사…… 지금은 그 내용조차 가물가물한 것들이 머리를 스쳤습니다. 그러다 깨달았습니다. 제가 학교에서 두려움을 배웠다는 사실을. 두려움은 참으로 다양한 모습으로 저를 찾아왔습니다. 부모님, 선생님, 친구, 미디어, 책……. 저는 오랜 방황 끝에 중요한 진실을 깨달았는데 그 내용은 다음과 같습니다.

솔직히 그들도 잘 모른다. 그러니 겁먹을 필요 없다.

여명의 코믹스

임국영

웜즈아이 뷰)

졸업 전시회는 서른 평 남짓한 실내에서 치러졌다. 출품자의 가족과 친구, 혹은 계약 성사를 위해 찾아온 업계 관계자 몇 사람이 전시회장을 유영하듯 배회했다. 자신과 무관한 자리에는 별다른 관심을 비추지 않는, 목적성이 뚜렷한 방문객들이었다. 한편 작품을 전시한 당사자들은 대체로 본인 부스를 오래 지키지 않았다. 그들은 전시회장 한구석에 서서 지인과 수다를 떨거나 손님을 데리고 밖으로 나섰다. 더러는 아예 모습조차 드러내지 않았다. 나 역시 그럴 작정이었다. 그랬어야 했다.

그건 그렇고 '부스'라는 표현은 다소 거창하지 않나. 좁고 낮은 협탁 위에 포트폴리오와 졸업 작품을 실은 팸플릿을 쌓아 두고 포스터나 현수막으로 꾸며 두었을 뿐인 공간이었다. 차라리 작은 제단이라 부르는 편이 적절하지 않을까 싶었다. 벽면을 따라 늘어선 이십여 개의 부스를 둘러보며 나는 영전, 이라는 단어를 입 속에서 굴렸다. '신령 영'에 '앞 전'. 사전적으로는 '신이나 죽은 사람의 영혼을 모셔 놓은 자리의 앞'을 뜻한다. 만화학과의 졸업 전시회란 신과 귀신을 한데 모은 자리다. 이게 무슨 의미냐면 실력이 뛰어난 예비 졸업생은 이미 작품 계약을 마치고 작가가 되었거나 스튜디오에 취업했다는 이야기다. 반면 간택되지 못한 학생들은 미래에 대한 아무런 대비 없이 졸업을 맞이한다. 일할 곳은 마땅치 않고 개인 작가가 되는 길은 더욱 요원하다. 짧게는 5년, 길게는 10년도 넘게 매달려 온 일에 있어서 사실상 부적격자 판정을 받는 것이다. 승천과 절명이 단적으로 드러나는 오늘의 행사에서 내 역할은 불귀의 객이었다.

나는 양솜의 부스 앞에 섰다. 벽면에 붙은 포스터 속에서 드레스를 입은 아름다운 소녀가 햇살처럼 미소 지었다. 스마트폰을 꺼내 부스에 비치된 팸플릿의 QR코드를 인식시켰다. 화면에 양솜의 졸업 작품이 펼쳐졌다. 로맨스 판타지 소설 속 세계로 들어간 주인공은 악역 공녀의 괴롭힘을 이겨

임국영

내고 왕국의 막내 왕자와 사랑을 이룬다. 참신한 면모라곤 찾아볼 수 없는 고루한 서사였지만 시선을 사로잡는 힘이 있었다. 세련된 연출과 화려한 작화 덕이었다. 아름답고 건강한, 양솜다운 만화였다.

테이블 한구석에 놓인 꽃다발 여러 개와 서너 장의 명함이 눈에 띄었다. 계약할 작가를 찾는 웹툰 스튜디오의 PD들이 희박한 가능성에 기대 두고 간 것들이었다. 그들도 모르지 않을 것이다. 이쯤 되는 실력자가 지금 이 시점까지 계약을 마치지 않았을 리 없으니까. 양솜은 졸업 전시회가 시작되기도 전에 업계에서 손꼽는 스튜디오의 메인 선화가로서 활동을 시작했다. 그 즈음부터 양솜의 연락이 뜸했다. 스마트폰 화면에서 양솜의 만화를 닫고 메신저를 활성화했다. 그러나 아무것도 적어 보내지 못했다.

비로소 자리를 뜨려고 마음먹었을 때 한 남성이 눈에 들어왔다. 큰 키에 까만 정장을 차려입은 그는 벽면 앞에 우두커니 서서 고개를 숙이고 있었다. 내 전시 부스 앞이었다. 언뜻 묵념하는 조문객처럼 보였으나 스마트폰으로 졸업 작품을 살피고 있었다. 감상을 끝내고 뒤돌아서는 그와 눈이 마주쳤다. 희멀건 얼굴과 까만 뿔테 안경, 손끝으로 건드리면 유리처럼 금이 갈 것 같은 표정. 아는 사람이었다.

"아."

그는 가시 쌤이었다. 가시 쌤이란 '가오나시 선생님'의 줄임말이다.

롱 쇼트)

입시 만화를 공부하던 시절을 떠올릴 때면 말도 안 나오게 열악했던 학원의 정경이 먼저 생각난다. 낡고 허름한 건물 4층, 학원을 홍보하는 문구로 빼곡한 현수막으로 창문을 모두 가려 해가 가장 밝은 시간대에도 실내는 저녁처럼 어두웠다. 복도에는 만화가 그려진 4절지들이 서부극의 현상수배서처럼 붙어 있었고 오래된 화구를 모아 둔 창고에서 새어 나오는 썩은 물감 냄새가 진동했다. 실내 냉난방 시스템은 그야말로 최악이어서 날이 추워지면 하나뿐인 난로를 켰는데 구두쇠 원장은 가스가 빨리 닳는다며 '오로지 약불'을 명했다. 혹여나 학생들이 몰래 화력을 올려 놓으면 불쑥 나타나 도로 불씨를 낮췄다. 그나마 겨울은 버틸 만했다. 낡은 에어컨은 시끄러운 소리를 내며 뜨거운 바람을 뿜었다. 선풍기 두 대에 의지해 한 반에 여덟 명이나 되는 수강생들이 땀을 뻘뻘 흘리며 만화를 그렸다. 그때 그곳에 나와 양솜 그리고 가시 쌤이 있었다.

"시험 시간은 네 시간. 주제는 장래 희망."

손목시계를 확인하던 가시 쌤이 시작을 알리면 학생들은 톰보우 4B 연필을 든 채 시스티나 성당 천장을 바라보는 미켈란젤로의 마음으로 백지를 대면했다. 4절지를 한 편의 만화로 채우기에 네 시간은 절대 넉넉하지 않았다. 대략 20분 내로 만화를 구상하면서 콘티를 짜고 다시 10분 안에 대략적인 스케치를 완료해야만 했다. 그리고 남은 시간 내내 드로잉을 하고 채색을 마무리해 작품의 퀄리티를 높였다. 학생들 사이에선 '속도전'이라고 부르던 모의 실기시험이었다. 우리는 매주 한두 번씩, 입시를 앞뒀을 때는 거의 매일 속도전을 치렀다.

나는 제법 우등생에 속했다. 학원 내에서 가장 손이 빨랐고 그림 실력도 뛰어난 편이었다. 스토리와 연출 면에서는 자주 지적받았지만 단점을 충분히 메꾸고도 남을 만큼은 됐다. 그럼에도 다른 아이들의 연필 끝에서 들리는 사각사각거리는 소음이 내 신경을 곤두서게 했다. 할 수만 있다면 그들의 연필을 모두 부러뜨리고 싶었다. 방금까지만 해도 최근에 재밌게 감상한 만화 내용을 공유하고 농담과 웃음을 나누던 그들이 모조리 내 인생을 망치러 태어난 존재들처럼 여겨졌다. 시험을 볼 때마다 벼랑 끝에 내몰린 기분이었다.

가시 쌤이 끝을 알리면 아이들은 탄성을 내지르며 파스텔과 붓을 내려놓았다. 작품을 미완성으로 끝마친 양솜이 머리를 감싸 쥐고 자책했다. 가시 쌤은 미완성 작품에는 아무런 코멘트도 남기지 않았다. 차분하고 신랄한 어조로 수강생들의 작품을 평가하던 그가 드디어 내 작품 앞에 섰다.

제목: 타올라라, 월드 클래스!

#1
부엌, 가스레인지 앞에서 프라이팬으로 스테이크를 굽는 아들. 땀을 삘삘 흘리며 열정을 쏟아 낸다.

#2
아버지: 하아앗!

맹렬한 기세로 축구공을 발로 차는 아버지.

#3
효과음: 와장창 / 펑!
아들: 으아악!

아버지가 찬 축구공에 피격된 가스레인지가 과장되게 폭발한다. 아들, 불길을 피해 몸을 날린다.

#4
아버지: 너는 축구선수가 되어야 한다 아들아. 네 꿈을 향해 달려라.
아들: 그건 아버지의 꿈이잖아요! 저는 요리사가 될 거예요!

축구공을 옆구리에 낀 채 발 앞에 쓰러진 아들에게 꾸중하는 아버지. 그리고 분한 표정으로 아버지를 올려다보는 아들.

#5
아버지: 나의 꿈이 곧 너의 꿈이다. 월드 클래스가 되어라!
아들: 싫다구요!

아들을 향해 축구공을 무수하게 뻥뻥 차는 아버지와 그것을 피하는 아들.

…

#10

아들: 이제 알았어요. 아버지의 마음을 말이에요.

아버지: 이제야 내 마음을 이해한 게냐?

아들의 어깨 너머로 보이는 아버지. 반색하며 반긴다.

#11

아들: 아버지와 저의 꿈을 한데 녹여 내 보았습니다.

요리사 복장을 한 채 뚜껑을 덮은 은쟁반을 들고 나타난 아들.
득의만만한 표정.

#12

은쟁반의 뚜껑을 여는 아들의 손.

#13

아버지: 아아……. 정말 잘 녹여 냈구나.

감동의 눈물을 흘리는 아버지 얼굴.

임국영

#14

아버지: 축구공을.

효과음: 두둥!

가열된 치즈처럼 표면이 흘러내리는 축구공. 마치 스테이크 요리의 가니쉬처럼 구운 아스파라거스, 방울토마토, 파프리카가 장식돼 있다.

내 작품을 살핀 가시 쌤이 침통한 표정으로 아, 하고 탄식했다. 어깨 너머로 내 만화를 확인한 아이들은 웃음을 참느라 고역인 눈치였고 풀이 죽어 있던 양솜마저 아랫입술을 악물었다. 그러나 가시 쌤은 안색 하나 변하지 않고 요목조목 지적을 시작했다. 필요 이상으로 장난스러운 내용부터 컷과 컷 사이의 유기성이 부족하다는 내용이 주를 이뤘다. 그는 입버릇처럼 반복하던 '사소한 컷은 작게, 중요한 컷은 크게'를 강조했다. 내 만화의 컷은 크기가 거의 일정했다.

평소에는 '아'라는 감탄사 외엔 딱히 말수가 없어서 '가오나시 선생님'이라 불리던 그였지만 입시와 만화에 관련된 이야기를 할 때면 사람이 변했다. 나는 얼굴을 붉히고 폭발할 것 같은 감정을 억눌렀다. 다른 아이들처럼 비어져 나오는 웃음을 참으려는 것이 아니었다. 수치심으로 끓어오른 울분을 삼키느라 고역이었다.

"우니야, 울어?"

양솜이 내 옷자락을 조심스럽게 잡아당기며 걱정했다. 나는 이를 악물고 고개를 내저었다. 내가 '우니'라 불렸던 것은 이름 끝이 '운'으로 끝난다는 이유도 있었지만 화가 나면 쉽게 눈물을 흘리곤 했기 때문이다. 그러니까 성게알과는 전혀 상관없이 내 빌어먹을 호승심 때문에 붙은 별명이었다. 분해하는 내 모습을 살피던 가시 쌤은 대뜸 문을 열고 복도로 나섰다. 내 만화와 반응 때문에 그마저도 결국 웃음을 참지 못한 모양이었다. 다시 교실로 돌아온 그는 심사를 마친 후 그날의 베스트 작품으로 내 만화를 선택했다. 동세나 표현이 과한 감이 있지만 역동적인 개그 연출이 훌륭하다는 평이었다. 농락당한 기분이 들어 그를 노려봤다. 가시 쌤은 미묘한 미소를 지었다. 그럴 때면 '개새끼가 웃어? 내가 웃겨?' 같은 욕설을 속으로 되뇌었다. 나는 어딘지 신경에 거슬리던 그에게서 꼬박 1년 동안 만화를 배웠다.

하이 앵글)

가시 쌤과 나는 졸업 전시회장 근처 카페에 마주 앉았다.

임국영

5년 만의 대면이었다. 문득 그가 학원 선생님으로 일할 때 지금의 나와 동갑이었단 사실이 떠올랐다. 스물여덟이 된 그는 여전히 어두운 옷을 입었고 얼굴에서는 세월의 흔적을 찾기 어려웠다. 그러나 목소리 톤과 표정만큼은 크게 바뀌었다. 내가 미처 몰랐던 원래 성격을 내보인 것인지 사회성을 키운 것인지 모르겠지만 능숙하게 화제를 던지거나 바꾸며 대화를 주도했다. 웃음을 터트리며 옛날이야기를 꺼내는 그가 낯설었다. 내가 알지 못하는 누군가가 그의 모습을 하고 나타난 것만 같았다.

그는 내 졸업 작품에 관한 감상을 늘어놓았다. 그림도 연출도 훨씬 좋아졌다는 입에 발린 덕담이었다. 이렇게 칭찬이 헤픈 사람이었던가? 내게 만화를 가르쳤던 시절의 엄격함이나 냉담함이 느껴지지 않았다. 위화감이 차곡차곡 쌓였다.

"여전한 고집이 느껴져서 좋더라. 변하지 않은 것 같아서 다행이야."

"이상하네요. 변하려고 노력했는데 잘 안 됐나 보죠."

나도 모르게 내뱉은 자조에도 가시 쌤은 그린 듯한 미소를 지어 보일 뿐이었다. 그는 내게 작품 계약을 마쳤느냐고 물었다. 나는 고개를 내젓고 변명처럼 말을 쏟아 냈다. 접촉한 웹툰 스튜디오가 몇 군데 있었다, 그러나 그들은 내용도

미학도 없는 포르노 같은 작품을 양산하는 공장에 불과하다, 웹소설을 번역하기만 할 뿐인 최근의 웹툰 산업은 진짜 만화가 아니다…….

"만화가 언제부터 텍스트의 시녀 노릇을 하게 됐죠? 쓰레기를 만들 바에는 만화를 포기하는 게 나아요."

카페 손님 몇 사람이 내 쪽을 돌아봤다. 어느새 목소리가 격양돼 있었던 것이다. 귓불이 달아올랐고 목덜미로 땀 한 줄기가 길게 흘렀다. 가시 쌤은 잠자코 끝까지 내 말에 귀 기울였다. 그는 방금 이야기를 통해 내가 고만고만한 회사의 제안은 무시하고 대형 회사에서는 탈락한 처지라는 것을 깨달았을 것이다. 가시 쌤은 진짜 만화가 뭔진 모르겠지만, 이라고 말을 흐리며 품에서 명함을 꺼냈다.

그는 스타트업 만화 스튜디오에서 PD를 맡고 있었다. 그가 담당했다는 작품은 웹툰을 좋아하는 사람이라면 이름쯤은 들어 봤을 인기작이었고 나 역시도 즐겨 보던 만화였다. 이분법적인 분류지만 흔히 '남성향'이라 불리는 장르를 주로 취급하는 스튜디오였다. 남성향, 즉 '남성 취향' 장르의 주된 내용은 동성에게 존경과 인정을 받고 적에게는 두려움을, 이성에게서는 사랑을 얻는 것이다. 거친 액션을 지향하고 소년의 성장 서사를 다루곤 했던 나는 주변에서 '남성향에 가까

임국영

운 작풍'이라 평가받았다. 나 역시도 동의하는 부분이었다.

가시 쌤이 떠난 후 그가 남긴 명함을 매만졌다. 불쑥 가시 쌤과 재회한 직후 양솜에게 메시지를 보내 뒀단 사실을 떠올렸다. 답신이 와 있었다. '너 괜찮아?'라는 물음에 '뭐가?'라고 답했다. 몇 분 후 양솜에게서 다시 메시지가 왔다. '그 사람 이상하잖아.' 나는 그 말에 답신하지 않았다. 대신 명함에 적힌 번호로 계약을 맺자는 내용을 적어 보냈다. 선택지 따윈 없었다.

그 길로 자취방으로 돌아와 잠을 청했다. 한동안 꿈과 현실의 희미한 경계를 오가며 얕은 잠을 이어 가다 불쑥 죽을 것만 같은 기분에 짓눌려 눈을 떴다. 수납장에서 진정제를 꺼내 물과 함께 삼킨 뒤 땀에 젖은 얇은 티셔츠를 벗었다. 바닥에 주저앉은 채 싱크대 밑 빌트인 드럼 세탁기가 돌아가는 모습을 바라보며 가쁜 숨을 진정시켰다. 이른 저녁에 시작한 수면은 자정도 되지 않아 끝이 나고 말았다. 근래 들어 이런 일이 잦았다. 일정한 패턴이 없는 수면이 나를 좀먹었다. 무너진 마음에 비례해 몸 역시 망가져 갔다.

전형적인 공황 증상이었다. 원체 기질이 과민한 탓도 있었지만 올해 초부터 반년간 공모전을 준비하면서 스트레스를 쌓고 밤낮이 바뀐 생활을 이어 온 것이 심신이 쇠약해진 주된 원인이었을 것이다. 만족할 만한 성과를 일궜다면 조금쯤은 괜찮았을지도 모른다. 가족은 물론 몇 남지 않은 지인들에게마저 비밀로 하고 작품을 연재했다. 조회 수는 바닥을 쳤고 댓글도 달리지 않았다. 그러나 1년에 한 번 있는 대형 웹툰 공모전이라 주목도가 높았고 바닥이 좁은 업계인 만큼 내 작풍을 아는 사람들은 이미 눈치를 챈 낌새였다. '작가병에 심하게 걸리셨네. 시원하게 접고 그냥 다른 길 찾으시길 ^^'이라는 댓글을 작성한 사람이 어쩌면 나와 가까운 누군가일지도 모른단 생각이 뒤늦게 들었다. 내게 거의 같은 말을 했던 몇몇이 떠올랐다.

대중적인 인기를 얻기 어려운 만화라는 것은 알고 있었다. 내 작품은 어둡고 우울할 뿐 자극이 부족했다. 교수는 언제까지 실험적인 작품만 할거냐, 너의 재능은 개그물에 있다고 충고했다. 그럴지도 모른다. 그러나 나는 만화로 누군가를 웃기고 싶지 않았다. 사람들은 아직도 만화를 가볍고 우습게 본다. 나는 우습게 보이기 싫었다. 어쩌면 나부터 만화라는 장르의 격을 낮춰 보고 있는지도 몰랐다.

세탁기가 구동하는 소리를 들으며 신티크 앞에 앉아 펜을 들었다. 가벼운 느낌의 터치로 4컷 분량의 SD 만화를 그렸다. 나는 속으로 사소한 컷은 작게, 중요한 컷은 크게라는 말

임국영

을 주문처럼 외웠다.

[졸업 전시회장을 배회하는 유령 같은 나 → '졸업 축하해'라고 쓰인 케이크를 들고 사람들에게 다가간다 → 그들이 나를 관통해 지나친 다 → 바닥에 떨어진 케이크를 바라보며 내가 눈물을 주룩 흘린다]

현실의 나는 이제 잘 울지 않는다. 강해진 게 아니라 지친 쪽에 가깝다. 10대 시절을 떠올려 보자면 이 지점만큼은 많은 변화를 겪었다고 할 수 있다. 변형을 거쳐 캐릭터가 된 나는 어쩐지 가오나시를 닮았다.

세탁기가 멈췄다. 나는 빨래를 내버려 둔 채 침대에 누웠다. 날이 밝고 나서야 겨우 눈을 붙일 수 있었다.

오버 숄더 쇼트)

왜 하필 만화였을까. 돌이켜 생각해 보면 계기는 사소했다. 단지 만화를 보는 게 즐거웠고 자연스러운 수순을 밟듯 좋아하는 캐릭터와 컷을 베껴 그렸다. 어른과 친구들로부터 칭찬을 듣고 재능을 인정받았다. 그림과 관련한 대회에 참가하면 입상을 놓치지 않았다. 방을 장식한 상장들을 바라보며 내가 행복해질 방법은 이것뿐이라는 사실을 깨달았다. 그렇게 입시 만화학원에 다니기 시작했다. 내겐 이것밖에 없다는 믿음이 끝내 내 숨통을 틀어막을 것이라고는 상상조차 하지 못했다.

"미국의 만화가 스콧 맥클루드는 『만화의 이해』라는 저서에서 '완결성 연상'이라는 표현을 사용했어. '부분을 통하여 전체를 인지하는 현상'을 뜻하는 말인데 쉽게 얘기해서 독자는 컷과 컷 사이의 경계선, 그 공백을 상상력으로 메꿀 수 있다는 얘기야. 만화의 연출은 바로 여기서 시작돼."

가시 쌤은 원장이 어딘가에서 주워 왔다는 낡은 보드 위에 그림을 그려 가며 설명했다. 마음에 안 들었다. 지가 선생이면 단가, 그림을 잘 그리면 얼마나 잘 그리고 만화를 알면 얼마나 안다고 잘난 척하는지 알 수 없었다. 가끔씩 시범을 보일 때 엿보인 작화 실력은 물론 뛰어났으나 만화란 그림이 전부가 아니었다. 만화에 대한 이해, 재밌는 이야기, 매력적인 캐릭터 조형, 감각적인 구도와 연출이 뒷받침되어야 하는 장르였다. 그때까지 그는 유명한 만화 창작 이론을 읊고 학생들의 작품을 잘난 듯 지적할 뿐 내가 납득할 만한 실력을 내보인 적이 없었다. 내 눈에 가시 쌤은 만화 창작에 관한 그럴싸한 지식을 주워섬기는 사기꾼처럼 비쳤다. 사실 그를 마음에 들어 하지 않았던 진짜 이유는 양손 때문이었다. 그가

임국영

유식함을 뽐낼 때면 양솜은 눈을 반짝이며 그의 목소리에 집중했다. 양솜은 가시 쌤을 잘 따랐고 나는 가장 좋아하는 친구의 관심을 빼앗기는 게 싫었다.

나와 비슷한 시기에 학원을 등록한 양솜은 해맑고 포근한 아이였다. 그는 공명심이나 승부욕이 크지 않았고 그저 친구들과 만화를 배우고 그리는 일에서 소소한 행복을 느낀다고 말했다. 다소 예민하고 의욕이 앞서던 나와는 성격이 정반대였으나 서로 이질적인 면에서 매력을 느낀 우리는 금방 단짝이 되었다. 양솜이란 별명은 풍성한 곱슬머리가 양털이나 솜 같아서 내가 붙여 준 것이었다. 그의 빛나는 눈동자가 내게 고정돼 있길 바랐다. 양솜은 솔직한 아이였고 그의 입에서 나를 칭찬하는 말이 나오면 무척 기뻤다. 그는 구체적으로 감탄하는 법을 알고 있었다. 양솜이 없었다면 나는 진즉 무너졌을지도 모른다.

"소설은 온통 글자뿐이잖아. 글을 읽다 보면 이 캐릭터는 어떻게 생겼을까, 이 공간은 어떤 모양일까 떠올려 보게 돼."

양솜은 만화보다 소설을 더 좋아했다. 눈에 보이지 않는 것을 상상하는 데 능했는데 안타깝지만 손이 따라와 주질 못했다. 당시에 양솜이 만화에 큰 재능을 보이지 못했던 것은 아마도 그 때문이었을 것이다. 손쉽게 끄집어내기에 속에 품고 있는 세계의 부피가 너무 크고 복잡했던 것이다. 나는 양솜을 응원했다. 친구가 품은 잠재력을 믿었다. 그런데 양솜에게서 가능성을 엿본 것은 나뿐만이 아니었다.

손이 느린 양솜은 모의 입시 시험에서 늘 곤욕을 치렀다. 고등학교 3학년이 된 지 반년이 돼 가는 시점까지 제한된 시간 내로 제대로 된 작품을 완성한 적이 거의 없었다. 그즈음에는 가시 쌤이 핀잔을 줘도 뒷머리를 긁적이며 멋쩍게 웃고 말았다. 결국 가시 쌤은 특단의 조치를 취했다. 양솜보다 손이 느린, 두 살 어린 신입 수강생 하나와 누가 먼저 작품을 완성하는지 경쟁을 붙인 것이었다. 필요 이상으로 긴장했기 때문일까. 아니면 자신도 모르게 실패에 익숙해져서일까. 양솜은 결국 경쟁에서 패배했다.

"예의가 없구나. 친구들에게 미안하지도 않니?"

언제나처럼 웃음으로 어물쩍 넘어가려던 양솜을 가시 쌤이 다그쳤다. 좋은 작가가 되기 위해 노력하고 자기 진로를 개척하려는 다른 수강생들에게 민폐를 끼치고 있다는 것이 요지였다. 그는 그 말을 하며 나를 오래도록 바라보았다. 말을 고르던 가시 쌤은 나지막하게 덧붙였다. 우니의 딱 절반이라도 닮으면 좋을 텐데. 양솜은 울음을 터트렸다. 그리고 그 후로 한동안 학원에 나타나지 않았다.

임국영

익스트림 클로즈업 쇼트)

가시 쌤의 스튜디오는 강남에 있었다. 그곳에서 계약금이 얼마고 회차별 금액, 유료 수익이 어떠니 하는 계약 조건에 관해 들었다. 자세히 아는 바가 없었기 때문에 고개를 대충 주억거릴 따름이었다. 그럭저럭 인기를 끈 남성향 웹소설의 웹툰화 작업을 제안받았다. 내 역할은 선화 작가였다. 스튜디오에 소속된 각색 작가가 스토리 콘티를 짜면 그에 맞춰 그림만 열심히 잘 그리면 되는 일이었다. 그 뒤엔 배경과 채색, 후보정을 맡은 담당자들이 작업을 마무리한다. 이 모든 공정은 PD가 조율하고 지휘한다. 여타 웹툰 스튜디오처럼 파트별로 세분된 제작 환경이었다. 윗세대 출판 만화 작가들은 배경 작화나 스크린 톤을 자르고 붙이는 문하생 내지 어시스턴트를 둘 뿐 스토리며 콘티 그리고 작화까지 본인이 거의 모든 작업을 도맡았다고 하는데, 그 시절에 비하면 만화 공장이라 불러도 손색이 없는 체계였다. 그러나 여전히 작품의 메인 선화를 담당하는 이는 '작가 선생님' 취급을 받았고 계약 조건도 가장 좋았다. 나는 가시 쌤의 장황한 설명이 끝나자마자 계약서에 서명했다. 모의 입시 시험의 시작을 알리던 그의 목소리에 맞춰 연필을 들었던 때가 떠올랐다.

"같이 작업하고 싶은 사람 있어?"

실력이 검증됐거나 함께 협업을 경험한 작업자가 있느냐
는 물음에 나는 고개를 내저었다. 같은 과 동기나 선후배를
추천해 팀을 이루기도 한다는데 비대면 수업이 전면 해제된
기간은 기껏해야 2년 남짓이었다. 그사이 대학교에서 제대
로 얼굴을 익힌 사람은 극소수였다. 친화력 좋은 녀석들이야
알음알음 술자리를 가졌고 꾸준히 스터디에 참여하며 친분
을 다졌다. 나 역시 몇 번인가 모임에 참석하기도 했으나 그
뿐이었다. 같은 학교에 입학한 양솜 역시도 나 이외에는 깊
게 교류하는 사람이 많진 않은 눈치였으나 그림을 잘 그리
거나 만화 실력이 뛰어난 사람과는 정보나 노하우를 공유했
다. 조금 더 인맥을 쌓았으면 좋았을 것이라는 후회가 들었
다. 그래도 내겐 가시 쌤이 있었다. 만화에 관한 날카로운 안
목을 지녔고 이미 인기작을 기획한 경력이 있는 그의 지시만
잘 따르면 모든 일이 원활하게 진행되리라 믿었다. 예전에는
거슬리기만 하던 사람이었는데 이제는 가족보다 더 신뢰할
수 있을 것만 같았다. 그러나 그런 마음은 그리 오래가지 못
했다.

　　"원작을 다른 작품으로 바꾸면 안 돼요? 주인공에게 아무
런 고난이나 욕망이 없잖아요. 에피소드 한 편 통으로 자기
가 얼마나 잘났는지 설명하다 끝나는데, 이거 맞아요?"

"콘티를 이런 식으로 짜서 넘겨주시면 어떡해요. 투시가 엉망이잖아요."

"제작비 없어요? 배경은 왜 맨날 똑같은 모델링만 재탕해요?"

"쌤, 저 이런 식이면 못 해요. 아니, 안 해요."

원작은 교체가 불가한 상황이었고 그렇다고 내용을 크게 바꿀 수도 없었다. 원작자가 허락하지 않았으며 연재가 시작되면 원작 팬들로부터 뭇매를 맞을 것이라는 게 이유였다. 콘티를 작업하는 스토리 각색 작가는 문예창작학과 출신으로 만화에 조예가 없었다. 결정적으로 제작비는 턱없이 부족했다. 일정 역시 빡빡했다. 반년 내로 10화 분량의 만화를 완성한 후 웹툰 플랫폼에 출품해 연재 심사를 받아야만 했다. 모든 게 엉망이었다. 그중에서 가장 최악인 것은, 선화 작가인 나부터가 연재 경험 없는 초짜라는 점이었다.

"그렇다고 대사랑 컷을 멋대로 바꾸면 어떡해."

"피드백 봤어? 이번 화 너무 좋다. 그런데 인체 비율이랑 동세가 어색한 것만 신경 쓰면 완벽할 것 같아."

"마감이 자꾸 밀리네. 혹시 무슨 일 생긴 거 아니지? 몸은 괜찮아?"

나는 대체로 화가 나 있거나 우울했다. 사소한 수정 요청

하나하나가 내가 얼마나 못난 사람인지 가르쳐 주는 것만 같
았고 작업을 유보하게 했다. 가시 쌤은 그런 나를 어르고 달
랬다. 불안에 잠겨 작업을 포기하려 들 때마다 그가 찾아와
자취방 문을 두드렸다. 그는 24시간 운영하는 프랜차이즈
국밥집에 나를 데려가 술과 안주를 사 줬다. 그리고 내가 늘
어놓는 그다지 불행하지도 않은 가정사나 현재와 미래에 관
한 빤한 걱정 따위에 귀 기울였다. 가시 쌤은 선생님으로서,
PD로서 내게 진지한 조언과 위로를 건넸다.

"너는 왜 만화를 그리니? 우린 왜 하필 만화일까?"

"어쩔 수 없잖아요. 대안을 찾기엔 너무 멀리 와 버렸어요."

그래서 선생님 역시 작가가 되는 것을 포기하고도 만화
주변을 떠도는 것 아니냐는 말은 차마 묻지 못했다.

"우니 너는 나랑 달라. 끝까지 해낼 수 있어."

가시 쌤은 마치 속을 읽기라도 한 것처럼 말했다. 저주인
지 축복인지 알 수 없는 응원이었다. 따뜻하게 웃는 그의 눈
밑에 연필로 칠한 명암처럼 짙은 그늘이 드리웠다. 나는 나
를 어떻게 통제해야 할지 몰랐다. 이러다 첫 연재작을 망치
진 않을까, 주제도 모르고 섣부른 선택을 한 것은 아닐까 겁
이 났다. 가시 쌤에게 너무 많은 하소연을 쏟아 내고 감정적
으로 의탁하고 있단 사실을 모르지 않았다. 나는 그에 대한

임국영

미안함과 고마움으로, 그에게서 얻은 한 줌의 용기와 자신감으로 꾸역꾸역 그림을 그려 나갔다. 그렇게 엉망진창인 상태로 봄을 지내고 여름을 맞았다. 연재 작품 심사일이 다가왔다.

미디엄 쇼트)

짧은 방황을 마친 양솜이 학원에 돌아왔다. 그간 가시 쌤이 따로 연락을 취해 사과하고 설득한 모양이었다. 양솜은 가시 쌤의 말에 상처를 받은 것은 사실이지만 그것 때문에 학원을 나오지 않은 것은 아니라고 말했다. 그는 자신과 달리 열심히 만화를 그리는 친구들에게 미안한 마음이 컸다고 토로했다.

"우니야. 어떻게 해야 내가 만화를 잘 그릴 수 있을까?"

가시 쌤에게 혼이 난 이후로 양솜은 만화에 대해 보다 진지한 태도를 보였다. 크게 상심해서 꺾일 만도 할 텐데 오히려 자신을 다잡고 변모하려는 양솜이 대견했다. 마치 역경을 딛고 성장하는 만화 속 주인공 같았다. 나는 지금도 잘하고 있다는 말로 그를 위로했다. 그러나 한편으로는 극적인 변화가 일어날 것이라고는 생각지 않았다. 마음 한구석에서 나는 양솜을 얕보고 있었다. 그의 잠재력을 가늠하면서도 언제까지고 한 계단 밑에 머문 채 나를 올려다보는 존재일 것이라 여겼던 것이다. 어리석은 생각이었다.

양솜은 가시 쌤이 가르치는 내용을 전적으로 신뢰했다. 지적을 받으면 당장 이해하지 못하더라도 최대한 수용했고 자신이 무엇을 잘하고 못하는지 차근차근 파악해 나갔다. 그전에도 손이 느렸을 뿐이지 그림 실력이 크게 떨어지는 편은 아니었고 연출력은 상당한 수준이었다. 양솜의 실력은 꾸준히 상승 곡선을 그렸다. 그즈음의 양솜은 가시 쌤의 열렬한 추종자가 되어 있었다. 그가 시키는 대로만 하면 만화를 잘 그릴 수 있을 것이라 믿었고 실제로도 그랬다. 작업이 막히거나 궁금한 게 생기면 가시 쌤에게 쪼르르 달려갔다. 그런 그의 뒷모습을 보며 설명하기 어려운 불안을 느꼈다. 그전까지 양솜이 도움을 요청하는 대상은 가시 쌤이 아니라 나였다.

입시가 가까워져 가는 시기였다. 우리는 매일 모의 입시 시험을 치렀고 양솜은 더는 미완성 작품을 제출하지 않았다. 가시 쌤이 양솜의 작품을 칭찬하는 날이 잦아졌다. 나는 누군가에게 쫓기거나 내버려진 기분에 사로잡혔다. 바로 옆자리에 앉아 시험을 치르는 양솜의 연필 소리가 유달리 크게 들렸다. 신경성 위통에 시달렸고 불면증이 시작됐다. 할 수만 있다면 양솜의 연필을 꺾어 버리고 싶었다.

유난히 컨디션이 좋지 못한 날, 속도전에서 처음으로 미완성 작품을 제출했다. 그날의 베스트 작품은 양솜의 만화였다. 양솜은 기쁨을 어떻게 숨겨야 할지 몰라서 손으로 얼굴을 가리고 책상 위로 고개를 숙였다. 붉게 물든 양솜의 귀가 눈에 들어왔다. 그날 수업이 끝나고 나는 파랑색과 초록색 색연필 두 개를 들고 학원 화장실로 향했다. 변기에 앉아 색연필로 팔과 손등을 수차례 내리찍었다. 그날의 주제는 '마지막에 신이 죽는다'였다.

"우니야, 이것 좀 봐."

같은 날 저녁 양솜에게서 전화가 왔다. 그는 어떤 블로그의 주소를 공유했다. 가시 쌤의 블로그였다. 우연히 알게 된 그의 메일 주소로 검색하다 찾은 것이라고 했다. 블로그에는 가시 쌤이 그린 일러스트와 만화, 짧은 줄글이 게시돼 있었다. 그림들은 대체로 어둡고 짙은 색채를 사용했고 거친 펜 터치를 구사했다. 예상보다 퀄리티가 뛰어난 작업물들이었다. 전화기 너머로 가시 쌤을 향한 양솜의 구체적인 감탄과 찬양이 들려왔지만 나는 별다른 반응을 내보이지 않았다. 블로그를 뒤지던 양솜은 가시 쌤이 최근에 대형 웹툰 플랫폼에서 주최한 공개 공모전에 작품을 연재하고 있단 사실을 알아냈다.

가시 쌤의 연재작은 음울한 다크 판타지 장르였다. 피 칠갑을 한 전사가 과거에 저지른 죄에 짓눌려 참회하는 내용이었다. 단적으로 말해, 대중적인 인기를 얻기 어려운 만화였다. 어둡고 우울할 뿐 자극이 부족했다. 그 사실을 증명이라도 하듯 작품의 '좋아요' 숫자는 두 자리 수를 겨우 넘겼고 댓글도 거의 없었다. 양솜은 우매한 독자들이 명작을 몰라본다며 분개했고 모든 연재 게시물에 '좋아요'를 클릭하고 댓글을 남겼다. '선생님 파이팅!', '가시 쌤 짱!'…….

　"작가병 말기네."

　한참 양솜의 호들갑을 듣던 나는 결국 참지 못하고 비아냥댔다. 당황한 양솜은 가시 쌤처럼 아, 하는 소리를 냈다. 한동안 어색한 숨소리만 들렸다. 그는 조심스러운 목소리로 혹시 기분 안 좋은 일 있냐고 물어 왔다. 나는 별다른 대답을 남기지 않고 일방적으로 통화를 끊어 버렸다. 핸드폰을 침대 위로 던진 후 가시 쌤의 블로그를 뒤적거렸다. 가시 쌤의 작업물을 살피다 문득 미완성된 일러스트나 러프 스케치 밑에 달린 짧은 메모들이 눈에 띄었다.

　– 내가 좋아하는 것과 잘하는 것이 다르다는 사실 만큼 괴로운 일도 없겠지.

　　　　　　　임국영

– 가장 큰 괴로움은 그 사실을 알면서도 나를 어쩌지 못한다는 것
  이다.
– 만화란 현실에선 불가능한 질감과 형상, 이야기를 다루는 장르다.
  그래서 그럴까. 나는 거의 매 순간 나를 둘러싼 일상에서 괴리를
  느낀다.
– 나는 왜 만화처럼 살지 못할까.

    다음 날 학원에서 마주친 양솜에게 사과를 건넸다. 요새
작업도 집중이 잘 안 되고 입시 때문에 몸도 마음도 엉망이
라고 둘러대자 양솜은 포근하게 미소 지었다. 우니야, 이해
해. 난 괜찮아, 정말이야. 양솜은 손을 잡아 주며 나를 용서했
다. 그때 그에게 잡힌 내 손등 위의 색연필 자국이 눈에 띄었
다. 이해해 줘서 고마워. 그렇게 답했다.
    그날 가시 쌤은 강의실에 늦게 나타났다. 그는 평소보다
훨씬 저조한 톤으로 수업을 진행했다. 공모전에서 좋은 결과
를 내지 못했기 때문이라고 짐작한 양솜은 그런 그를 안쓰럽
게 생각했다. 그는 쉬는 시간이 되자마자 가시 쌤에게 다가
갔다. 가시 쌤은 자신의 만화를 보고 응원하는 댓글까지 달
았다는 양솜을 가만히 바라봤다. 들뜬 양솜은 그의 만화가
얼마나 멋지고 대단한지 늘어놓았다. 가시 쌤은 결국 피식

웃음을 터트렸다.

"너는 정말 예의가 없구나. 누가 응원해 달랬니?"

나지막하게 뱉은 그의 말에 시끄럽던 교습실에 정적이 내려앉았다. 가시 쌤은 시종 입가에 날선 미소를 머금은 채 조곤조곤한 어조로 양솜을 사람 뒤나 캐고 다니는 음험한 아이로 몰아세웠다. 상황을 파악하지 못한 아이들은 놀라서 눈동자만 굴렸다. 나조차 일이 왜 이렇게 돌아가는지 가늠이 안 돼 당혹스러울 따름이었다. 난로가 꺼진 것도 아닌데 냉기가 발목을 스쳤다. 가시 쌤의 타박이 이어지는 동안 곁눈질로 양솜의 표정을 살폈다. 양솜은 울지 않았다. 그저 색채가 감돌지 않는 얼굴을 한 채 가시 쌤을 노려보고 있었다.

그 일이 있고 얼마 후, 한동안 딱딱한 분위기 속에서 수업을 이어 가던 가시 쌤은 돌연 학원을 떠났다. 본격적인 입시가 시작되기 직전이었다. 수강생들은 원장이 급하게 수배한 임시 강사의 수업을 들으며 시험을 준비해야만 했다. 원장은 난로의 화력을 확인하러 나타날 때마다 무책임한 사람이라며 수강생들에게 가시 쌤의 험담을 늘어놓았다. 들리는 말로는 입대를 했다고 하는데 진위는 아무도 알지 못했다. 그의 블로그는 비밀 계정으로 전환되었고 공모전에 출품한 만화는 모조리 삭제돼 있었다.

임국영

"그런 새끼는 만화 그리면 안 돼. 그림도 존나 별로였어."

함께 입시 준비를 하는 틈틈이 양솜은 가시 쌤을 저주했다. 4절지 안으로 들어갈 것처럼 등을 굽힌 채 손을 움직이던 그는 마치 좋은 만화를 그리게 하는 주문을 외듯 욕설을 늘어놓았다. 치열하게 선을 긋고 대사를 적는 양솜을 바라보며 나는 내가 알던 아이가 많이 변했다는 사실을 체감했다.

리버스 앵글 쇼트)

나와 가시 쌤이 준비한 만화가 심사에서 떨어졌다. 작업 과정을 떠올려 보면 예정된 결말이었다. 서사는 늘어졌고 대사는 장황했으며 작화와 배경의 퀄리티는 끔찍한 수준이었다. 모든 파트가 불화했고 부자연스러웠다.

"요새 심사 커트라인이 높아져서 그래. 재정비해서 다른 플랫폼에 연재를 신청하면 돼."

깊은 새벽, 우리는 자주 만남을 갖던 국밥집에 마주 앉았다. 지친 얼굴을 한 가시 쌤은 애써 밝은 톤을 유지하며 위로를 건넸다. 나는 계약을 해지하고 싶다는 의견을 굽히지 않았고 가시 쌤은 내 마음을 돌리려 했다. 지난밤에도 잠을 거의 자지 못했고 몇 시간 째 똑같은 얘기를 듣고 말하느라 지친 나머지 눈앞이 흐렸다. 차라리 취기라도 올라서 술상 위에 고개를 묻고 뻗어 버리면 좋으련만 마음처럼 되지 않았다. 점차 화를 참기 어려웠다. 웹툰 제작을 제대로 이끌지 못한 가시 쌤이 원망스러웠다. 내가 오래도록 입을 열지 않자 가시 쌤은 답답하단 듯 연달아 소주를 비우고 채웠다.

"저랑 계약하지 말지 그랬어요."

한참 만에 돌아온 나의 말에 그는 마른세수를 했다.

"내가 왜 너랑 같이 일하고 싶었는지 아니?"

"제자라서 말 잘 들을 줄 알았나 보죠. 아니면 내가 불쌍했거나."

가시 쌤의 눈빛이 바뀌었다. 언젠가 그가 양솜에게 분풀이를 하던 때 봤던 날카로운 표정이었다.

"네가 말을 잘 들을 거라곤 처음부터 생각 안 했어. 변한 게 없거든. 너의 만화는 아직도 컷 크기가 일정해."

"당연하죠. 내 만화에 사소한 부분이나 중요하지 않은 컷 따윈 없어요."

되는 대로 지껄인 말에 가시 쌤은 갑자기 웃음을 터트렸다. 미친 사람처럼 웃음을 주체하지 못하더니 찔끔 눈물까지 흘렸다. 눈물을 닦은 그는 고개를 내저으며 혼잣말처럼 중얼거렸다.

"그래서 네 만화가 재밌었나 보다."

임국영

그가 먼저 자리를 떴다. 혼자 남은 나는 반쯤 비우다 만 소주병을 집어 들었다. 연달아 세 잔을 마시고 나서야 주량을 훌쩍 넘겼다는 사실을 알아챘다. 정신 차려, 우니야. 너 그거 작가병이야. 양솜의 목소리가 들렸다. 1년 전 함께 공모전을 준비하던 양솜에게 실제로 들었던 말이었다. 너는 개그만화를 그려야 해. 잘하는 게 있는데 왜 자꾸 다른 길을 찾아? 양솜은 점차 나를 답답하게 여겼다. 자신이 앞을 향해 나아갈 때 진행 방향이 잘못된 에스컬레이터 위를 걷는 것처럼 답보하는 친구가 한심하게 보였겠지. 내가 과거의 양솜을 볼 때 내심 품었던 속내처럼 말이다.

취기가 돌았다. 기울어지는 몸을 가누지 못해 술상 위로 고개를 파묻었다. 나는 오래도록 참아 온 울음을 터트렸다.

버즈아이 뷰)

가시 쌤과의 관계는 그날로 완전히 끝났다. 마지막 배려였는지 따로 위약금을 요구하진 않았다. 얼마 되지 않는 돈이었지만 그렇다고 지급할 여건도 못 됐다. 한동안 만화를 보지도 그리지도 않는 생활이 이어졌다. 두 손 가득 움켜쥐고 있던 것을 한순간에 놓아 버리자 생각보다 마음이 개운했다. 그러나 얼마 지나지 않아 통장 잔고가 바닥을 보였고 다시 불안증이 찾아왔다. 바로 그즈음에 양솜으로부터 연락을 받았다.

"지금도 잘하고 있어, 우니야. 난 늘 너를 응원해."

뜻밖에도 양솜은 내게 외주 선화 보조 아르바이트를 소개해 줬다. 나는 우리의 관계가 사실상 틀어졌다고 생각했는데 그는 아닌 모양이었다. 우월한 자가 그렇지 못한 자에게 베푸는 시혜인지 미약한 우정의 타성인지는 알 수 없었다. 다만 그의 호의가 내게 감사함이 아니라 부채감으로 작용하는 것을 느끼며 우리의 인연이 언제 어떤 계기로 끝을 맺을지 상상했다.

가시 쌤과 작업을 시작하기 전부터 비정기적으로 SNS에 업로드하던 컷툰이 소소한 인기를 끌었다. 한 페이지에 한 장씩, 동일한 크기의 컷이 이어지는 만화였다. 적당히 우울하고 그럭저럭 웃겼다. 팔로워 수가 많아지자 광고 제안이 들어왔다. 삶이 때론 예상치 못한 전기를 맞는 것이라곤 하지만 어쩐지 황당한 기분이었다. 오롯한 나만의 만화로 수익을 얻자 가장 먼저 생각난 것은 가시 쌤이었다. 연락해 볼까 하는 마음도 들었지만 행동으로 옮기진 못했다.

그에게 빚진 게 많았다. 청구되지 않은 계약금 얘기가 아니었다. 과거 그가 공모전에서 연재했던 만화에 충격을 받은 나는 그때부터 그와 비슷한 작풍을 추구하기 시작했다. 그의 작품은 나도 미처 깨닫지 못했던, 내가 고대하던 만화였다. 언젠가는 만화를 가르쳐 줘서 고맙다고, 내 만화를 좋아해 줘서 감사하다는 말을 전하고 싶었다. 나는 가시 쌤에게서 미래의 내 모습을 발견했다. 그도 어쩌면 나에게서 자신을 보았을까. 그가 앞으로 어떤 삶을 살지 궁금했다.

완결성 연상. 가시 쌤이 입에 달고 살았던 말이다. 누군가의 손에 쥐어진 권총 끝에서 연기가 피어오르는 장면 뒤에 피를 흘리며 쓰러진 시체가 등장한다면, 독자는 이 두 컷 사이에 어떤 일이 벌어졌는지 상상할 수 있다. 한 사람의 인생이 4절지 위에 그려지는 만화라고 한다면, 10대의 내 모습과 20대의 내 모습 사이의 간극을 누군가 연상하고 이해할 수 있을까. 내 변화의 도약에 설득력과 연속성을 부여하는 게 가능할까. 만약 그렇지 못하다면 나는 한 편의 실패한 만화가 되는 걸까?

나는 여전히 억지로 잠을 청한다. 감은 눈 위로 의미를 해석할 수 없는 문자와 이미지가 뒤섞인다. 위태로운 수면을 이어 가다 예상할 수 없는 패턴으로 잠에서 깨 약을 찾는다. 무거운 머릿속에서 답 없는 질문들이 떠오를 때면 나는 결국 펜을 쥔다. 등허리를 둥글게 굽히고 선을 긋는다. 내가 좋아하는 것과 잘하는 것, 하지 못하는 것과 해선 안 되는 것들에 관해 생각하며 어떤 구도로 컷을 구성하면 좋을지 고민한다. 현실에서 겪은 적 없는 사건을 그림으로 옮기며 괴리를 느낀다. 그렇게 한 편의 짧은 만화를 완성하고 나면 지친 육신에 겨우 한 줌의 평화가 깃든다. 아무것도 아닌 내가 비록 변변찮더라도 무언가를 해냈다는 사실에 안도한다. 그럴 때면 새삼 깨닫는다. 내가 그린 컷의 크기는 앞으로도 일정할 것이라는 사실을.

임국영

모든 게 어수룩했다. 타인과의 소통 과정에서 상처를 주거나 입을까 봐 위축됐고 빈곤에서 벗어날 뾰족한 방편이 보이지 않아 서글펐다. 무엇보다 내게 어떤 잠재력도 남아 있지 않을까 봐, 나란 존재의 무용함이 발각될 것만 같아 불안했다.

여전히 타인은 불가해하고 생계를 해결하는 문제는 어렵다. 그러나 과거에 비하면 조금쯤은 안온한 기분이다. 내가 내 삶을 온전히 이해하고 통제할 수 있을 것이라는 생각은 버렸다. 재앙은 막는 게 아니라 피하는 것. 악천후를 피해 노를 젓는 이의 마음으로, 그저 내가 할 수 있는 일과 해야 할 일을 꾸준히 해치워 나가기로 했다.

내 비겁한 정신론이 도움이 될지 모르겠다. 다만 당신의 건강을 빌 따름이다.